群 魔

William Peter Blatty

[美] 威廉·彼得·布拉蒂 著

黄显焯 译

北京时代华文书局

献给比利和珍妮弗

Contents
目 录

第一部

三月十三日，星期天
5

三月十四日，星期一
103

三月十五日，星期二
127

第二部

三月十六日，星期三
207

三月十七日，星期四
249

三月十八日，星期五
269

三月十九日，星期六
305

三月二十日，星期天
331

第一部

耶稣问他说:"你名叫什么?"回答说:"我名叫'群',因为我们多的缘故。"①

《圣经·新约·马可福音》第 5 章第 9 节

---

① 本书中的故事涉及天主教内容,本应采用天主教通用的思高本《圣经》译文,但为使读者查考资料方便,统一采用中文世界较普遍使用的基督教和合本《圣经》译文。特此说明。

<u>三月十三日，星期天</u>

1
 Ⅱ

看到这样的场面，他不由自主地想起了一些极其残忍的死亡场景：活人心脏被阿兹特克人①残忍挖出的场景②；凡人患上癌症最终在痛苦中死去的场景；三岁小孩被生生活埋的场景。这些场景瞬间出现在了他的脑海中，他不禁感到困惑，上帝果真如此残忍，并且与人类的关系如此疏远吗？可是，一想到虽然双耳失聪却依然坚持音乐创作的贝多芬，他又觉得世间之事难免有瑕疵，何况这世界还有很多美好的事物，比如善念。想到这里，他开始巡视四周。此时，太阳正从国会大厦的后面缓缓升起，阳光先是洒在看似平静的波托马克河上，在河面上留下一条条橙色的光带，接

---

① 亦译"阿兹特卡人"。墨西哥印第安人。也称"墨西加人"（Mexica）。包括不同部落，因以古代特诺切人为主在今墨西哥城建立阿兹特克帝国而得名。鼎盛时期人口估计1500万。16世纪初被西班牙殖民者征服后，各部落联系中断，而各有称谓。其中主要的一支发展成今纳瓦人，400多万人（2001年）。农业经验丰富，四千多年前就栽培玉米、烟草、番茄等。有炼铜、造纸等手工业。历法精确。有象形文字。建筑规模巨大，包括金字塔、城堡、饮水渠、公路等。——引自《辞海》第6版第0018页同名词条
② 在中美洲阿兹特克原始文明中，曾有用活人心脏献祭的传统，其手段极度野蛮残酷。

着又洒在他脚边这片令人感到恐惧又愤怒的暴行发生地上。看着这一切，他突然觉得，人类和造物主之间似乎有哪个环节出错了，在船库码头上发现的命案就是证据。

"警督，他们应该已经找到了。"

"什么？"

"他们已经找到那把铁锤了。"

"铁锤。哦，好的。"

金德曼渐渐回过神来，他抬起头，看向正在码头上工作的犯罪实验室人员。他们正聚集在一起，手持滴管、试管和各种钳子，用相机、速记簿和粉笔进行记录。他们说话声很小，话不多，走动时不发出一点声音，如同梦中上演的默剧。在他们附近，警方的蓝色挖泥船开始发出剧烈的声响，将一大早的恐怖气氛彻底打破。

"警督，我估计这里应该找得差不多了。"

"真的吗？是这样吗？"

寒风中的金德曼眯着眼问道。救援直升机正向远处滑行，在空中轰然作响，影子投射在河道上变成土褐色的阴影，机身上的航行灯一闪一闪的，灯光柔和，不断地在红色和绿色之间变换。探长[①]看着它在黎明中越飞越远，越来越小，就如同大家心中逐渐破灭的希望。听着直升机的声音，探长将头稍往前倾，冻得打了个寒战，双手更用力地插进衣服口袋里。女人的尖叫声变得更为

---

① 本书中，他人对金德曼的称谓，有时是"警督"，有时是"探长"。

尖锐，这声音如猫爪般抓挠着他的心，也穿透了这条冰河两岸安静而诡异的森林。

"天哪！"突然有人用嘶哑的声音轻声叫道。

金德曼看向艾伦·斯特德曼。这位警方的病理学家正单膝着地跪在一块沾满泥土的帆布前，帆布下面是一个块状物。斯特德曼正凝视着这块东西，只见他眉头紧锁，全身一动不动，仅能从呼吸判断出他还活着，呼出的气体遇到寒冷的空气后马上结了霜，随后便消失不见了。斯特德曼蓦地站了起来，用一种古怪的表情看向金德曼："你看到被害者左手上的伤口了吧？"

"伤口怎么了？"

"我觉得是个图案。"

"是吗？"

"是的。黄道十二宫中的一个星座。我觉得是双子座。"

听到这里，金德曼不由得心跳加速。他深吸一口气，然后看向河道中间。乔治城大学划船队的船桨正在巨大的船尾后面安静却又迅速地摆动着。船桨细而长，在基桥[①]的桥梁下一会儿冒出头来，一会儿又隐入水中，反反复复。一盏闪光灯正不断地闪烁着。金德曼又低下头看了看脚下的帆布。不，不可能，他想，不可能是这样的。

那位病理学家顺着金德曼的目光望去。斯特德曼的手已被冻得通红，他不禁拉了拉衣领，恨不能将衣领裹得更紧一些。他后

---

① 于1923年建成，华盛顿特区的标志性建筑之一，1996年入选美国国家史迹名录。

悔没戴围巾就出来了，出门时走得太匆忙，忘记戴了。"这种死法太残忍了，"他轻声说道，"太不正常了。"

金德曼深吸了一口气，白色水汽在他的唇边聚集。"没有哪种死亡是正常的。"他轻声说道。

造物主创造了这个世界，创造了意识，可为什么还要创造眼睛？为了观察吗？那么观察又是为了什么？为了生存吗？那生存是为了什么？为了什么？这种只有小孩子才会问的问题在他的脑海中打转，他的思维已经走进了死胡同，这使他开始确信唯物辩证法才是这个时代最大的迷信。他相信奇迹，却不信根本就不可能发生的事，比如时间能够倒退，再比如人们的爱和行为只不过是神经元在人脑中发射的一组信息，太荒谬了。

"双子座杀手死了多久了？"斯特德曼问道。

"十年，不，应该是十二年，对，十二年。"金德曼答道。

"他真的死了吗？"

"真的死了。"

从某种意义上来说是这样的，金德曼心想，其实他在一定程度上只是肉身死了罢了。人不是单单由神经组成的，还有灵魂。否则卡尔·荣格为什么会在他的睡床上看到鬼[①]？否则忏悔为什么能治好肉身的疾病？组成人体的细胞不断地更新变换，可每天早上醒来后，我们为什么依旧是原本的我们？如果人类死后没有灵魂，那生前努力工作又有什么价值？人类不断进化

[①] 瑞士著名心理学家卡尔·荣格曾经声称，1920年他住在英国伦敦乡间别墅期间，曾在睡床上见过鬼。

的意义又何在？

"他死了，也没死。"金德曼呢喃道。

"什么，警督？"

"没什么。"

电子不经过中间区域就可以从一点转移到另一点，这就是神的奥妙之处。耶和华说："我是自有永有的。"好吧，阿门。但这还是让人感到很困惑，造物主创造出明辨是非、爱憎分明的人类，可宇宙的生存法则本身又让人感到很愤怒，生存就意味着在一个充斥着巨量邪恶和暴行的世界里努力苟活，弱肉强食，就算能避免被当作食物，也有可能死于一场泥石流或地震；哪怕在自己的公寓里都有可能暴毙；甚至有可能被自己母亲下的老鼠药毒死；也有可能在大人物的一声令下后被扔进滚烫的油锅里油炸，或是被砍头、剥皮、闷死，而这一切也许仅仅是为了好玩和刺激。当警察四十三年了，他见识过无数的恶事，可他见识全了吗？没有，**今天的场面绝对是史无前例的**。有一刹那，他想如往常一样去逃避：想象整个世界都不过是造物主脑中的幻想，这些赤裸裸的现实仅仅存在于造物主的想象中，这样就没有人被害、没有人流泪、没有人受罪了。有时候这么想想的确管用。

但今天没用。

金德曼仔细研究了一下帆布下的尸块。哎，邪恶并非由人类招致，也由不得人类选择，它们在造物主创世之初就已经存在。虽然鲸鱼的歌声动听，但自然界的生存法则实际上非常残酷，狮子靠猎捕野兽为食，姬蜂以丁香花或草丛下的毛毛虫活体为食,黑喉响蜜䴕叫声虽欢快,却喜好在其他鸟类的巢穴产卵,幼鸟被孵出来后,它们便迅速用喙顶端附近的一个坚硬而锋利的小钩将其"义弟""义妹"杀死,当那个小钩脱落时,这场杀戮才终止。这是何其毒辣的手段?金德曼面色愁苦,他又想起某医院的儿童精神病病房区,那里有五十张床,每张床上都有个笼子,每个笼子里都有个孩子在尖叫。其中有个八岁的孩子,骨骼从出生后便没有再长过。造物主既然创造了那么多美好的事物,为什么又要让这些孩子如此遭罪呢?伊万·卡拉马佐夫①理应得到一个答案。

"斯特德曼,大象们死于心脏病。"

"什么?"

"丛林中的大象因为担心没食物吃和没水喝而死。它们懂得互相帮助,如果一头大象死在很遥远的地方,其他大象就会把它的骨头带回去埋葬。"

那位病理学家眨眨眼,攥着上衣的手越来越用力,以至于衣服的褶皱都多了起来。他之前就听别人说过,金德曼会像现在这样偏离话题,说一些无关痛痒的话,而且最近更为频繁,但他还是头一次亲眼所见。整个警局一直议论纷纷,说金德曼有点老糊涂了,于是他开始用一种病理学专家的目光审视金德曼。从他的穿着上并未看出一丝不妥:上身是一件过于宽大、已经破旧不堪的灰色粗呢大衣,下身是一条皱巴巴、裤脚卷起的宽松牛仔裤,

---

① 陀思妥耶夫斯基所著小说《卡拉马佐夫兄弟》中的人物,常被认为是三兄弟中内心最黑暗的一个,最终精神崩溃。

头上是一顶软毡帽，帽檐处插着一根带斑纹的羽毛，一看就是从野鸟身上拔下来的。他不由得琢磨道，这男人真是个活生生的二手商店，这也就算了，衣服上还到处都是蛋渍。不过这是金德曼的一贯风格，也没什么不正常的。他的外貌也和往常一样：短肥的手指甲修剪得很整齐，双下巴上还残留着没洗干净的肥皂水，那双温润的蓝眼睛眼帘微垂，此时显得有些迷茫，似乎在回忆往事。他的举止如常，斯斯文文的，容易让人联想到那些忙于插花的维也纳老父亲。

"在普林斯顿大学，"金德曼继续说道，"那些人用猩猩做实验。当一只猩猩拉动机器手柄时，就会有一根新鲜的大香蕉从机器里面出来。很神奇，对不对？现在，一些医术高明的医生又做了个小笼子，将另一只猩猩放进去，当头一只猩猩拉动手柄时，仍然会有香蕉出来，但是，由于拉动手柄的同时产生了电压，笼子里面的猩猩会被电得大声尖叫。于是，头一只猩猩无论多饿，只要看到笼子里面有猩猩，它就不会再去拉动手柄。那些人又用不同的猩猩试验了五十次，一百次，结果都是一样的。也许有一些同性恋猩猩，或者有些施虐狂猩猩会拉动手柄，但百分之九十的情况下它们不会这么做。"

"这我还真没听说过。"

金德曼继续望着那块帆布出神。在法国曾经出土过两个尼安德特人[①]的骷髅，从骨骼上判断，他们在死前两年就因受了重伤而

---

① 尼安德特人（Neanderthal），化石智人之一。

丧失了自理能力,可他们却带着伤又活了整整两年。金德曼想,很明显,他们就是靠结成联盟、互帮互助而多活了两年。**再看看孩子们**,探长知道,再没有谁的正义感、公正感会比孩子们强,而这又是怎么形成的呢?当我的朱莉三岁时,给她一块饼干或玩具她就要送给其他孩子,大一点儿了她才学会留给自己用。这并不是堕落,而是现实世界的竞争、不公潜移默化地影响了孩子。孩子们来到这个世界时都是天真无邪的,他们的善良与生俱来,这些都是先天形成的;而自私自利的德行则不同,需要通过后天的学习形成。有谁听说过大猩猩会为了卖出衣服而讨好顾客吗?如果听说过那未免太可笑了。人类肉体的邪恶和精神的崇高形成了鲜明的对比,就像DNA中的双螺旋结构一样互相交织着。可这是如何形成的?探长很疑惑。难道这广袤的宇宙中有一个破坏者?撒旦?不,这太蠢了。

  金德曼稍微变换了一下姿势继续思考。上帝的爱阴暗无比,不能给人类带来一丝光明。上帝自身有没有阴暗面呢?上帝是不是聪明、敏感却道德败坏呢?人类会不会在尽一切努力解开这个谜团后,发现上帝不过是利奥波德和洛布[①]这样的人?又或者上帝比任何人想象的都要愚蠢,虽然强大,却也能力有限。探长的眼前突然闪过这样一个画面,上帝在法庭上认罪:"法官

[①] 内森·利奥波德(Nathan Leopold,1904—1971)和理查德·洛布(Richard Loeb,1905—1936)。二人皆出身于富裕家庭,并且智商极高,其中利奥波德19岁时就通晓15种语言,而洛布18岁时就已大学毕业。对"犯罪艺术"着迷的二人于1924年因绑架并谋杀了一名14岁的少年被判处无期徒刑。

大人，我认罪，但请容我解释。"这想法有一定的吸引力，合情合理，能最简单地解释所有事情。但金德曼拒绝接受这个解释，这些年他处理过无数宗谋杀案，早已习惯于将逻辑放在他的直觉之后。"我来到这个世界可不是为了卖弄奥卡姆的威廉①那一套说教的。"据说他经常对一些破案受阻的同事这样说，甚至有一次对着电脑说这句话。"我相信我的直觉，这是我的看法。"他也总这么说。此刻，对于有关罪恶的问题，他依然相信他的直觉。他的灵魂深处有个声音在对他说，真相会令人大吃一惊，而且和原罪相关。虽然这种联系只是通过类比得到的，而且非常模糊。

探长突然感觉到周围的气氛有些不一样，他抬起头看看四周。挖泥船已经停止工作，女人的尖叫声也没了。周围开始安静下来，河水拍打河岸的声音都很清晰。他转过身，正好对上了斯特德曼意味深长的目光："第一，我们不能再这样下去了；第二，你试过把手伸进烧得通红的煎锅里然后保持不动吗？"

"没有。"斯特德曼答道。

"我试过。你们做不到，因为实在是太疼了。你们只是在报纸上看到宾馆起火有人丧生的消息，'三十二人丧生于五月花宾馆的大火之中'，报纸上会这样写。但你们从来不会真正了解那种感受，你们不会懂，也想象不出来。把你的手放进滚烫的煎锅中，你就会明白了。"

---

① 奥卡姆的威廉（William of Occam，约 1285—1349），逻辑学家、方济各会修士。因能言善辩，被人称为"驳不倒的博士"，后又因得罪罗马教廷，被定为"异端"。

斯特德曼点了点头，一声不吭。金德曼眼帘微垂，面带愠怒地看着这位病理学家。看吧，他想，他肯定认为我疯了。跟别人根本没法谈论这些。

"还有其他事吗，警督？"

是的。沙得拉、米煞、亚伯尼歌①。"王大发雷霆，立即吩咐人烧热大锅和大盆。他命令手下在那人的兄弟和母亲面前，把他的舌头割下，再剥下他的头皮，然后砍下他的四肢。那人立时受严刑峻法，在他奄奄一息之际，王令人将他扔在火上，在锅里煎熟，立时有烟从锅中冒起。"②

"没了。"

"那我们能将尸体带走了吗？"

"恐怕还不行。"

疼痛自有疼痛的用处，金德曼又开始沉思，大脑有能力随时忘记疼痛，可是怎样才能做到呢？把头剁了就可以了，金德曼阴暗地想。

"斯特德曼，走开，别来烦我，去喝杯咖啡吧。"

金德曼看着他走向船库。很快，犯罪实验室的成员——素描

---

① 沙得拉、米煞、亚伯尼歌，三个希伯来人。因侍奉上帝，不敬拜尼布甲尼撒王造的假偶像，三人被投入火窑之中处死。过程中，尼布甲尼撒王看到火窑中有第四个人出现，"相貌好像神子"，便吩咐他们从火中出来。三人出来时身上竟没有被火烧过的痕迹。典故出自《圣经·旧约·但以理书》。

② 出自《圣经·旧约·马加比二书（次经）》第7章第3—5节。

专家、取证人员、测量员、记录员都朝他走了过去。他们的举止很随意，有个人甚至在咯咯笑。金德曼对他们的谈话内容感到疑惑，这些人让他想起了那个毫无道德感可言的人物：麦克白。

记录员交给斯特德曼一本记录簿，病理学家朝他点了点头，记录员便随着其他犯罪实验室的成员走开了。他们的脚踩在砾石路上，发出嘎吱嘎吱的声音，很快他们经过一辆救护车和在车旁等待的医护人员，再过一会儿他们便会开始互相打趣，各自抱怨此时此刻正在乔治城空荡荡的鹅卵石路上散步的自家妻子。他们步调很快，也许是急着去吃早餐，赶去 M 街上那间温馨的白塔餐厅。金德曼看了看表，然后点了点头，对，他们就是要去白塔餐厅，它可是全天二十四小时营业的。*洛伊斯，麻烦来三个蛋，两面煎，多放些培根好吗？面包卷要烤过的。*热也自有热的用处。那群人在拐角处转弯，从他的视线中消失了，一阵笑声依稀从那里飘来。

金德曼将注意力转到那位病理学家身上，他正和阿特金斯警佐聊天。阿特金斯是金德曼的助理，年轻又瘦弱，今天他穿了一件棕色法兰绒西装上衣，外面套着一件海军呢大衣，头上那顶黑色呢料海员帽被他拉至耳下，遮挡住他修剪整齐的毛茸茸的平头。只见斯特德曼把那个记录簿交给他，阿特金斯点了点头，便走到船库前离他几步之远的长椅上坐下，翻开那本记录簿并开始研究里面的内容。在他不远处，一个女人坐在那里哭泣，旁边的护士正试图通过拥抱来安慰她。

无人可聊的斯特德曼于是开始一动不动地盯着那个女人看。

金德曼饶有趣味地观察着他的表情。所以，你还是感受到了些什么，艾伦，他想，多年来见识过各种残酷的暴行留下的尸体后，你还能感觉到悲伤，非常好，我也是。我们都是这场神秘灾难中的一分子。如果死亡像雨点一样正常，我们为什么还会如此悲痛，艾伦？尤其是我和你，为什么？金德曼迫切地想回家躺在床上休息一会儿，疲倦使他的双腿如灌铅般沉重。

"警督？"

金德曼转过头说："什么事？"

"是我，长官。"阿特金斯说道。

"嗯，我知道是你。"

金德曼冷冷地扫了一眼他的大衣和帽子，用一种不耐烦的眼神迎上他的眼睛。阿特金斯的眼睛非常小，绿如翡翠，他的眼神似乎没在关注外界，总是看起来若有所思。金德曼突然想到了中世纪的僧侣，就是人们经常在电影中看到的那种，面无表情，愚蠢又虔诚。当然，警督知道阿特金斯并不愚蠢。这位三十二岁的越战退伍兵毕业于天主教大学，虽然总是面无表情，但其实内心明朗坚强。他有点古怪，容易冲动，却拥有一些一般人没有的品质。他之所以把这一切隐藏起来，不是故作姿态，而是出于他的修养。他虽然身材瘦削，却爆发力惊人，曾经在危急之下将一个大块头瘾君子从金德曼身边大力拉开，而当时那个毒瘾发作的瘾君子正把刀架在金德曼的脖子上。金德曼的女儿因为一场车祸生命垂危时，是他利用休假时间连续十二天衣不解带地在病床旁忙前忙后。金德曼是爱他的。阿特金斯对他如此忠诚。

"马丁·路德,我在这呢,我在听你说话。犹太圣人金德曼洗耳恭听。"现在还能做什么呢?哭泣?"我在听,阿特金斯,你这个非主流。把从根特那里听到的好消息都告诉我吧。在现场发现什么指纹了吗?"

"船桨上发现了很多指纹。但不少都被严重污染了,警督。"

"真可惜。"

"还发现了一些烟头。"阿特金斯对此满怀希望。这的确有用,他们能通过烟头上留下的DNA检测出吸烟者的血型。"还在尸体上发现了一些头发。"他继续补充道。

"很好,非常好。"

这些证据能帮助警方很快找出凶手。

"还有这个。"阿特金斯说道。他从兜里拿出一个玻璃纸袋子交给金德曼,金德曼用指尖抓住纸袋顶端,将纸袋举到眼前细看,眉头皱起。袋子里是个紫色的塑料物件。

"这是什么?"

"发夹,女士发夹。"

金德曼打了个哆嗦,将纸袋拿得更近一些,待看清后说道:"发夹上有字。"

"是的,上面写着'弗吉尼亚大瀑布'几个字。"

金德曼将纸袋拿低一点,看向阿特金斯。"这玩意儿在大瀑布附近的纪念品商店才有的卖,"他说道,"我女儿朱莉也有一个,好几年前我在那里给她买的,买了俩,所以她有两个这种发夹。"他将纸袋递给阿特金斯,深吸一口气说道:"这是小孩子的东西。"

阿特金斯耸耸肩,看向船库,将纸袋塞入大衣口袋:"警督,那个女人也在这里。"

"阿特金斯,能不能麻烦你把那顶可笑的帽子给摘了?我们现在可不是在演《海军来了》①中的迪克·鲍威尔。不要再提什么炮轰海防市了,越战早就结束了。"

阿特金斯顺从地摘下帽子,并将它塞进海军呢大衣另一边的口袋中,由于太冷,他打了个寒战。

"还是戴上吧。"金德曼低声说道。

"我没关系。"

"我有关系,你那小平头这样看就更丑了,把帽子戴回去。"

看阿特金斯有点犹豫,金德曼又说道:"快呀,把帽子戴上,现在很冷。"

阿特金斯于是将帽子重新戴上。"那女人也在这里。"他重复道。

"谁?"

"那个老太太。"

尸体是船库负责人约瑟夫·曼尼克斯于三月十三日(星期天)早上在船库码头上发现的。约瑟夫像往常一样过来开门做生意,主要营生是销售鱼饵、渔具以及租赁皮划艇、独木舟和划艇。曼尼克斯的口供非常简单:

---

① 《海军来了》(*Here Comes the Navy*,1934),美国喜剧影片。

约瑟夫·曼尼克斯的口供

我叫乔·曼尼克斯，你说什么？

（被调查人员打断。）是的，是的。我懂了。我的全名叫约瑟夫·弗朗西斯·曼尼克斯，住在华盛顿特区乔治城远望街3618号。波多马克船库是我的，并由我亲自打理。今天早上我大约五点半到的，我通常都是这个时候过来开门，然后开始准备鱼饵和咖啡。一些客户早上六点就会过来，有时候我到这里时他们就已经在门口等着了。但今天我来时没有一个客人。等我拿起放在门前的报纸时我就——噢！啊！天哪！天哪！

（中断；目击者试图让自己镇定下来。）我到这里后开门进去，打开咖啡机，然后出来数船，因为有时一些人会来偷船，他们会用钢丝钳把锁链弄断然后把船偷走，所以我会过来数数。今天没有船被偷。于是我转身回到店内，便看到那孩子的推车和一摞报纸，接着我就看到——我看到……

（目击者指向尸体，说不出话来，调查人员只好终止问话。）

受害者名叫托马斯·乔舒亚·金特里，十二岁，黑人。他母亲叫洛伊丝·安娜贝尔·金特里，今年三十八岁，是个寡妇，乔治城大学里教语言的老师。托马斯·金特里专门跑一条送报线路，负责送《华盛顿邮报》。他应该是在那天早上五点左右把报纸送到船库的，曼尼克斯报警的时间为早上五点三十八分。受害者的身份很好辨认，因为他那件绿色格子的防风大衣上缝有胸牌，上面有他的地址和电话，上面还特别说明托马斯是个聋哑少年。他刚刚接手这条送报线路十三天，否则曼尼克斯肯定能一眼认出他。金德曼认出了这个男孩，他以前在参与警局的社团工作时就认识他了。

"那个老太太……"金德曼闷声说道，他的眉毛聚拢到了一起，脸上一副疑惑的表情，过会儿又将视线转到了河中央。

"我们已经把她带到船库去了，警督。"

金德曼转头用锋利的目光看向阿特金斯。"那里暖不暖和？"他问道，"别让她冻着。"

"我们找了一块毛毯给她，还生了壁炉。"

"她应该吃点儿东西。给她一碗汤，热汤。"

"她喝过鱼汤了。"

"鱼汤也行，只要是热的。"

警方撒网式搜捕时在船库旁约五十码①的地方发现了这位老太太，当时她正站在已经干涸的切萨皮克和俄亥俄运河那已长满野草的南岸边，这是条已经废弃的河道，这里曾经到处都是马拉的木质驳船，来来回回在这条五十英里②的河道中运送乘客。而现在，这里已经逐渐荒废，成了慢跑者的地盘。那位老太太大约七十岁，被搜索小组发现时她正站在路上，她全身发抖，双手紧紧叉腰，满脸都是泪水，看起来像是因为迷路而非常害怕。不知道是不能还是不愿意，她没有回应警方的问话，要么表现得很糊涂，要么

---

① 1 码等于 0.9144 米。
② 1 英里等于 1.609344 千米。

显得非常吃惊，要么非常紧张。没有人知道她到底待在那里干什么，附近无人居住，外面很冷，而她只穿了一套碎花纯棉睡衣，外面套着一件蓝色羊毛系带睡袍，脚上只穿了双淡粉色毛拖鞋。

斯特德曼再次出现："尸检可以结束了吗，警督？"

金德曼低头看向脚下血迹斑斑的帆布。啜泣声又传到他耳边，他摇摇头道："阿特金斯，送金特里夫人回去吧。"他深吸一口气继续说，"还有那位护士，把护士也带去吧。让她今天一整天都陪着金特里夫人。加班工资由我私人支付，别担心。带她回家吧。"

阿特金斯刚要问"那个老太太怎么处置"，就又被金德曼抢先了一步。

"对，对，对，至于那个老太太，我记着呢，我会看住她。"金德曼又接了一句。

等阿特金斯走开去做金德曼吩咐的事后，金德曼便单膝跪地，使劲弯腰，由于太费劲，他嘴里发出了喘息声和哼哼声："托马斯·金特里，对不住了。"他轻语呢喃，然后将盖在尸体上的布掀开，扫了一眼受害者的下巴、双臂和双腿。**他太瘦了，瘦得像只麻雀**，金德曼在心中叹息道。这个男孩曾经是个孤儿，患过糙皮病，三岁时被洛伊丝·金特里收养，重获新生，而现在一切都结束了。这个男孩惨遭杀害，被钉在十字架上，他的两个手腕和双脚都被钉在皮划艇船桨平滑的两端，两把船桨被固定成十字架形状，凶手用一种厚达三英寸[①]的钝器反复击打他的头部，戳

---

① 1英寸等于2.54厘米。

入他的颅骨，最终穿透脑黏膜并进入大脑深处。血不断地往下流，如一条弯曲的小溪，流过男孩因恐惧而张大的双眼，最后流进他张开的嘴中，这个聋哑男孩生前肯定由于极度痛苦和恐惧而无声地喊叫过。

金德曼继续检查金特里左手掌心的伤口，确实，伤口是个图案，双子座的标志。接着他检查另一只手，却发现只有四根手指，食指竟然被割下了。他蓦地感到一阵寒意。

他将帆布重新盖在尸体上，之后艰难地站起来，低头看着尸体，心痛却决绝地在心中发誓，*托马斯·金特里，我一定会帮你找出凶手。*

即使凶手是上帝，我也要让他伏法。

"哎，斯特德曼，过来一下，"他说，"把尸体带走吧，别让我再看到他。你身上有股用福尔马林浸泡尸体后会散发出的酸臭味。"

斯特德曼于是去叫急救车上的工作人员。

"别，再等等。"金德曼叫住他。

斯特德曼转过身来。探长走向他小声说："等他母亲离开后再把他的尸体搬走吧。"

斯特德曼点头答应。

挖泥船此时已经靠岸。一名身穿带有抓绒内衬的黑色皮夹克的警佐从船上轻盈地跳上岸，走了过来。他手里拿着个布团，里面似乎有什么东西。他正要开口，金德曼便打断他："等会儿，你先拿着它，别现在打开，就一会儿。"

那位警佐顺着金德曼的视线望过去,阿特金斯正与金特里夫人和那位护士说话。只见金特里夫人点了点头便站了起来,有一会儿她的视线落在那块帆布上,她在看她深爱的儿子,金德曼不得不把头转向了别处。等了一会儿他问道:"他们走了吗?"

"是的,他们上车了。"斯特德曼说。

"好的,警佐,"金德曼这才说道,"打开让我看看吧。"

那位警佐沉默地打开那块棕色布团,里面是个肉槌。他小心翼翼地检查这把厨具,尽量不让双手碰到它。

金德曼看着肉槌说道:"我家也有个肉槌,是我太太买来专门做炸肉片的,不过比这个小一点。"

"这个一般是饭店用的,"斯特德曼看着那个肉槌说,"或者在一些公共机构的厨房里也会看到。我在部队里就见过。"

金德曼抬头看向斯特德曼。"这个能杀人?"他问道。

斯特德曼点头表示肯定。

"把它交给德利拉吧,"金德曼吩咐那位警佐,"我得进去看看那位老太太。"

船库里面很暖和,大壁炉里的木头在不断地燃烧着,发出噼里啪啦的声音,壁炉外墙由一些灰色的圆形大石头堆砌而成,旁边墙上则镶嵌着几艘赛艇的外壳。

"请问你叫什么名字,女士?"

老太太坐在壁炉前一张破旧的黄色瑙加海德革沙发上,一位女警就坐在她旁边。金德曼在她们面前站定,气息微喘,他手抓帽檐,将帽子放在胸前。老太太似乎没有看到他,也没有听到他的询问，她的眼神空洞，似乎聚焦在内心某处。探长不由得感到困惑，双眼不自觉地微眯，他走到老太太面前的椅子上坐下，轻手轻脚地将帽子放在一些旧杂志上，那些杂志早就没了封面，又破又烂，此时被遗弃在沙发和椅子中间的一张小木桌上。帽子正好盖住杂志上的一则威士忌广告。

"亲爱的，你叫什么名字？"

依然没有得到任何回应，金德曼带着询问的目光看向那位女警，女警马上点头并轻声告诉他："她一直都这样，不说话也没任何表情，只有给她食物时，还有我帮她梳头时，她才没那么紧张。"金德曼的视线回到老太太身上，只见她的双手和胳膊正在做一些奇怪却很有节奏的动作。接着，他的视线又落在一样他之前未曾注意到的东西上，那是个紫色的小物件，就躺在他的帽子旁边。他将它拿起，上面有行小字"弗吉尼亚大瀑布"。其中有个字母被磨掉了。

"找不到另外一个了，"女警说，"这是帮她梳头时摘下放在那里的。"

"她戴的？"

"是的。"

探长因为这个发现而感到兴奋，但同时又想到有很多疑点。可以肯定这个老太太是案发现场的目击证人。可是在那个时间她在码头上干什么？更何况还是在这样寒冷的天气下。发现她时她正在切萨皮克和俄亥俄运河边，而在运河不远处就是尸体被发现的地方，她究竟在那里做什么？金德曼的脑中突然灵光一现，对了,这个老太太好像有点痴呆,也许她是在那里遛狗。可是狗在哪儿?对,也许狗跑丢了,她还没找到。这就能解释为什么发现她时她在哭了。可是他又有了一个更可怕的推理:也许她目睹了凶案,受到打击,所以有点精神不正常,这可能只是暂时的,但也可能一直持续下去。他心中顿时五味杂陈,遗憾、兴奋、烦恼……各种情绪瞬间席卷了他。必须让她开口。

"女士,请问你叫什么名字?"

依然没有得到回应。她继续无声地做着神秘的动作。屋外一片云从太阳前面溜走,冬日微弱的阳光瞬间照进窗户,如一位突然降临的优雅天使。阳光轻柔地照亮老太太的脸庞和眼睛,她的眼神散发出一种慈祥而虔诚的光芒。金德曼的身体稍向前倾,他想他已经捕捉到了老太太那套神秘动作的规律:双腿并拢,一只手放到大腿上,轻微移动,做个古怪动作,然后高举至头部上方,动作忽快忽慢,至此,一系列动作结束,然后换另一只手,重复做着这套神秘动作。

他继续看了一会儿便站起来:"乔丹,先把她安排到看守病房,等我们查出她的身份再说。"

那位女警点头答应。

"你给她梳过头,"探长告诉她,"做得好。看住她。"

"好。"

金德曼转身离开船库,给属下布置完任务,他便让大脑暂时抛开一切,开车回家了。他家住在福克斯霍尔路附近的一幢小而温馨的都铎式房子里。他们是六年前搬来的,喜欢住公寓的金德曼搬来这里只为取悦他的太太,所以他仍然称这片稍显荒凉的地方为"乡下"。

一进屋他便喊道:"布丁①,我到家了。我是你的英雄,克卢索探长②。"他将帽子和大衣挂在小前厅的衣帽架上,然后解下挂在腰间的左轮手枪和枪套,锁在衣帽架旁一个暗色小箱子的抽屉里。"玛丽?"无人应答。他闻到一股现磨咖啡的香味,便慢慢走向厨房。他那二十二岁的女儿朱莉肯定还在睡觉。那玛丽在哪儿?他的岳母雪莉又在哪儿?

厨房是按英属殖民地时期的风格装修的,金德曼阴郁地望了一眼铜壶和油烟机挂钩上的各种厨具,试着想象这些厨具正挂在华沙犹太区某个犹太人的厨房内,然后他悠闲地走向厨房餐桌。"枫糖,"他嘴里嘟囔道,独处时他总爱自言自语,"犹太人能够分辨出枫糖和奶酪吗?不能,这怎么可能,要不然也太奇怪了。"他注意到桌上有张小纸条,便捡起纸条开始阅读。

我最亲爱的比利,

别生气。电话把我们吵醒后,我妈非要拉着我一起去里士满,我猜这是我妈对你的惩罚,所以我想我们最好早点出发。她说南部的犹太人应该团结,可我们在里士满有认识的人吗?

你在警局过得有趣吗?我真是迫不及待想回家听你说说呢。我为你准备了早餐,还是平常那几样,放在冰箱里。今

---

① 金德曼给他妻子起的昵称。
② 克卢索探长,《粉红豹》系列影片中的主人公。

晚你会回家吗？还是要像往常一样同奥马尔·谢里夫①和凯瑟琳·德纳夫②在波多马克河上溜冰呢？

吻你，

我

看完信，他不禁露出一丝微笑，眼神也变得柔和了。他将纸条放回原处，在冰箱里找到奶油干酪、西红柿、熏鲑鱼、腌菜和一块乐家杏仁糖，都放在一个托盘上。他又切了两片百吉圈放进面包机里烤，倒好咖啡后，他便坐到桌前开始享用这一切。突然，左边凳子上的一份《华盛顿邮报》进入了他的视线之中，他便再也无法下咽了。虽然胃里依然很空，可他已没有食欲了。

他又坐在桌前喝了一会儿咖啡，然后抬头，外面一只小鸟正在唱歌。这样寒冷的天气里怎么还有鸟儿在唱歌？应该把它送到公共机构去，它生病了，需要帮助。"我也一样。"探长咕哝道。那只小鸟突然安静了下来，周围只有墙上的那只大摆钟在出声。他看了看时间，现在是早上八点四十二分。所有的外邦人③正走向教堂。这没坏处。请为托马斯·金特里祷告。"也请为威廉·金德曼祷告。"他大声补充道。是的，也为其他人祷告。他呷了口咖啡，心里念叨着，这次的事件真是变态，和上次那件同样令人震惊的

---

① 奥马尔·谢里夫（Omar Sharif, 1932—2015），埃及著名男演员，影片《日瓦戈医生》（*Doctor Zhivago*, 1965）中日瓦戈医生的扮演者。
② 凯瑟琳·德纳夫（Catherine Deneuve, 1943—　），法国著名女影星。
③ 这里指非犹太人。

死亡事件发生在同一日期，两个案子之间相隔了整整十二年。

金德曼抬头看钟，钟已经停了吗？没有，它还在走。他在椅子上换了个姿势，突然觉得这间屋子很陌生。但是哪里陌生呢？又好像没有哪里陌生。不，是我自己太累了。他拿起糖果，撕开包装吃了。吃完腌菜再吃糖会更好吃，他心里叹道。

他摇了摇头，站在原地叹了口气，便起身把托盘放好，把咖啡杯涮了一下，走上二楼。他想他该小憩一会儿，让潜意识出来活动活动，把那些他看到过却没有注意到的线索整理整理，走到楼梯顶端时，他突然停下了，嘴里念道："双子座杀手。"

双子座杀手？不可能，这个恶魔早就死了，不可能是他。可是为什么他手背上的汗毛竖起来了？他将手拿起来，手心朝下。是的，汗毛的确竖起来了。为什么会这样？

他听到朱莉醒来后进了浴室，脚步声很响。他在那里又站了一会儿，内心困惑不已，犹豫不安。他想他此时此刻应该做些事情，可是做什么呢？一般的调查方式和推理方法根本行不通，他的同事们正在找那个疯子，而犯罪实验室要到晚上才能出报告。至于曼尼克斯，他觉得对方已经把自己知道的都交代了，尽管他知道的并不多。金特里的母亲现在肯定是单身。无论如何，从他和那男孩的几次定期接触看来，男孩没有什么不可饶恕的恶习，也没认识什么不该认识的人。探长摇摇头，他得出门让自己动起来，还是去追查线索吧。听到朱莉仍在洗澡，他转身下楼，走到小前厅，重新把枪装好，穿上大衣，戴上帽子后便出了门。

他站在车外，把手放在车门把手上，若有所思，不安又犹豫。

大风将一个塑料杯子刮落在车道上,发出微弱而凄凉的声音,而后这个杯子便静止不动,安静了下来。他蓦地坐进驾驶座椅中,飞快驶离。

不知不觉间,他发现自己把车停在了三十三号大街的禁停区,那里离那条河很近。走下车,他发现各家各户的门阶上都静静地躺着一份《华盛顿邮报》。他感到双眼刺痛,不觉看向别处。回过神来后,他锁好车门离开了。

他穿过一个横跨运河的小公园,走上一条小道,来到了船库前。很多好奇的民众已经聚集在那里,到处打听消息。不过似乎没人知道到底发生了什么。金德曼走到船库门前,门已上锁,门上贴了张红白两色的"暂停营业"标志。金德曼走到门边的椅子上坐下,背靠在船库的墙上,呼出一口气。

他开始观察码头上的人。据他所知,一些患有精神病的凶手非常喜欢听别人对自己的暴行发表看法。凶手有可能就在码头上,甚至很有可能在向周边的人打听:"你知不知道发生了什么事?有人被杀了吗?"他试图在人群中搜索那些笑容凝固、面部肌肉抽搐或者如瘾君子般眼神迷离的面孔,尤其是那些向一个人打听到了发生什么事后继续向别人问同一个问题的可疑人物。金德曼把手伸进大衣的内口袋,他习惯在那里放一本平装书。这次是一本《被神化的克劳狄》①,看着封面,他有点担忧。他本打算乔装成一个周日在河边悠闲度日的老人,可如果是读罗伯特·格雷夫斯②的这本小说,

---

① 英文书名为 Claudius the God。
② 罗伯特·格雷夫斯(Robert Graves,1895—1985),英国诗人、著名历史小说作家。

他就不得不冒着因读得津津有味而让罪犯逃脱的风险了。这本书他读过两遍,所以他清楚自己很有可能再次陷入书中的情节而不能自拔。最终他将这本书塞回口袋并迅速拿出另外一本书,《等待戈多》。从犹豫未决中解脱出来后,他长叹了一口气,翻到书中的第二幕。

他一直待到中午都没看到一个可疑人物。十一点时码头上已空无一人,但他又多等了一个小时,内心中仍抱有期望,一直等到了现在。他看看手表,又看看锁在码头上的船只,心中隐隐作痛,但又无以名状。将《等待戈多》放回兜中之后,他起身离开了码头。

走到车边,他发现挡风玻璃上竟然贴了一张违停罚单。将罚单从雨刮器下取出,他感到难以置信。这辆雪佛兰大黄蜂虽然没有贴标牌,但有辖区警局的标志啊。他将罚单揉成一团放入口袋,把车开走了。他漫无目的地开着车,最后将车停在乔治城分区警局的大楼前,之后他进入警局大厅,走向前台。

"警佐,请问今天早上是谁负责开三十三号大街靠近运河那边的违停罚单?"

那位警佐抬头答道:"罗宾·滕尼丝。"

"现在连个女瞎子都能当警察,真够逗的。"金德曼生气地说道,将罚单交给那位警佐后便蹒跚着离开了大厅。

"那个小孩的案子有进展吗,警督?"警佐大声问道,甚至都没看那张罚单。

"没有进展,没有进展,"金德曼回应道,"什么进展都没有。"

他走上楼,穿过集合厅,一路忙于应付大家关于这宗神秘案件的提问，最终到达办公室。办公室其中的一面墙被一幅地图满满占据，那是一幅这座城市西北部的详细地图，另一面墙前则放了一块黑板。办公桌后有两扇窗，正好朝向国会大厦，两扇窗户之间的墙面上挂了一张史努比的海报，这是托马斯·金特里送给他的礼物。

金德曼坐在办公桌前，没脱下帽子和大衣，大衣扣子也没解开。桌上有一本日历、一本平装版《圣经·旧约》，还有一个装有纸巾的透明盒子。他抽出一张纸擦擦鼻子，盯住贴在纸盒正面的照片：上面有他的妻子和女儿。他再次擦了擦鼻子，将纸盒稍微转过去一点，便能看到另一张照片，上面是一位黑头发的神父。金德曼一动不动地坐在椅子上，阅读照片上的文字："留意那些多明我会①的人，警督。"签名是"达明"。照片上男人粗犷的脸庞面带微笑，右眼上方是一道疤痕。他迅速将手中的纸巾揉成一团扔进垃圾桶中，打算打个电话，这时阿特金斯正好走进来。金德曼看到他时，他正在关门。"啊，是你啊。"金德曼将电话放回原处，双手紧抱胸前，看似一尊不动佛，"这么快就回来了？"

阿特金斯慢慢走近，在桌前的椅子上坐下，摘了帽子。他的眼睛看向金德曼头上的帽子。

"别介意我的无礼，"金德曼告诉他，"可我不是叫你一直陪着金特里夫人吗？"

"她哥哥和妹妹都过去了，还有一些大学里的同事。所以我觉

---

① 多明我会，又译为道明会，天主教中依靠捐助而生存的修会之一。会士均披黑色斗篷，因此被称为黑衣修士。多明我会以布道为宗旨，着重劝化异教徒皈依和排斥异端，与较为宽松的耶稣会常有冲突。

得我得回来干活儿了。"

"阿特金斯,告诉你一个好消息,我有好多活儿让你干。"金德曼等阿特金斯拿出一本红色小便笺和一支圆珠笔后才继续说道,"第一,联系上弗朗西斯·贝里,他是当年双子座杀手案的主要调查员,现在他仍在跟进旧金山凶杀案。我希望从他那里得到关于双子座杀手案的所有资料,是所有资料。我要所有的档案,记住。"

"但双子座杀手十二年前就已经死了。"

"是吗?你真的这样想吗,阿特金斯?我真没想到。你的意思是报纸上所有的头条新闻都是真的?所有的广播和电视节目也都是真的?你居然会这么认为,真让我吃惊,真的,我太吃惊了。"

阿特金斯又在本子上写了些什么,一抹不易察觉的苦笑浮现在他的嘴角。这时门突然被打开,门后露出一张犯罪实验室成员的脸。"别在楼道里晃悠了,快进来,瑞安。"金德曼叫他。瑞安走了进来,转身关上门。

"瑞安,快来我这边,"金德曼说道,"快看看我们年轻有为的阿特金斯,他站在那里就像个圣人似的。不,不是像,他就是圣人。每个人都能从他那里得到最公正的评价。你想了解阿特金斯和我们在一起工作时的高光表现吗?当然,我们不会埋没人才。上周,他第十九次——"

"是第二十次。"阿特金斯纠正他,举起手中的圆珠笔强调道。

"第二十次,他跟我们说起米什金那个臭名昭著的坏蛋,跟我们讲他犯了什么罪,讲他那套惯用伎俩,还讲他如何闯入别人的公寓,挪动人家的家具重新布局。"金德曼将头转向阿特金斯,"这次我发誓要让他去精神病院。"

"这和那宗凶杀案有什么关系?"瑞安问道。

阿特金斯转头看向他,面无表情地答道:"米什金留下纸条,威胁屋主如果他再来时如果发现家具被动过,就把屋主杀掉。"

瑞安眨眨眼睛。

"阿特金斯,真是个大英雄啊。"金德曼嘲讽道,"瑞安,你有什么事要告诉我们吗?"

"暂时没有。"

"那你在这里浪费我的时间?"

"我只是想知道有没有什么新进展。"

"外面很冷,不过太阳今天早上倒是出来了。关于神谕你还有什么问题吗?有几位从日出之地所来的众王①还在候着呢。"

瑞安面露反感,转身离开房间。金德曼看着他关门离开后对阿特金斯说:"他居然相信米什金那回事是真的。"

阿特金斯点点头。

探长摇摇头道:"这人从来不听音乐。"

"他试着听过,长官。"

"好吧,你真是像特雷莎修女②一样善良。"

说完,金德曼打了个喷嚏,伸手拿了张纸巾。

"愿上帝保佑你。"

---

① 典故出自《圣经·新约·启示录》第16章第12节的内容。
② 加尔各答的特雷莎(Mother Teresa of Calcutta,1910—1997),天主教修女,1979年诺贝尔和平奖获得者。

"谢谢你，阿特金斯。"金德曼又用纸擦了擦鼻子，把纸巾扔进垃圾桶，"现在你就去帮我要双子座杀手案的档案。"

"好的，长官。"

"然后再去查查有没有人在找那位老太太。"

"目前为止没有，长官。进门前我就已经去查过了。"

"给《华盛顿邮报》的发行部打个电话，问金特里那条送报专线负责人的姓名，并在联邦调查局的系统里查查他有没有前科。有没有这么一种可能：在温度极低的凌晨五点，凶手并非在码头散步时偶然碰到金特里的，而是预先就知道他会在那个时间到那里去。"

电报机的打字声开始从楼下传来。金德曼看向声源处："这么吵，让人怎么思考？"

阿特金斯点头表示同意。

突然电报声停止了。金德曼叹了口气并抬头看看他的助手说道："还有另外一种可能。凶手是金特里送报路线上的某个客户，来自他到达船库之前送过报的某户人家。凶手先杀人然后再将尸体拖到船库，这也很有可能。所以，把那条路线上所有订报人的名字都放到联邦调查局的系统里搜一遍。"

"没问题，长官。"

"还有一件事。金特里死前还有一半报纸没送。问问《华盛顿邮报》有谁打电话投诉过报纸没有送到，然后将这些人排除。既没有收到报纸也没有打电话投诉的人，一定要查。"

阿特金斯停笔看向探长，从表情上看他正在进行推理。

金德曼突然点了点头:"对,就是这样。星期天人们往往需要一份有趣的报纸来打发时间,对吧,阿特金斯?所以如果有人没收到报纸也没打电话投诉,那应该有两种可能——要么这个人死了,要么他就是凶手。调查范围很广,可别出错。记得在联邦调查局的系统里查查这些名字有没有犯罪记录。我顺带问你个问题,你相信有一天电脑能思考吗?"

"我表示怀疑。"

"我也是。我曾经看过一篇报道,曾经有人问过神学家这个问题,而神学家们的回答是,只有电脑开始担心自己将退出历史舞台时,他们才会因为这个问题失眠。我也这么觉得。但是这样一个用物件组装而成的物品怎么可能会思考呢?我说得对吧?太好笑了,居然会有人说思想就是大脑。那我的手在口袋里,是不是我的手就是口袋了?这是 M 街上每个酒鬼都明白的道理,思想就是思想,既不是脑细胞,也不是大脑中的其他组成部分。那些酒鬼还知道'嫉妒'不是雅达利公司出品的某个电子游戏。还有,那些人当大家都是傻子吗,说什么日本科学家能制造人工大脑?即便那些神奇的日本科学家真能制造出四分之一立方英寸[①]的人造脑细胞,可还得将它藏到一百五十万立方英尺[②]的仓库中,以免被你的邻居布里斯金太太发现,还得骗她说你屋里什么都没发生。不过我还是会憧憬一下未来。阿特金斯,你觉得什么样的电脑能思考?"

---

① 1 立方英寸约等于 16.39 立方厘米。
② 1 立方英尺约等于 0.03 立方米。

"你把曼尼克斯排除了？"

"我憧憬的未来是那种一般人通常想象不到的未来。当然不是只有我会这么做。《时间实验》①的作者、精神病分析专家 J.W. 多恩，以及他的好兄弟、著名量子物理学家，现在人称'中微子之父'的沃尔夫冈·保利，他们都在做这件事。阿特金斯，你可以从这样的人身上学到很多。至于曼尼克斯，他是七个孩子的爹，一个圣徒，我认识他十八年了，我了解他，他不会做什么坏事。别想他了。我现在认为最古怪的一点是，斯特德曼居然没有发现任何迹象表明金特里是头部最先遭袭的，也就是说金特里遇害时还有意识。作案工具是什么，凶手又是如何作案的？天哪，他那时还有意识。"金德曼低头沉思了一会儿，摇摇头继续说道，"我想杀人凶手不止一个，阿特金斯。肯定有帮凶。只能是这样。"

电话铃声响起，金德曼看看电话，是私人线路。他拿起话筒："喂，你好，我是金德曼。"

"比尔？"是他太太。

"啊，是你啊，亲爱的。快说说，里士满好玩吗？你们还在那里吗？"

"是啊，我们刚看到国会大厦。它是白色的耶。"

"哦，那肯定很漂亮。"

"你今天怎么样，亲爱的？"

"非常好。三起谋杀案，四起强奸案，一起自杀案。要不然此

---

① 英文书名为 *An Experiment with Time*。

刻我肯定正和那些男孩子们在第六分局逍遥快活呢。亲爱的,你打算什么时候把那条鲤鱼从浴缸里弄出来?"

"我现在不方便说话。"

"啊,我明白。一定是你那位格拉基兄弟的母亲①在旁边,真是位神奇的母亲。她肯定跟你一起挤在电话亭里,对吧?"

"我不方便说话。今晚会回家吃饭吗?"

"应该不,我的宝贝儿。"

"那午饭呢?我不在家你就不好好吃饭。我们可以现在就动身回去,这样两点前能到家。"

"谢谢,亲爱的,但是今天我得去给戴尔神父打打气。"

"他怎么了?"

"每年的今天他都会很低落。"

"啊,是今天。"

"是今天。"

"我都忘了。"

这时两名警察押着一名嫌疑犯穿过办公室走向审讯室。那嫌疑犯一边用力反抗,一边大声咒骂:"不是我干的!放开我,你们这帮混蛋!"

"那是谁在叫?"金德曼妻子问道。

---

① 格拉基兄弟是指提比略·格拉基(前168—前133)和盖约·格拉基(前154—前121)两兄弟。他们都是公元前2世纪罗马共和国著名的政治家,平民派领袖。他们的母亲科尔内利娅·阿非利加纳为了保证孩子们受到良好的教育,拒绝了埃及法老的求婚。

"是些外邦人,亲爱的。别担心。"拘留室的门啪的一声关上了,将那位嫌疑犯的声音关在了里面。金德曼接着说,"我要带戴尔去看场电影。到时我们边看边讨论,他肯定喜欢。"

"好吧。我会准备些食物放在烤箱中,以防万一。"

"你真是善解人意。啊,对了,今晚记得把窗户关好。"

"为什么?"

"这样我会放心些。爱你,亲爱的布丁。"

"我也是。"

"以后在浴缸旁放张纸条提醒我里面有条鱼好吗,亲爱的?我实在不想等走进浴缸才发现里面有条鱼。"

"噢,比尔!"

"再见,亲爱的。"

"再见。"

他挂断电话,站起身来,发现阿特金斯正盯着他看。"鲤鱼的事和你没关系,"探长警告他,"只有怪事才和你有关。"他朝门走去,"你可有很多活儿呢,好好干吧。我呢,两点到四点半都会在传记影院。那之后我要么在克莱德餐馆,要么会回到这里。如果实验室那边有什么消息记得马上告诉我。任何消息都要告诉我。有事联系。再见,吉姆爷[①],好好享受帕特纳号豪华游轮之旅吧。记得检查船体有没有渗漏哦。"

[①] 此人物出自英国作家约瑟夫·康拉德的小说作品《吉姆爷》,在小说中,吉姆是帕特纳号的大副,在一次远航中,此船有极大可能会沉没,众位船员都提前逃走,而吉姆却不屑与他们为伍,决定留下来与乘客们共患难。但在最后关头,他被吓破了胆,还是弃了乘客先行逃走。

阿特金斯看着他走出门，金德曼慢慢走过集合厅，步履沉重，边走边挥手应付大家抛过来的一个个问题，就像在孟买街头的乞丐。最后他走下楼，消失在视线外。他才刚走，阿特金斯已经开始想他了。

他从椅子上起身，走到窗前。窗外，是这座城市随处可见的一座座白色的纪念建筑，它们沐浴在阳光下，显得温暖而真实。大街上车水马龙，喧嚣不断，他突然感到一阵不安。他感觉到有一些邪恶的东西正慢慢袭来，而他还不知道那是什么；但他能感觉到它们正在移动着。那是什么？金德曼也已经感觉到了，他肯定知道。

阿特金斯甩掉了这个想法。他相信这个世界，也相信人类，但又皆为两者感到遗憾。最终他决定持乐观的态度，转身投入到工作之中。

2
Ⅱ

　　约瑟夫·戴尔，爱尔兰人，四十五岁，耶稣会①神父，同时兼任乔治城大学宗教研究专业讲师。今天又是周日，一大早他照常举行了一场基督弥撒，带领信众一同虔诚地行礼，诉说憧憬，同时祈求上帝怜悯。弥撒结束后他下楼走进耶稣会公墓，在其中的一座墓碑处停下，在墓碑前放下几枝花，墓碑上刻着达明·卡拉斯的名字。从公墓出来后，他走进餐厅吃了一顿丰盛的早餐，有烙饼、猪排、玉米面包、香肠、培根和鸡蛋，品种极其丰富。他和乔治城大学的校长赖利神父坐在一起，二人是相识多年的朋友。

　　"乔，你的胃装得下这么多东西吗？"赖利看到那一堆食物感到非常惊讶，而戴尔此刻仍在忙着用猪排和烙饼做三明治。戴尔身材瘦小，一头红发，满脸雀斑，一双蓝眼睛生得十分古怪，此时他正用那双蓝眼睛望着校长，面无表情地说道："这就是洁净的

---

① 耶稣会，天主教的主要修会之一。

生活，mon pére①。"说完，他又拿过牛奶盒倒了杯奶。

赖利神父摇了摇头，呷了口咖啡，想不起之前二人关于多恩的讨论说到了哪里，便问道："乔，今天有什么打算吗？出去转转吗？"

"你想带我去看你收藏的那些领带？还是有别的事？"

"下周我在美国律师协会有场演讲，和领带有关，所以我想和你探讨一下这个话题。"

戴尔又在盘子里倒上一大摊枫树糖浆，赖利惊奇不已。

"没问题，两点一刻之前我都在这儿，之后我要出去跟朋友看场电影，金德曼警督，你见过的。"

"有一张比格猎犬脸的那位？那个警察？"

戴尔点点头，往嘴里塞进一大口食物。

"那家伙还蛮有趣的。"校长一边观察他，一边说道。

"每年的今天他都会很伤心，所以我得去给他打打气。他是个电影迷。"

"是今天？"

戴尔点点头，又往嘴里塞满食物。

校长抿了一小口咖啡后说道："我都忘了。"

戴尔和金德曼约在 M 街上的传记影院门口碰头，他们决定看《马耳他之鹰》②。起初不错，可电影刚看到一半，一个男人就突然在金德曼旁边坐下，先是对电影进行了一番赞赏，金德曼倒是挺

---

① 法语，意为：我的神父。
② 《马耳他之鹰》(*The Maltese Falcon*, 1941)，此片获得第 14 届奥斯卡金像奖最佳影片等 3 项大奖的提名。

赞成的，可接下来的举动却让金德曼大感意外，男人居然将一只手放到了他的膝盖上。金德曼有所察觉，转头看向那个男人，深出一口气说道："说实话，我真不敢相信，这么龌龊的事你都做得出来。"说完便掏出手铐咔嚓一声铐住了那人的手腕，把他押进休息厅，等警车一来又把他塞进车里。观影厅也因此出现了小小的骚动。

"吓唬吓唬就把他放了。"警督吩咐车里的警佐。

那男人将头伸出后车窗喊道："我和克卢尔曼议员私交不错！"

"那我向你保证，他在晚六点新闻里看到这则消息时一定会非常难过，"探长回道，然后对司机说道，"阿凡提！开路！"

警车开走了。金德曼这才注意到一小拨人已经聚集了起来。他四处寻找戴尔，最终发现他被挤在一扇门旁边，正往街上四处张望，一只手抓住大衣的翻领挡在喉咙处，为的是挡住里面的罗马领①。金德曼走近他说："你在做什么，打算演一出'神父潜伏'吗？"

"我只是在尝试着让大家看不见我。"

"那你失败了。"金德曼实诚地说道，他伸手抓住戴尔的手臂，"瞧，我能看见你的手臂。"

"呃，跟你一起出来乐趣真多，警督。"

"你在胡扯。"

"没逗你。"

---

① 罗马领，天主教神职人员脖子上戴的白色衣领。

"那个差劲的浑蛋,"探长难过地说道,"好好一场电影就被他给毁了。"

"这片子你看了不下十遍。"

"就算再看十遍、二十遍我都不嫌多。"金德曼的手放在神父的肩膀上,两人一起往前走,"咱们去古墓餐厅吃饭吧,或者去克莱德餐厅,斯科特餐厅也行。"探长开始诱惑神父,"我们可以去吃点儿点心,边吃边聊。"

"聊剩下的那半场电影?"

"我记得那半场。"

戴尔停住脚步,拉住金德曼,说道:"比尔,你看上去很累,最近案子很棘手?"

"别说这个了。"

"你看起来很难过。"戴尔坚持说道。

"不,我很好,你呢?"

"我也很好。"

"你在说谎。"

"你不也是嘛。"戴尔说道。

"对。"

戴尔的眼神从探长的脸上扫过,面露关切之色。他这位朋友看上去很疲倦,而且非常不安,身体似乎很不舒服。"你看上去确实很累,"他说,"要不干脆回家小睡一会儿?"

金德曼心想,*他还挺担心我*。"不,我不能回家。"他说道。

"为什么不能?"

"因为那条鲤鱼。"

"你是说，鲤鱼？"

"是鲤鱼。"金德曼重复了一遍。

"你又说了一遍。"

金德曼朝戴尔靠近了一点，两人的脸相距不到一英寸，他定睛看着戴尔，眼神冷酷："我岳母来了，懂吗？她总抱怨说我不是个好丈夫，还说我像个黑帮老大。还有，你知道光明节①她给我老婆买了什么礼物吗？以色列生产的香水，顶级香水。现在你大概知道她是什么人了吧？很好。过几天她还要给我们做道鲤鱼，好吃是好吃，这我并不反对。可是她嫌死鱼脏，就买了条活鱼，还把鱼放到我家的浴缸里养。三天了，那条鱼就在我家浴缸里游来游去，现在它肯定还在我家浴缸里游来游去。游上游下，游左游右，嘴里还在往外吐脏东西，烦死了。还有，神父，你现在站得离我很近，对吧？那你应该注意到了。对，我已经好几天没洗澡了。整整三天，就因为那条鲤鱼。那条鱼不死，我就不回家。我怕我一看到它就想把它弄死。"

戴尔站远了一些，不禁捧腹大笑。

我现在好多了，好很多了，金德曼心想。"走吧，我们现在是去克莱德餐厅、古墓餐厅，还是斯科特餐厅？"他问。

"去比利马丁餐厅吧。"

"别为难我。我都已经在克莱德餐厅订好位了。"

---

① 光明节，犹太人的重要节日。

"那还是去克莱德餐厅吧。"

"你知道吗？我就知道你会这么说。"

"我知道。"

两人相携离开，准备沉醉在这暮色当中。

此刻，阿特金斯正坐在办公桌前眨眼睛。他想，也许是他理解有误，或者是没解释清楚。他再一次拨通了电话，将话筒更靠近嘴边一些，这一次他依旧听到和上次一样的回答："好的，我明白了……好，谢谢。非常感谢。"他挂了电话。办公室很小，无窗，非常安静，他几乎能听到自己的呼吸声。因为觉得刺眼，他将台灯转了过去，把手放在台灯底下。指尖苍白，毫无血色。

阿特金斯感到一阵恐惧。

· · ·

"能多给我加几片西红柿在汉堡里吗？"一位年轻的黑发女服务员端来一盘炸薯条，金德曼连忙清理起凌乱的桌面。

那位服务员忙道谢，将盘子放在戴尔和金德曼之间："三片够吗？"

"两片就够了。"

"需要加点咖啡吗？"

"不需要，谢谢，女士。"探长又抬头看向戴尔问道，"你呢，布鲁斯·德恩[①]？要第七杯咖啡吗？"

"不用，谢谢。"戴尔说道，他把餐叉搁在盘子上，盘中是个

[①] 布鲁斯·德恩（Bruce Dern, 1936— ），美国著名男演员，常演配角，擅长演反派角色。

巨型的椰奶咖喱煎蛋卷。他伸手去拿蓝白色桌布上的香烟。

"请稍等，我一会儿就把西红柿片拿过来。"那位女服务员说完，便微笑着向厨房走去。

金德曼盯着戴尔的餐盘说道："你都没怎么吃，不舒服吗？"

"不是，太辣了。"神父说道。

"太辣了？你平时吃奶油夹心小蛋糕都要蘸芥末的呀。来吧，小伙子，让我这位美食家来告诉你什么才叫辣。"金德曼拿起餐叉叉起一口戴尔的煎蛋卷放进嘴里，很快他放下餐叉，面无表情，盯住戴尔的餐盘说道，"你点了一盘考古新发现。"

"聊回电影吧。"戴尔说道，吐出第一口烟。

"我列了一个十佳电影排行榜，"金德曼宣布道，"你最喜欢什么电影，神父？说五部就行。"

"我选择闭嘴。"

"你不经常看电影啊。"金德曼边说边往炸薯条上撒盐。

戴尔耸耸肩，显得很为难："谁能选得出来？"

"阿特金斯，"探长立马答道，"你随便说出任何一种东西，他都能给你列出个排行榜，电影、西班牙舞，随便什么都行。说到异教徒，他就会立马给你列出史上十大异教徒，而且还是按他的喜好程度进行排序的，阿特金斯做起决定来飞快，都不带眨眼的。不过别担心，他很有品位，所以他说的往往都很正确。"

"哦，真的？那他最喜欢的电影是什么？"

"前五部？"

"前五部。"

"《卡萨布兰卡》①。"

"其他四部是什么?"

"都是这部。他相当迷这部电影。"

耶稣会神父点了点头。

金德曼冷冷地说道:"'上帝不过就是双网球鞋。'异教徒说。托克马达②点点头,说道,'卫兵,让他上路吧。咱们双方都需要好好谈谈。'真的,神父,你最好还是不要这么草率地做出判断。这就是你做弥撒时耳边全是歌声和吉他声的结果。"

"你想知道我最喜欢什么电影吗?"

"那你最好快点说,"金德曼声音低沉,"雷克斯·里德③可还在电话亭里等我电话呢。"

"《生活多美好》④,"戴尔说道,"这部怎么样?"

"嗯,明智的选择。"金德曼说。

神父顿时眉开眼笑。

"这部电影我估计看过二十遍了。"神父笑着应承道。

"好电影看再多遍也不腻。"

"我确实很喜欢那部电影。"

"嗯,单纯美好,看完会觉得内心充盈。"

---

① 《卡萨布兰卡》(*Casablanca*,1942),此片获得第16届奥斯卡金像奖最佳影片、最佳导演、最佳编剧三项大奖。
② 托克马达(Torquemada,1420—1498),西班牙宗教裁判所首任大法官,处死过成百上千的异教徒。如今,他的名字经常与宗教迫害、教条主义和盲信联系在一起。
③ 雷克斯·里德(Rex Reed,1938—),美国著名影评人。
④ 《生活多美好》(*It's a Wonderful Life*,1946),美国奇幻爱情片。

"看完《橡皮头》①你也是这么说的。"

"太恶心了,别说了,"金德曼很不耐烦地低声说道,"阿特金斯说整部电影就是在看那只山羊。"

这时,刚刚那位服务员走了过来,把一个碟子放下了,上面有几片西红柿:"请慢用,先生。"

"谢谢。"探长对她说道。

服务员看向戴尔前面盘子上的煎蛋卷,问道:"煎蛋卷有什么问题吗?"

"没有,它只是在睡觉罢了。"戴尔回答道。

服务员不禁大笑:"需要再为你上点别的东西吗?"

"不用,谢谢。我想我可能还不太饿。"

服务员又指了指盘子:"那盘子能收了吗?"

戴尔点头,服务员于是将盘子收走了。

"吃点东西吧,你在学甘地绝食呀?"金德曼边说边将一盘土豆推到戴尔面前。神父看都没看那盘土豆就问道:"阿特金斯最近怎么样?上次见他都是去年平安夜做弥撒的时候了。"

"他很好,定在今年六月举行婚礼。"

戴尔顿时很兴奋:"噢,真不错。"

"他和他未婚妻是青梅竹马,真是美好又甜蜜。俩人从小就一起在树林中玩耍。"

"婚礼在哪里举行?"

---

① 《橡皮头》(*Eraserhead*, 1977),大卫·林奇执导的著名恐怖奇幻影片。

"在卡车上吧。他俩一直在存钱买家具。新娘子在一家超市当收银员,这工作还不错。而阿特金斯呢,白天他照常还是我的助手,晚上就在一家 7-11 便利店打工。顺便问一句,政府公务员可以同时做两份工作吗?欢迎您从宗教的层面给出建议。"

"我不认为在那种便利店能赚到很多钱。"

"对了,你母亲怎么样?"

戴尔本来正打算捻灭烟头,听到这话,顿时停下手中的动作,用一种古怪的神情看着金德曼:"比尔,她已经去世了。"

探长顿时面露惊讶的神色。

"那是一年半以前的事了。我以为我告诉过你。"

金德曼摇摇头:"我不知道。"

"比尔,我告诉过你。"

"真遗憾。"

"我一点也不觉得遗憾。她都九十三了,常年受病痛折磨,这对她来说是种解脱。"戴尔看向一旁。酒吧的自动点唱机旁开始热闹了起来,他循着声源望去,一群学生正端着大啤酒杯猛灌下去。"在那之前我估计得到过五六次错误的警告,"他说道,目光重新落到金德曼的身上,"一年内弟弟妹妹给我打过好几次电话,每次都说,'乔,妈妈快不行了,你最好快点过来。'前几次都没事,而那次是真的。"

"真抱歉。那一定很可怕吧。"

"不,不,一点也不。我赶到那里时他们告诉我她已经去世了,弟弟、妹妹还有医生都这么说。所以我走进病房,在病榻前为她做临终祈祷。等祈祷结束之后,她居然睁开眼睛直愣愣地看着我。当时我吓得都快蹦起来了。她却说,'乔,你做祈祷的样子真可爱,亲切又友好。儿子,能帮我去倒杯饮料吗?'比尔,你知道,当时我能做的就是哭着跑到楼下厨房,我当时真他妈兴奋。我帮她倒了杯加了冰的威士忌,端上楼,看着她喝完。然后我从她手中接过空杯,她看着我的眼睛说,'我记得我好像没告诉过你,儿子,你很优秀。'说完她就停止了呼吸。但真正让我难过的是——"他泣不成声,抬头看见金德曼也热泪盈眶:"我想起小时候她老对我说,'你再哭,再哭我就走了。'"

金德曼用指节为他擦掉了眼泪。"对不起,不过一想到妈妈们也会骗人,的确很难过。"他说道,"你继续说。"

戴尔的头朝桌子这边前倾了一些:"最难以忘记,也最让我心痛的一点是,她已经九十三岁了,身体各方面机能都退化得很严重,脑子非常不清醒,视力和听力都退化了将近一半,她的整个身体就像一片风中残叶,但当她和我说话并开口叫我'比尔'时,*却神采奕奕,非常清醒。*"

金德曼点点头,又低下头,他看见戴尔双手紧握着放在桌上。突然,毫无任何迹象,金特里被钉在船桨上的恐怖画面如子弹一般闯入了他的脑中。

戴尔将一只手放在了金德曼的手腕上。"喂,别这样,这不算什么,"他说道,"死亡对*她来说*不算一件坏事。"

"我只是突然觉得,整个世界都是受害者,"金德曼满面惆怅地回答道,接着视线上移看向神父,"上帝为什么要创造这名叫

'死亡'的事物呢？说实话，这个创意很烂，没人喜欢，对吧神父？在死亡面前，人人有份，没有胜负之分。"

"别犯傻了。你总不至于想长生不老吧。"戴尔说道。

"没错，我就是想长生不老。"

"你会厌烦的。"神父回道。

"不会，我的爱好可多了，很好打发时间。"

神父大笑起来。

探长因此受到鼓励，身体前倾着继续说道："我突然想到了关于罪恶的问题。"

"啊，又是这个问题。"

"作为警察，我必须记得这个问题。这个说法很好，嗯，非常好。'印度发生地震，数千人罹难'，新闻头条总是这么写。'啊，又是这种事。'看到这种新闻我通常就会这么说。人类不断经历各种疾病的折磨，癌症、唐氏综合征、各种肠胃疾病以及那些妨碍身体美观的疾病，就连奥黛丽·赫本也不会喜欢我们当面提起这些，而人们在经历这些折磨时，圣方济各①却在和鸟儿对话。一个好的上帝会放纵这一切继续进行下去吗？当孩子们遭受病痛的折磨，当我们的挚爱躺在荒郊野外、在孤立无援中等死之时，一个好的上帝会像表演和写作都精通的碧莉·伯克②般在宇宙中无所事事地快乐穿行吗？面对这种问题时，你的那位上帝总是会搬出第

---

① 亚西西的方济各（Francesco d'Assisi, 1182—1226），天主教圣人，曾向小鸟传教。
② 碧莉·伯克（Billie Burke, 1884—1970），美国好莱坞早期著名女演员。

五修正案^①来搪塞。"

"所以黑手党才能有机会'惩奸除恶'呢!"

"啊,你的这句话倒让我有点茅塞顿开。神父,你什么时候再布道?我想去听听你更多的见解。"

"比尔,关键是,在面对死亡时,人类其实非常明白那很可怕。那么我们是怎么想到诸如罪恶、残忍、不公平这样的字眼呢?如果没有见过直线,你肯定不会觉得某条线似乎有点斜。"探长试图打断他,但神父继续说道,"我们生活在这个世界上,是这个世界的组成部分。就算面对罪恶,我们也不该认为那是罪恶。我们得明白那些我们称作'罪恶'的现象其实非常正常。鱼长期在水中生活,便不会觉得潮湿。它们属于那里,比尔,人类也一样,长期生活在罪恶中,便不会觉得罪恶是件多么可怕的事了。"

"嗯,G.K.切斯特顿^②曾经在书中这么说过,神父。事实上,就是自从看完他的书我才明白,你偶尔派头十足、偶尔又垂头丧气的状态并不是'化身博士'那种人格分裂之人。那仅仅是整个神秘宇宙的一部分,对吧,神父?各类探案小说作家——从刚刚提到的那位切斯特顿到卡夫卡——创作出了无数的推理故事,促使人们疯狂地寻找各类谜团的谜底。别担心,金德曼警督正在调查当中。对了,你听说过灵知派吗?"

---

① 美国宪法第五修正案中指出:"无论何人,除非根据大陪审团的报告或起诉书,不受死罪或其他重罪的审判。"
② G.K.切斯特顿(Gilbert Keith Chesterton, 1874—1936),英国作家、文学评论家以及神学家,"布朗神父"系列小说的作者。

"我支持巴尔的摩子弹队①。"

"你真无耻。灵知派认为,整个世界是由一个天使创造的。"

"真让人难以接受。"戴尔喊道。

"我不过说说而已。"

"接下来你是不是要告诉我西门彼得②其实是个天主教徒。"

"听我说。据说上帝告诉那位天使,说,'孩子,这里有两美元,去用它们为我创造一个世界吧——这是我刚苦思冥想出来的主意。'于是那位天使就照上帝的吩咐创造出这个世界来,只不过可能不够完美,导致到现在为止还存在我们刚刚说到的那些缺陷。"

"这就是你的观点?"戴尔问道。

"不,我可不会就这么轻易地原谅上帝。"

"说正经的。你怎么想?"

金德曼变得有些鬼鬼祟祟:"我跟你说吧,我的想法比较新,可能会让你大吃一惊,是个大观点。"

这时服务员过来将账单轻轻地放在桌上。"就放这儿吧。"戴尔看着账单说道。

金德曼心不在焉地搅拌着那杯已经冷掉的咖啡,抬起头看了看四周,似乎在察看是否有间谍在偷听,然后将头前倾、凑到戴尔面前,谨慎地低声说道:"我认为这个世界,就像一个犯罪现场。你懂我的意思吗?我需要不断地将线索拼凑起来,找出凶手,然后还要准备通缉海报。你会帮忙张贴吧?这可是义务帮忙。作为

---

① 即如今美国职业篮球联赛中的华盛顿奇才队。
② 耶稣的十二使徒之一。

神父你宣誓安于贫穷,现在是不是后悔了?我对钱可敏感了,你就算帮忙我也不会给你钱。"

"你确定你这是在告诉我你的观点?"

"我给你点儿提示吧,"金德曼说道,"就和凝血类似。"

戴尔眉头紧皱,拧成一个疙瘩:"凝血?"

"当你在切熏牛肉时不小心被刀割伤,你的血液会通过凝血因子凝固,凝血因子共有十四种,按照一定的顺序产生作用。血球会在你体内不断作用,要不然你的血就会全洒在熏牛肉上,你也就活到头了。"

"这就是你的提示?"

"还有植物的自发运动,藤蔓能够自发地找到数里外的水源,这是不是也能给我们些启示呢?"

"我被你搞糊涂了。"

"那你别动,我们已经接收到你的信号了。"金德曼将脸靠近戴尔,"原本我们以为没有意识的事物现在看来似乎有意识。"

"谢谢你,欧文·科里教授①。"

金德曼突然身体往后、靠坐在椅子上,非常生气:"你这个活生生的例子就能证明我的观点。你看过《异形》②吗?是部恐怖电影。"

"看过。"

"那电影就是在说你。与此同时,我也学到了一些东西。就是

---

① 欧文·科里(Irwin Corey, 1914—2017),美国喜剧明星,因塑造教授形象而被誉为"世界上最具权威的人"。
② 《异形》(*Alien*, 1979),此片获得第52届奥斯卡金像奖最佳视觉效果奖,还荣登美国电影协会百年百大惊悚电影第六名。

千万别让那些夏尔巴人①去给一块石头当向导，它只会掉下来砸在那些人的头上。"

"你说完了吗？"戴尔不快地说道，接着拿起他的那杯咖啡。

"说完了，到此为止。"

突然那杯子脱离了戴尔的掌控，金德曼见他眼神失去焦点，赶忙去抓住那杯子，将它摆好，然后拿起一张纸巾吸干洒出来的咖啡，擦完桌子又用它去擦戴尔的膝盖。

"神父，你怎么了？"金德曼关切地问道，他想过去关心一下戴尔，但他刚站起身来，戴尔就挥手让他坐下，似乎又恢复正常了。

"我没事，没事的。"神父说道。

"你病了吗？还是怎么了？"

戴尔从兜里拿出一根烟，摇摇头道："没事，什么事也没有。"他将烟点燃，煽灭火柴，轻掷到烟灰缸中："我只是最近一直有些头晕，所以老干些傻事。"

"看过医生吗？"

"看过，但医生也看不出是什么毛病。什么原因都有可能，过敏，病毒。"戴尔耸耸肩，"我弟弟埃迪也有这毛病，好几年了。可能和心情有关。不管了，反正我明天早上去做入院检查。"

"入院？"

"嗯，去乔治城医院。神父校长坚持让我去，他有点儿怀疑我对试卷过敏，所以想让我去做些检查确认一下。"

---

① 夏尔巴人（Sherpa），中尼边境上居住的少数民族，因给攀登珠穆朗玛峰的各国登山队当向导或背夫而闻名于世。

金德曼的手表突然响起，是闹铃声。他把闹铃关掉，看了看时间，"五点半。"他嘴里嘟哝了一声，面无表情，扫了眼戴尔教授，慢慢说道，"那条鲤鱼现在应该已经死了。"

戴尔把头埋进双手里哈哈大笑。

金德曼的呼机又响了，他从腰间拿下并关掉声响："失陪一会儿好吗，神父？"他呼吸微喘，勉强从桌子旁站起来。

"别指望我结账。"戴尔说道。

探长没有回答，径自走到一台电话边，将电话打到分局的阿特金斯的分机上。

"有新情况，警督。"

"噢，真的吗？"

阿特金斯汇报了两项进展。第一项和金特里送报专线上的订户有关。没有人打电话抱怨未收到报纸，因为所有人都收到了报纸，即便是本该在金特里离开船库后送报过去的那些人家也都收到了报纸。金特里在送报途中被杀后，所有人居然都收到了报纸。

第二项进展和那个老太太有关。金德曼曾吩咐将她的头发和金特里手中紧抓的那几缕头发做对比。

结果显示，它们属于同一个人。

3
Ⅱ

他才刚离开,她便迫不及待地走到窗前搜寻他的身影,几分钟后,他的身影便再次出现在窗外。她因此极度兴奋,气息微有不匀,发出一丝喘息声。她飞快地穿过门,张开双臂向他跑去,脸上焕发出别样的神采:"你是我的最爱!"她朝他快乐地喊道。不一会儿,这个如太阳般温暖的女孩已然在他怀中。

"早上好,医生。还照老样子来?"
安福塔斯没有听到那人的问话,他正在想事情。
"还照老样子来吗,医生?"
他终于回过神来,发现自己身处乔治城大学大门的拐角处,正站在一个又窄又小的杂货店兼三明治店里。他环顾四周,发现其他客人都已离开，店主老查利·普赖斯正站在柜台后面看着他的脸，目光温柔。"哦，查利，对，还照老样子来。"安福塔斯心不在焉地小声说道，声音特别低沉。说完，他又开始打量起周围来，店主的女儿露西正坐在店铺窗前的那把椅子上休息。他没想到这么快就轮到自己点餐了。

"先给医生来一份大杂烩面包①。"普赖斯一边忙活一边自言自语，弯腰向窗前的隔断掏去，那里放有新鲜的甜甜圈和甜面包，只见他拿出一个涂满糖浆的大面包，上面沾满肉桂粉、葡萄干和坚果，然后直起身用一张四方形的蜡纸将面包裹起来，放进柜台上的大袋子里。"然后再来一杯黑咖啡。"他拖着脚步走向玻璃咖啡壶，往一次性纸杯中倒满咖啡。

他们正沿着博拉博拉岛的周边骑行，骑到一半，他突然向前冲刺，在拐角处急转了个弯。待到骑出她的视线范围，他便握住刹车跳下，飞快地抓起一把路边正怒放的红罂粟，那一大片花儿如火一般艳丽，似上帝跟前的那群天使，明亮晃眼。等她转弯时，他已站在路中间等她了。他将手中的那把怒放的罂粟花伸到了她的面前。她握住刹车看向他，先是面露惊讶之色，接着眼泪便开始簌簌往下掉："我爱你，文森特。"

"昨晚在实验室熬通宵了吗，医生？"

---

① 据传，20世纪美国罗德岛上的人为迎合水手口味而研发的美食，用烘焙店快过期的面包或蛋糕重新加工制成。

店主问道，并将纸袋折好，在顶端封口。安福塔斯抬起头来，发现他的早餐已经被装好并放在柜台上了："没有，只是工作了几个小时。"

店主打量了片刻他那张疲惫的脸，刚巧与他那双如森林般深邃的深褐色眼睛撞上了，它们想对他说些什么？一些苦水吧。那双眼睛安静而神秘，似乎在倾诉什么委屈，又似乎不仅包含着悲伤，还有别的情绪。"别太逞强，"店主说道，"你看起来很累。"

安福塔斯对店主点了点头，把手伸进那件海军蓝开襟毛衣的口袋中乱搜一气，毛衣里面是他那件白大褂。过了一会儿他终于掏出一美元硬币递给店主："谢谢你，查利。"

"记住我说的话。"

"好。"

安福塔斯接过袋子往外走。走过店铺前门时，门上的风铃发出丁零的响声。这位医生又高又瘦，肩膀内弯，有一会儿，他站在店铺前的街道上，低垂着头，不知在思考什么。那袋子被他一手握住拿至胸前。店主走到女儿旁边，二人一起望着他。

"这些年就没见他笑过。"露西低声说道。

店老板将一只手臂支在柜台上："他为什么要笑？"

他笑着对她说："我不能娶你，安。"

"为什么？你不爱我吗？"

"爱，可是你才二十二岁。"

"那不好吗？"

"我的年龄是你的两倍,"他说,"等我有一天老了坐上轮椅,你还很年轻,却得推着我到处走。"

她开心地从座位上跳起来,坐到他的膝盖上,双手抱住他:"啊,文森特,我会让你永葆青春。"

安福塔斯听到远处传来了喊叫声和脚步声,他站在远望街上往右看去,前面是一条长而陡峭的石阶路,路的尽头有个平台,往下走便是 M 街,过了 M 街再往上走一点便是波多马克河和船库。多年来这条石阶一直被人称作"希区柯克石阶"。他看见乔治城船队的队员正往河边跑去,那是他们训练的一部分。他们跑到路尽头的平台上后又向训练场慢慢跑去,最后渐渐地从他的视线中消失。他就这样一直站在那里,直到之前的哭喊声渐渐消散。他独自站在安静的走道上,感觉周围人的行为都渐渐模糊,所有的生命都毫无意义,只剩等待。

热咖啡的温度透过纸杯传到他的手掌上,他从远望街拐上三十六街,沿着大街慢慢地往前走,最终在一栋二层木屋前停住了脚步。那栋木屋离杂货店仅仅几十米之遥,外观非常古朴。街对面是一栋女生宿舍和一所外交事务学院,往左一个街区就是圣三一教堂。安福塔斯在白色门廊上坐下,门廊很干净,显然是清洗过的。他打开袋子,拿出大面包。曾经每个周日她都会帮他买好面包。

"我们在死后都会回到上帝那里,"他告诉她,她之前说起一年前死去的父亲，为了安慰她，他如是说，"我们会成为上帝的一部分。"

"那我们还是我们自己吗？"

"可能不是了。我们可能要换一个身份。"

他瞧她眼里又开始蓄满泪水，但仍忍住不哭，看那张小脸蛋就知道她在极力克制。

"你怎么了？"他问她。

"那样我就会永远失去你了。"

直到那时，他都从未惧怕过死亡。

教堂的钟声响起，一只瘦弱的八哥从圣三一教堂飞向空中，在空中划出一道曲线，不断变换着方向，狂野地在空中转来转去。人们开始陆陆续续地从教堂往外走。安福塔斯看了看表，现在是七点十五分，他错过了六点半的弥撒，近三年来他每个周日的早上都会去，可今天他怎么会错过了？他的视线有一会儿停在手中的大面包上，他慢慢将它放回袋子中，然后放下袋子，将手举起。他把左手大拇指放在右手手腕上，又将两根手指放到右手手掌上，然后三根手指逐渐施加压力，在右手掌上移动。他的右手则以紧紧握住作为反击，跟随左手手指活动。

安福塔斯停下了这场手指运动，他眼盯着双手，又开始出神。

当他再一次想起这个世界的时候，安福塔斯回过神来看了看表，七点二十五分。他拿起袋子和自家门旁那份当天的《华盛顿邮报》，走进他那栋阴暗的空房子，那份报纸上的墨迹未干，字都有点模糊了,他们从来都不知道把报纸包起来。将袋子和报纸放在前厅的桌子上后,他又走出门,给门上了锁。他走到那条石阶路的尽头,在平台上一边转悠一边抬头看天,天空此时乌云密布,河对岸的乌云突然向西滑去,大风突起,街两旁的老树在风中摇晃,那些树在这个季节已是光秃秃的了。安福塔斯慢慢扣上开襟衫脖子处的衣扣,带着一身的伤痛和孤独,两手空空,向遥远的地平线走去。此刻,他距离太阳九千三百万英里。

乔治城全科医院又大又新,外观时尚,位于O街和蓄水池路之间,在三十七街以西,从安福塔斯家出发步行两分钟即可到达。这天早上安福塔斯在七点三十分整到达医院四层的神经科。住院医师已经在收费台前等他了,他们准备一起去各个病房巡视。巡视的同时,住院医师向他介绍着新病例,安福塔斯则边听边提问。穿过大厅时,他们正就病人的诊断结果进行讨论。

402病房的患者是个销售员,三十六岁,有脑损伤症状,主要表现为"单侧忽略"。他能穿好脑损伤部位同一半边的衣服,然后完全忽略另外那一边,刮胡子也只刮半边。

407病房的患者是位经济学家,男,四十四岁,半年前因为癫痫做过一次脑部手术,当时的外科医生别无选择,只能将他的部分大脑颞叶切除。

在住进乔治城医院的一个月前,这位患者曾参加参议院会议。在经过连续九个小时的漫长讨论后,他制定出了一套税法修订新方案,而那场讨论的议题,参议院在当天早上才告诉他。会议中,他对事实的绝佳判断力和整理能力丝毫不亚于他对现行税法的熟悉程度，这令所有在场人士非常惊讶。他只花了六个小时的时间便将方案细节梳理好，并按顺序排好。会议接近尾声时，这位经济学家在不看笔记的情况下，对整套方案做出了长达半个小时的总结。随后他走进办公室，坐在桌前，刚刚回复完三封邮件，便转头对助理说："我怎么感觉今天好像有一场参议院的会议需要出席。"从那时起，他便不能记住任何新发生的事了。

411病房的患者是个女孩，二十岁，球菌性脑膜炎疑似病例。住院医师还是个新手，因此没有注意到安福塔斯听到这个病名时稍有退缩。

420病房的患者是个木匠，五十一岁，一直在抱怨幻肢痛，自打前年失去手臂后，他那断了的幻肢就一直很疼。

那种疼痛通常开始表现为"刺痛感"，之后他感觉那只手臂依然存在，不管他行走、入座还是在床上伸展开来，都感觉那只手臂在跟着动，他甚至会不假思索地伸出幻肢去取东西，然后幻肢便会紧绷起来，不愿放松，随之疼痛开始蔓延。

他顺从地进行了康复治疗，还做了小神经瘤和神经组织再生结节的切除手术。起初有些效果，虽然他感觉幻肢依旧存在，但至少他觉得能弯曲和移动那些已不存在的手指了。

可是过了一段时间，幻肢痛又开始卷土重来，他感觉幻肢摆出了一个非常扭曲的动作，四根手指握紧大拇指，手腕蜷曲，无论他如何努力都不能使它移动分毫。木匠说，有时这种紧绷感简直难以忍受；他有时会感觉到有一把手术刀在不停地割原来的伤口部位；他还抱怨说感到幻肢的食指骨头麻木，这种麻木感从食指指尖传来,慢慢上升到肩部时,幻肢便会开始痉挛性收缩。

木匠还告诉医生,当疼痛达到极点,他就会恶心得想吐,而当疼痛慢慢退去,那种紧绷感似乎也会有所缓解,但是幻肢无论如何都无法移动。

安福塔斯问了木匠一个问题:"你好像总在关注幻肢的那种紧绷感,能告诉我为什么吗?"

木匠于是让他将手掌紧握包裹住大拇指,再将手腕蜷曲,然后把手臂抬起,扭到背后,并保持这一姿势。神经科医生照做了,几分钟之后,他发现那种疼痛感确实非常强烈,便决定终止这种尝试。

木匠点点头说道:"我就是这种感觉,但你还能把手放下,我却不能。"

医生在沉默中走出了病房。

他们在楼道里走着,那位住院医师突然耸了耸肩说道:"我搞不懂,我们能为他做些什么吗?"

安福塔斯于是建议在患者的上胸交感神经节处注射一剂普鲁卡因①,"那样可以稍微缓解症状,但时效不会很久,只能维持几个月。"最多也就几个月。据他所知,幻肢痛无药可救。

心碎也一样无可救药。

424病房的患者是个家庭主妇。她从十六岁开始就一直嚷着肚子痛,这些年来她接受过十四次腹部手术。之后她的头部受了

---

① 普鲁卡因,一种局部麻醉药。

轻伤，又开始嚷嚷自己头痛，之后接受过一次颞下减压术。这次住院是因为她说自己的四肢和后背痛，并且一开始她还拒绝提供之前的病历。此时她正朝左边侧躺着，住院医师想把她翻过来平躺，可一碰到她，她就开始大叫。安福塔斯于是倾下身去轻柔地抚摸她的骶骨周围，但她依旧大喊大叫甚至身体都开始剧烈颤抖。

走出病房后，安福塔斯和那位住院医师都觉得她应该去精神科，看看是否对手术上瘾。

以及她是否对疼痛上瘾。

425病房的患者也是一位家庭主妇，三十多岁，抱怨自己的头部长期抽痛，同时伴有厌食症和呕吐症状。最坏的可能性是脑损伤，但她只是半边头痛，有些像闪光暗点，症状为暂时失明，视野边界出现锯齿形闪光。此外，这位病人的家庭比较注重个人成就，要求家庭成员必须严格遵守一些行为准则，并且不允许个人过分表达情感，违规者甚至会因此遭到惩罚。典型的偏头痛病患家庭。在这种环境中，压抑着的敌意积累到一定程度便转化为愤怒，然后慢慢开始攻击病患，表现出各种疾病症状。

又是一起精神科转诊至神经科的病例。

427病房的患者是最后一位病人，男性，三十八岁，疑似单侧颞叶损伤。病人系本院清洁工。前天被发现时，他正在医院的地下储藏室里，将十几个灯泡放到一桶水中，并拍打水面，让灯泡在水中不断浮动。清醒后，他忘了自己做过什么。这种症状叫作自动症，是精神运动性癫痫发作的症状之一。这种症状有时会使得患者做出破坏性行为，不过大多数情况下破坏性不大，患者仅仅会做出一些不合时宜的行为，这主要取决于患者的无意识情绪。患者发作时通常会变得很古怪，这种症状和神游症类似，但是通常持续时间很短，不过在极少数情况下可持续数小时。曾经有名男子在病发时驾驶一架轻型飞机从弗吉尼亚机场飞往芝加哥，在这之前他从未接受过任何飞机驾驶训练，而在事后他对此完全没有印象，这种情况至今还完全无法解释。有时候这种症状也会让患者做出一些暴力的攻击行为，曾经有个男人在癫痫发作的状态下杀死了自己的妻子，经事后诊断发现他患有单侧颞叶血管瘤。

这位清洁工的情况非常典型。病例显示，他经常因钩回发作[①]而出现幻觉，能感觉到一些难闻的气味或味道。他曾说巧克力棒吃起来有股"金属味"，还有股"腐肉"的气味，但这些怪味都来源不明。他还常对事物表现出似曾相识或者旧事如新这两种截然不同的症状，后者是指在熟悉的环境中产生一种陌生感。这些感受通常都由患者吧唧嘴的动作引发。喝酒也极易引发这些症状。

此外，他还常产生视幻觉，具体来说是视物显小性幻觉，物像在他眼中会变小、变远和出现飘浮感，会感觉自己在空气中不断上升，没有支撑。甚至还有一次，那位清洁工出现过"双重人格"的症状，他看到另一个自己站在面前，和他做同样的事、说同样的话，不过发作的时间很短。

同时他的脑电波情况也不太乐观。脑内可能有肿瘤或肿块，这些肿瘤或肿块首先会隐藏几个月，之后逐渐压迫脑干，最后会

---

① 钩回发作，指大脑颞叶前内侧钩回处病变而出现幻觉和意识障碍的症状。

突然产生一种压力,如果不加以治疗,再过几周这些肿瘤或肿块就会压迫延髓,并最终导致患者死亡。

"威利,把你的手给我。"安福塔斯说得很小声。

"哪只?"那位清洁工问道。

"随便,左手吧。"

清洁工于是将左手伸过去。

住院医师正盯着安福塔斯,面带愠怒。"我已经看过了。"他愤愤地说道。

"我想再看一遍。"安福塔斯慢慢地说道。

他将左手的拇指和食指放在清洁工的左手掌上,右手拇指放在清洁工的手腕上,然后左手手指一边使劲一边在清洁工的手掌中移动,清洁工则条件反射地抓住他的手指并跟着一起活动。

安福塔斯最终停了下来,将手放开:"谢谢你,威利。"

"没事,先生。"

"别太担心。"

"我不会的,先生。"

九点半,安福塔斯和那位住院医师站在精神科入口转角处的咖啡贩卖机前,一边喝咖啡一边讨论对病人的诊断意见,并最终产生了共识。当讨论到那位清洁工的病情时,两人的意见总结得非常迅速。

"我已经预约了一个CT扫描。"住院医师说道。

安福塔斯点头表示同意。只有那样才能确定脑损伤的位置,很可能已经到了末期。"你可能还需要预约一间手术室,以防万一。"即便到了这个阶段,及时手术至少也能延长些寿命。

当住院医师说到那位疑似脑膜炎的女孩时,安福塔斯突然身体僵直,沉默不语,几乎显得有些唐突。住院医师注意到了这个突然的转变,但在他看来神经学家们一向沉默寡言、性格古怪,这一点也广为人知。所以他认为安福塔斯突然变得古怪只是性格使然,或者也可能是因为想到那个女孩还很年轻,病情却严重到根本无法治愈,或许会面临残疾甚至死亡的可怕后果。

"你的研究进展得如何,文森特?"住院医师问道。

住院医师喝完了咖啡,将纸杯揉成一团,正打算扔进垃圾桶中。外面的病人们正在闲聊,最初大家伪装出的客套已经卸下,他们开始熟稔起来。

安福塔斯耸耸肩,正好一名护士正推着一辆推车经过这里,于是他便抬眼打量起那位护士。他的冷淡激怒了那位年轻的住院医师。"都多长时间了?"年轻医生固执地坚持道,决定无论如何也要打破他们之间的那道障碍。

"三年。"安福塔斯回答道。

"有进展吗?"

"没有。"

安福塔斯又问了住院医师一些老患者的病情。

住院医师放弃了追问。

十点,安福塔斯出席了一场大型讨论会,全科室的医护人员都得参加,按计划会一直持续到中午。神经科主任来了一场有关多发性硬化的讲座。同所有挤在过道上的实习医生和住院医师一样,安福塔斯什么也没听进去,尽管他就坐在会议桌上。因为他懒得听。

主任讲座后就是讨论环节,起初的病例讨论话题很快就转到有关科室之间的政策上,讨论相当白热化,安福塔斯丢下一句"抱歉,出去一会儿"便离开了,没人注意到他再也没回来。讨论会最后以主任的一声大喊结束:"我真他妈的烦透了你们这些酒鬼大夫了!要么给我清醒点,要么就给我卷铺盖走人,妈的!"这句话倒是所有的实习医生和住院医师都听到了。

安福塔斯回到411病房,那个疑似球菌性脑膜炎的女孩正坐在病床上,催眠般地盯着安装在对面墙上的电视机,并不断地换台。安福塔斯进门时,她的头部未动,而是将眼睛转过来看向他,疾病已导致她颈部僵硬,转动颈部会非常痛。

"嗨,医生。"

她摁了下遥控器上的一个钮,电视画面便消失了。

"别,没关系——不用关电视。"安福塔斯连忙说道。

她的视线锁定在电视屏幕上:"现在没什么节目,没好东西看。"

他站在床脚旁边观察她,她扎了个马尾辫,满脸雀斑。"你今天感觉怎么样?"他问道。

她耸了耸肩。

"哪里不舒服吗?"安福塔斯问道。

"就是有点烦。"她将视线移回到他身上并对他微笑,但他却看见她眼中隐约有泪光,她接着说,"白天没什么好看的。"

"睡得好吗?"他问她。

"不好。"

他拿起她的服药卡,医生已经给她开好了水合氯醛[①]。

"他们让我吃了药,但是没什么效果。"那女孩说道。

安福塔斯将服药卡放回原处,当他再次看向她时,她已经将身子转向窗户,那动作对她来说会非常痛。她正向窗外望:"晚上我能一直开着电视吗?我可以把声音关掉。"

"我给你副耳机吧,"安福塔斯说道,"这样你可以听声音,也不会吵着别人。"

"可是所有的频道在深夜两点后就没节目了。"她没精打采地说道。

他又问她以前是做什么的。

"打网球。"

"职业选手?"

"对。"

"你教人打网球吗?"

她没时间教别人。她得参加巡回赛。

"有排名没?"

她回答:"有,第九名。"

"全国第九?"

"世界第九。"

"原谅我的无知。"他说道。他感到心寒。他不清楚她是否已

[①] 水合氯醛,一种安眠药。

经知道了自己接下来将面临的状况。

她继续往窗外看。"哎，估计这一切都将成为历史。"她轻声说道。

安福塔斯感觉胃在抽痛。她知道了。

他将一把椅子搬到床边，问她得过哪些比赛的冠军。听到这个问题，她似乎很高兴，他便坐了下来。"好吧，法国网球公开赛和意大利罗马大师赛，还有几个红土网球赛。法国网球公开赛夺冠那年我还是个无名小卒。"她说道。

"意大利罗马大师赛呢？"他问她，"你在决赛中击败了谁？"

在接下来的半小时内，他们一直在谈论网球。

当安福塔斯看看时间站起来准备离开时，那女孩立刻又沉默了，继续往窗外望去。"这也没什么，很好。"她嘴里咕哝道。他能听到他们之间的那道屏障又被重新立了起来。

"你家人都在城里吗？"他问她。

"没。"

"那他们在哪儿？"

她将身子转回来，对着电视机："他们都死了。"她实事求是地说道，声音几乎被娱乐节目的声音淹没。他离开时，她的双眼依旧盯着电视机。

走到大厅，他听到了她的哭声。

安福塔斯没吃午饭，而是直接去办公室工作，着手完善一些病例资料。其中两个病例都是癫痫患者，而且病因古怪。第一个患者是个三十五岁左右的女人，病情是由音乐声引发的。第二个患者是个十一岁的小姑娘，病情仅仅是由于她看了看自己的手而引发的。

其他病例都与失语症相关：

第一个患者，不管别人对她说什么，她都会重复说一遍。

第二个患者，能写字，但完全读不懂自己写的东西。

第三个患者，不能通过面部特征认出别人，必须要通过他人的声音或者一些典型特点才能把人认清楚，比如痣或者显眼的头发颜色。

语言障碍通常与脑损伤有关。

安福塔斯喝了一小口咖啡，试图让自己集中精神。但他做不到。他将笔放下，看向桌上的那张照片。照片上是个年轻的金发姑娘。

办公室的门开了，精神科主任弗里曼·坦普尔得意扬扬地跳着进来了，脚步优雅，微踮脚尖。他快步冲到桌边的椅子旁，然后坐在上面。"小伙子，我有个女孩介绍给你哦！"他欢快地说道，同时双脚前伸，交叉放在地上，这姿势相当舒服。接着他又点燃一支小雪茄，把火柴熄灭扔在地上。"我对天发誓，"他继续说道，"你肯定会爱上她。那腿，又长又直。还有那胸，哦，老天，简直绝了，其中一边有西瓜那么大，另一边也相当大呀！而且她居然还喜欢莫扎特。文斯①，你真得把她约出来看看。"

---

① 文森特的昵称。

安福塔斯开始不动声色地观察他。坦普尔很矮，五十多岁，脸却很年轻，总是露出神采飞扬之色，而且他总是很高兴，眼波流动，就像微风中微微荡漾的麦田，有时又露出一种精于算计的眼神。安福塔斯既不相信他，也不喜欢他。坦普尔不是在吹嘘他那泡妞的本事，就是在吹嘘他上大学时参加拳击比赛的那些事，而且他还试图让所有人都叫他"公爵"。"在斯坦福大学的时候，他们都这么叫我，"他说，"他们叫我'公爵'。"他告诉所有漂亮的女护士说他之所以一直避免打架是因为"从法律上来讲，我这双手本身就是致命武器"。他喝醉酒时尤其令人无法容忍，他身上那种因顽皮而散发出来的魅力会变为卑劣。安福塔斯怀疑他现在要么喝醉了，要么安非他命①吃多了，或者两者皆是。

"我一直在和那个女孩的朋友约会，"坦普尔伸过头来说道，"她有老公，真是见鬼了。但那又怎样？有区别吗？不过，我给你介绍的这位是单身。想要她的电话号码不？"

安福塔斯拿起一支笔，低头看着桌上的白纸，在一张纸上写了些东西。"不用，我已经好几年没约会了。"他轻声说道。

突然，那位精神科医生似乎清醒了过来，眯眼盯住安福塔斯，眼神冷漠。"我知道。"他平静地说道。

安福塔斯继续工作。

"你有什么问题吗？你不会是阳痿吧？"坦普尔急切地问道，"很多像你这种情况的人都会阳痿。我能用催眠法治好，真的，我

---

① 安非他命，即苯丙胺，一种毒品。

的催眠法什么病都能治好。我很厉害。我真的真的很厉害。我可厉害啦。"

安福塔斯继续无视他,在纸上更正了一处错误。

"那讨厌的脑电图机居然出故障了,你敢相信吗?"

安福塔斯保持沉默,继续在纸上记录。

"好吧,我问你,这他妈的到底是什么?"

安福塔斯抬起头,坦普尔伸手从兜中掏出一张折起来的便条纸扔到桌上。安福塔斯拿起来打开,开始阅读上面的内容,字迹和他的很像,上面是一段晦涩难懂的话:"生活越来越无能。"

"他妈的这句话到底是什么意思?"坦普尔重复道,他的态度已然变为一种公然的挑衅。

"我也不知道。"

"你不知道?"

"不是我写的。"

坦普尔突然从椅子上跳到桌边:"上帝作证,这张纸条就是你昨天在办公桌前递给我的!当时我很忙就把它塞进口袋了。这句话到底是什么意思?"

安福塔斯将那张纸条放到一边,继续手中的工作。"不是我写的。"他重复道。

"你疯了吗?"坦普尔抓起那张纸条放到安福塔斯的眼前,"这就是你的笔迹!看到字母 i 上面的圈了吗?那是你写这张纸条时精神紊乱的表现。"

安福塔斯擦掉了一个单词,又重新写上别的单词。

这位白发精神科医生的脸已经被气得通红。他迅速走到门边，大力将门打开。"你最好跟我约个时间。"他哼的一声嗤笑道，"你个事儿多的混蛋，比蠢货还烦的家伙！"坦普尔说完便走出了门，大力将门带上。

有一会儿，安福塔斯盯着那张纸条出神，但没多久便又回过神来继续工作。他必须得在这周把工作做完。

下午，安福塔斯在乔治城大学医学院举行讲座。做讲座时，他跟大家回顾了之前的一个病例。一个女人从出生之日起便感觉不到疼痛，幼儿时期，她曾在咀嚼食物时不小心咬断了舌尖，后来她又因为跪在窗前的暖气片上看日出而造成三度烧伤。经一位神经科医生检查发现，她的身体即使在强电压和热水的刺激下也感觉不到疼痛。洗冷水澡不管多久也不会感觉冷。同样奇怪的是，她的血压、心跳频率或呼吸在上述情况下都不会发生任何变化。她甚至不记得自己曾经打过喷嚏或者咳嗽过。作呕反射很难出现，保护眼睛的角膜反射压根儿就没有。那位医生对她施加了各种刺激，比如将一根小细棍放入鼻孔，捏肌腱，甚至皮下注射组胺——一种极刑方式——都不能让她感到疼痛。

最后，这个女人患上了各种疾病：膝盖、臀部和脊椎都发生了病变。她接受过几次矫形手术。她的外科医生认为她之所以得病，是因为体内缺少一种保护关节的物质，而这种物质是通过疼痛感产生的。她在站立时不能移动，睡觉时不能翻身，无法避免用那几种容易导致关节炎的姿势。

最终,她在二十九岁时死于严重感染,根本无法控制。

没人提问。

三点三十五分,安福塔斯回到了办公室。他将门锁起来,坐下,等待。他知道,他现在无法工作。现在不行。

偶尔有人过来敲门,他就等待那脚步声渐渐远去。其中有一次他听到有人将门把手弄得咔嗒响,之后又开始踢门,他知道那是坦普尔,在对方的那阵低吼声还没透过木门传到他耳中时他就已经知道了。"你这个疯子,混账,我知道你在里面。让我进去,这样我才能帮你。"坦普尔吼道。安福塔斯保持沉默,门外有一阵没有了声音,之后他听到了谨慎又轻柔的一声"大奶"。接着又是一阵沉默。他想象着坦普尔正把耳朵贴在门上。最后他听到坦普尔踩着厚鞋底在门外跳脚的声音渐远。安福塔斯又看了看表。

四点四十分他给另一个医院的朋友打了电话,对方也是名神经科医生。电话接通后,他说:"埃迪,我是文森特。我的CT扫描结果出来了没?"

"嗯,出来了。我正想给你打电话呢。"

然后是一阵沉默。

"是阳性吗?"安福塔斯最终问道。

又是一阵沉默。之后对方说:"是。"那声音几不可闻。

"我会处理好的,拜拜,埃德[①]。"

[①] 埃迪的昵称。

"文斯?"

还没等他说完,安福塔斯已经挂断了电话。

他从右手边的抽屉中抽出一张信笺,给神经科主任认真写起信来。

亲爱的吉姆:

有件事很难开口,但我还是决定说出来。非常抱歉,从三月十五号也就是本周二晚上开始,我得放弃我的职位,全心全意地去做研究了。汤姆·索姆斯能力不错,而且非常可靠,在找到人来接我的班之前,你可以把我的病人交到他手上。到周二我手上那些旧的病例报告应该已经完成,至于今天我和汤姆一起去看的那些新病例,我已经跟汤姆商量好诊治方法了。周二之后,我会尽量去病房会诊,但这也说不准。不管怎样,我要么在实验室,要么在家,你可以在这两个地方找到我。

我知道这很突然,会给你造成一定的麻烦。所以我再次对你说声抱歉。但我希望你能尊重我,别再问我为什么做出这个决定。我会在周末之前把桌子清理出来。这里的病房非常棒。还有你也很棒。谢谢。

此致

文森特·安福塔斯

安福塔斯离开了办公室,将信投进神经科主任的信箱后,走出了医院。此时已经快五点半了,他加快步伐,走向圣三一教堂。

还来得及参加晚上的弥撒。

教堂很挤,他站在队伍后面,跟随大家一起做弥撒,内心焦灼却又满怀希望。这些年经他手治疗过的残破之躯无数,他渐渐觉得人是一种非常脆弱而且孤单的生物。人就像微弱的烛火,在无尽又恐怖黑暗的空间燃烧着,孤单地存在着。正是基于这种认知,人们开始拥有信仰。可上帝却选择躲避人类。他发现上帝在人类大脑中无处不在却又非常隐蔽,可存在于人们脑中的上帝只会勾勾手让人们朝他走去,而走近后却又将人们举起,最终,人们除了信仰外别无选择。信仰将那些微弱的烛火聚到了一块,使烛火越来越明亮,照亮整个黑暗的夜。

"耶和华啊,我喜爱你所住的殿……"[①]

除此之外,别无他求。

安福塔斯扫了一眼等待忏悔的队伍,很长。他决定明天再去。他打算做一个全面的忏悔:忏悔他到目前为止犯下的所有罪行。早上的弥撒应该时间比较充足。那个时间很少需要排队。

"希望那能永远治愈我们……"

"阿门。"安福塔斯坚定地祷告道。

---

① 出自《圣经·旧约·诗篇》第 26 章第 8 节。

他下定了决心。

他打开前门，走进前厅，把装早餐的纸袋和当日的《华盛顿邮报》拿到起居室，打开所有的灯。这房子是租来的，家具齐全，模仿的是殖民地时期的装修风格，廉价又单调，客厅再往里走是厨房和迷你早餐间。楼上是一间卧室和一间书房。这一切足以满足安福塔斯的所有需求。

他在一张有厚软垫子的椅子上坐下，姿态放松地环顾四周，房间和平常一样，很乱。这种凌乱以前从来不会困扰到他，但今天他却奇异地想要将这里收拾收拾，打扫打扫这栋房子，好像他即将要出门远行似的。

他决定明天再做，今天他有些累了。

他又看到了书架上的那台录音机，连着一台扩音器，插着一副耳机，但他太累了，决定明天再弄。他低下头打算看会儿膝盖上的那份《华盛顿邮报》，突然间撕裂般的头痛袭来，令他透不过气来。他不由得把双手放到太阳穴上，站起身，那份报纸散落到了地板上。

他急速冲上楼走进卧室，摸索着打开台灯，床头那里有一个医疗包。他拿出棉签、一次性注射器和一个琥珀色药瓶，里面装有液体药剂。他坐在床上，解开裤带，将裤子推至臀部下方，露出屁股，迅速给腿部肌肉注射了六毫克的地塞米松①，那是一种激

---

① 地塞米松，合成的肾上腺皮质激素类药。

素。氢吗啡酮①不够用了。

注射完毕后，安福塔斯仰天倒在床上，静静地等待着。那瓶琥珀色药剂被他一直紧握在手中，心跳和头部跳动的节奏从刚开始的不一致慢慢变为一致。他开始忘记了时间。

最后他坐起身，发现裤子仍在膝盖处，提上裤子时，他看见床头柜上有一只绿白相间的陶器，是只穿着小女孩衣服的毛绒鸭，上面印有文字"如果我很可爱，你就叫一叫"。他盯着那个鸭子看了一会儿，面带悲伤之色，然后便系好皮带走下楼去。

他走进起居室，把地上的那份《华盛顿邮报》捡起来叠好，他打算一边热晚餐一边读这份报纸。然而，当他走进厨房打开天花板的那盏灯时，脚步突然停住了。早餐间的桌子上除了吃剩的早餐外还有另一份《华盛顿邮报》。报纸散开了。

有人读过这份报纸。

---

① 氢吗啡酮，处方类止疼药，有成瘾性和耐药性。

4
Ⅱ

法医局综合实验服务部

实验报告

1983 年 3 月 13 日

收件人：艾伦·斯特德曼，医学博士	抄送：弗朗西斯·卡波内格罗医生
案件编号：#50	法医实验室：#77-N-025
被害人：托马斯·乔舒亚·金特里	鉴定人：塞缪尔·希施贝格博士
	鉴定实验室：贝塞斯达

年龄：12 岁

种族：黑人　性别：男　　　　　接收日期：1983 年 3 月 13 日

嫌疑人：无

证据收集人：艾伦·斯特德曼博士

一瓶血液、一瓶尿液，供酒精筛查、药物筛检。

检验结果

血液：乙醇含量 0.06 %

尿液：乙醇含量 0.08 %

血液和尿液：

　　未检出大量氰化物和氟化物。未检出巴比妥类、氨基甲酸酯、乙内酰脲、戊二酰亚胺及其他镇静催眠类药物。未检出苯丙胺、抗组胺药、苯环己哌啶、苯二氮卓类等药物。未检出天然以及人工合成的麻醉剂和镇静剂。未检出三环类抗抑郁药和一氧化碳。未检出重金属。检出药物：氯化琥珀胆碱[①]，18 毫克。

塞缪尔·希施贝格博士，毒理学家

---

① 氯化琥珀胆碱，全麻用骨骼肌松弛药。

5
Ⅱ

"有人私下里有一套理论,把人比作监狱里的囚犯,囚犯不得擅自打开牢门逃走。我觉得这套理论很深奥,不容易懂。不过,齐贝啊,至少我相信是有理的。我们有天神守护,天神是我们的主子。"[①]

金德曼想到柏拉图著作中的这段话。他怎么可能不想?这个案子中到处都是这些理论的影子。"这是什么意思?"金德曼问其他人,"怎么会是这样?"

金德曼和阿特金斯、斯特德曼还有瑞安围坐在集合厅中央的一张桌子旁。他希望周围的人都忙碌起来,在这样一个有序的世界中,只有看到人们认真忙碌于其中,他才会觉得脚下的地板不会消失。他迫切需要从这些忙碌的人群中感受到希望。

[①] 出自柏拉图的对话录《斐多》,是苏格拉底对齐贝说的话,杨绛译。

"当然不能据此就确定凶手的身份。"瑞安说道,他的手正在抓挠前额,跟斯特德曼和阿特金斯一样,他也只穿了件衬衫,这屋子里实在太热了。瑞安耸耸肩说道:"头发不能说明凶手的身份,我们都知道这一点。然而……"

"是的,然而,"金德曼随声附和,"然而……"

两份样本中头发毛髓层的厚度相同,每单位长度中角质层重叠鳞片的形状、大小和数量也完全相同。而且从金特里手中搜集到的头发发根较新,并非自然脱落,且发根卷起,这都表明他曾经挣扎过。

金德曼摇摇头。"不可能,"他说,"这是假象。"

他低下头看看他们为那个老太太拍的照片,又看看手中的茶杯。他伸出一根手指戳了戳杯中的那片柠檬,又搅了搅,柠檬便在水中一边上下浮动一边旋转。他依旧穿着大衣。"他是怎么死的?"他问道。

"电击,"斯特德曼回答道,"以及慢性窒息。"此话一出,大家的视线全都聚焦在他身上。"他被注射了一种叫作氯化琥珀胆碱的药物。每五十磅体重只要注射十毫克这种药就会立即出现麻痹症状,"他说,"金特里被注射了二十毫克。注射后他不能移动也不能喊叫,大约十分钟后便停止了呼吸。这药会攻击呼吸系统。"

沉默迅速在这群人中间蔓延,那张桌子迅速成了一个沉默的死角,将他们与这间屋子中的其他人和物——那些忙碌的人和嘈杂的机器——隔开来了。金德曼能听到那些人在说话,也能听到那些机器的轰鸣声,却感觉那些声音非常遥远,然后渐渐消遁,如同教堂角落里被遗忘的祈祷者。

"这药是用来治什么的？"金德曼问道，"那个——你刚说它叫什么？"

"氯化琥珀胆碱。"

"这是你的强项，斯特德曼，对吧？"

"是一种肌肉松弛药，"斯特德曼回答道，"用于全身麻醉。常见于电休克疗法。"

金德曼点点头。

"我还得说一点，"那位病理学家补充道，"用这种药时不能出任何差错，为了能达到预期效果，凶手必须明白他自己在干什么。"

"所以凶手很可能是个医生，"金德曼说道，"也可能是个麻醉师，谁知道呢？总之是有行医资格的人，对吧？还得有机会拿到这种药。顺便问一句，我们有在现场发现什么皮下注射器吗？还是和以前一样，只发现了一些富人家孩子随手丢弃的'好家伙'牌玉米花包装里的附赠玩具？"

"没有发现注射器。"瑞安冷静地答道。

"这也正常。"金德曼叹了口气道。搜查完犯罪现场后，他们都有些气馁。那个肉槌上面确实发现了指甲摩擦的痕迹，却只发现了几枚受污染的指纹。对那些烟头上的口水进行血液抗原检测后显示，吸烟者为 O 型血，而这是最普遍的一种血型。金德曼看到斯特德曼在看手表。"斯特德曼，快回家去吧，"他说道，"还有你也是，瑞安。走吧。回家去和老婆孩子聊聊犹太人。"

随意聊过几句之后，瑞安和斯特德曼各自走到大街上，脑中除了晚餐和回家的路外便再无其他。金德曼正站在楼上观察他们，他感觉集合厅又恢复了活力，好似刚才这里因装满了一些俗套乏味的想法而变得毫无生命力。他听到电话铃响，接着又听到接电话的那个人对着电话大吼，然后就听到一群人走出了门，那声音也随之而去了。

阿特金斯盯着金德曼，只见他喝了一小口茶，陷入沉思，复而又将手指伸进杯中，拿起那片柠檬，挤了挤后扔回杯中。"关于报纸的事，阿特金斯。"他沉思了一会儿，便抬起头来对上阿特金斯凝视着他的眼神。

"应该是哪里搞错了，警督，肯定是搞错了。会有合理的解释的，我明天给《华盛顿邮报》再打电话确认一下。"

金德曼低头看向自己的茶杯，摇摇头道："没用的。你查不到什么。我现在有点心灰意冷了，总感觉有些可怕的东西正站在暗处嘲笑我们，阿特金斯。你找不到任何线索。"他呷了一口茶，又低声说道："氯化琥珀胆碱，真是够了。"

"那个老太太呢，警督？"还没人审讯过她。从她衣服上没发现任何血迹。

金德曼看着他，突然兴致勃勃地说道："你知道猎胡蜂吗，阿特金斯。你不知道。很多人都没听说过这种生物。但这种猎胡蜂非常神奇，神奇得令人无法相信。首先，它的寿命只有短短两个月。别担心，健康就好。幼卵产出，嗯，是只可爱的小胡蜂。只需一个月它就能长大并产卵。突然幼卵饿了，需要充饥，而食物只有一种：活的昆虫。比如说，一只蝉。嗯，蝉很好，我们就假设那是蝉。现在猎胡蜂也知道那是蝉了。谁知道它们是怎么知道的,这是个秘密,暂且不管。然后呢,要吃活的,蝉尸可能会导致幼卵和幼虫的死亡,而一只活蝉又可能会破坏幼卵,甚至反以幼卵为食。所以猎胡蜂不能把窝搭在一群蝉的旁边,然后对那些幼卵幼虫说,'来吧,快吃晚餐。'你觉得生活对猎胡蜂来说很容易,对吗,阿特金斯?只需要飞来飞去,蚕蚕猎物,每天都趾高气扬、特别开心,对吗?不,可没那么简单。一点也不简单。它们会面临各种问题。不过,如果猎胡蜂能成功地麻痹蝉,问题就迎刃而解了,晚餐也就有了。而要使蝉麻痹,就得知道蝉蝉的哪个部位更容易些,而这就需要对蝉身体的各个部位都非常了解,阿特金斯——那些蝉可是穿铠甲的,那些壳真的很难刺透——它们还需要知道注入多少毒液合适,注射太多蝉就可能死了,太少又可能达不到麻痹效果,白白让这些蝉飞走。想做得刚好就需要外科医学方面的知识。别沮丧,阿特金斯。真的,这真的没什么。所有的猎胡蜂,不管在哪里,即使在我们现在坐下来的这个地方,它们都在唱《阿根廷,别为我哭泣》[①];不管蝉在哪儿,都能成功地麻痹它们。神奇吧?它们是怎么做到的?"

"那是本能。"阿特金斯说道,他知道金德曼想听他这么说。

谁知金德曼立马瞪圆了双眼:"阿特金斯,永远别说'本能'这两个字,我向你保证,我也绝不会说'规范'这两个字。没这两样东西我们还不活了吗?"

[①] 歌名英文原名为 *Don't Cry for Me, Argentina*。

"那就是……'天生的'。"

"这也是禁语。天生的,什么是天生的?一个词就能解释一切吗?某个人告诉你太阳今天没有出来,然后你告诉人家,'别担心,今天是古巴的太阳不会升起日'?这就能起到解释的作用吗?告诉你吧,我对'地心引力'之类的词同样不以为然。那只不过是另一个蛊惑人心的名词罢了。同时,阿特金斯,猎胡蜂的确很神奇,这就是我的部分观点。"

"你对于这个案子的观点?"阿特金斯问他。

"我也不知道。也许是,也许不是。我只是阐述一下观点。不,这是另一个案子,阿特金斯。一个更大的案子。"他用双手手臂比画出一个大圆,"所有的案子之间都相互联系,至于那个老太太,同时……"他的声音渐渐变小,只能隐隐听见远处雷声轰隆作响。他盯住一扇窗户,雨滴断断续续地落在了窗户上。阿特金斯在椅子上稍微换了换姿势。"那个老太太,"金德曼深吸了一口气,眼神迷离,"她正将我们带入她的神秘世界,阿特金斯。我还在犹豫要不要跟在她后面。真的。"

他又继续出了会儿神,而后突然将他手里的空纸杯揉成一团,随手一扔,纸杯砰的一声落在桌子旁边的垃圾桶里,他站起了身。"看你的甜心去吧,阿特金斯。嚼片口香糖,喝杯柠檬汽水,自己做点乳脂软糖。我呢,也要走了。再见。"说完他仍站在那里,四处张望,似乎在寻找什么。

"警督,你戴着帽子呢。"阿特金斯说道。

金德曼伸手碰到了帽檐:"啊,对,我戴着呢,真是的。不错,干得好。"

金德曼继续站在桌边出神。"永远别相信事实,"他喘了一口气后说道,"事实恨透了我们。它们恶臭难闻,讨厌人类,讨厌真相。"说完他猛地转过身,蹒跚而去。

过会儿他又折了回来,在大衣口袋里掏来掏去,要找那几本书。"还有一件事,"他对阿特金斯说道,那位警佐站了起来,"只耽误一分钟。"金德曼迅速翻动书页,然后低声说道:"啊哈!"只见他从一本德日进①的书中抽出一张纸条,字写在一张好时巧克力棒的包装纸上,他把那张纸条举到胸前。"别看。"他厉声说道。

"我没看。"阿特金斯说。

"很好,别看。"金德曼举起那张纸条,极力挡住字条的内容,大声读道,"相信上帝存在的另一个来源是同理智而非情感有关的,我认为这更为重要。这种信念的产生,是由于把这个伟大而奇异的宇宙,包括具有高瞻远瞩能力的人类,想象为偶然性或必然性的产物是极其困难的,或者应该说是不可能的。"金德曼将纸条放在胸前,抬头问道:"猜猜这段话是谁写的,阿特金斯?"

"你。"

"我的警督头衔明年才考核呢,再猜。"

"不知道。"

"查尔斯·达尔文,"金德曼说道,"是他那本《物种起源》里

---

① 德日进(Pierre Teilhard de Chardin, 1881—1955),法国哲学家、神学家、古生物学家,耶稣会教士。德日进在中国工作多年,是中国旧石器时代考古学的开拓者和奠基人之一。

的话。"①说完，他便把纸条塞进口袋，转身离开了。

接着他又转身回来了。"还有件事，"他站在离警佐鼻尖仅差一英尺②的地方，双手放在口袋深处，"你知道路西法是什么意思吗？"

"明亮之星③。"

"组成整个宇宙的物质是什么？"

"能量。"

"那能量最常见的形式是什么？"

"光。"

"我知道了。"说完，这位探长便向外走去，身体微弓着穿过集合厅走下楼梯。

这次，他没再回来。

女警佐乔丹正坐在病房角落的阴影处，那位老太太沐浴在床头琥珀色夜光灯诡异的光线下，一动不动，非常安静，双臂放在两侧，眼睛空洞，似乎在出神。乔丹能够听到她有规律的呼吸声，和窗外雨滴落在窗户上发出的啪嗒声。女警佐在座椅上变换着姿势，想让自己更舒服些。困意袭来，她的眼睛几乎要闭上了，又猛地睁开。屋里突然传来奇怪的声响，似乎是什

---

① 此处金德曼说的纸条内容出处有误，并非出自《物种起源》，而是出自达尔文的自传。
② 1英尺等于0.3048米。
③ 路西法（Lucifer），魔鬼撒旦的别名，源自拉丁语，意为"明亮之星"。

么脆弱的东西受到碰撞而发出的尖锐声响,声音很微弱。乔丹感到一阵不安,她迅速扫了一眼整间屋子,发现是床边玻璃杯中的冰块在浮动,这才安心下来。她叹了一口气,惊讶自己刚才居然如此恐慌。

门突然被人从外面推开。是金德曼,他悄悄地走进了房间。"休息一下吧。"他对乔丹说道。

她心中萌生感激之情,默默离开了房间。

金德曼打量了老太太一阵,然后脱下帽子问道:"感觉好些了吗,亲爱的?"声音轻柔。老太太没有回应,却突然伸出双臂,又开始做她那套有规律的神秘动作,金德曼之前在波多马克船库就见她做过。金德曼小心地拿起一把椅子,轻轻地放到床边,一股消毒水的味道飘来。他坐在椅子上,开始专心观察,那些动作一定有什么含义。但究竟是什么含义呢?那双手在对面墙上投下了影子,似是一只蜘蛛,就像一个代码。他又开始打量老太太的脸庞,那脸上有股圣洁的意味,眼神却很奇怪,似乎隐隐带有某种渴望。

金德曼在昏暗的灯光下坐了将近一个小时,一边是窗外的雨声和他的呼吸声入耳,一边是各种想法窜入脑中。他一度联想到了夸克,他感觉有个声音在他耳边传授物理知识,告诉他物质并非实物,而仅仅是这个光影变幻的世界当中的各个过程,在这个世界中,中微子据说其实是鬼魂,而电子能够回到过去。他想,直视微亮的星,星光便会消失,徒然照亮眼睛中央凹处的锥状细胞。但如将视线稍稍移开,便又能看见它,因为星光会转而投射到杆状细胞上。①金德曼感觉到，这个新宇宙是如此的陌生，在这里，他需要把目光偏离案子本身才能有所突破。他不相信这个老太太参与过那场谋杀，但她也许在以某种说不清道不明的方式阐释这个案子。无论何时，只要他将视线从表面事实上移开，他都会产生这种直觉，这种想法十分强烈，令他困惑不已。

老太太最终停下了动作，探长站起来，低头看向病床，双手握住帽檐说道："晚安，女士。很抱歉打扰到你。"说完他便走出了病房。

乔丹正在大厅里抽烟。探长走近她，打量着她的脸庞，看出她似乎有点不安。

"她说过话吗？"他问道。

她吐出一口烟，摇摇头道："没，没有，压根儿没说过话。"

"吃过东西了吗？"

"嗯，吃了些燕麦粥，还有热汤。"她轻轻地弹了下烟灰。

"你好像很不安。"金德曼说道。

"我也不知道。只要在那间屋子里就觉得有点恐怖。没有缘由，就是感觉。"她耸耸肩，"我也不知道为什么。"

"你太累了。快回家吧，"探长吩咐她，"这里有护士……"

"就算是这样，我也不想离开她。她真是可怜。"她再次轻弹

---

① 当人直视某个物体时，物体的影像会投射到视网膜的中央凹上。中央凹上遍布的锥状细胞可以感应亮光，却几乎无法感应弱光。因此，为了看见暗淡的物体，人需要把视线稍微移开一点。这么做是为了让目标物体的影像离开中央凹，投射到视网膜中包含更多杆状细胞的区域。杆状细胞只能分辨黑白，但对光线的敏感度大大高于锥状细胞。

烟灰,双眼飞快一瞥,"嗯,不过我想我确实很疲乏。你真的认为我得回去休息一下?"

"你已经很尽责了。快回家吧。"

乔丹看起来松了口气:"谢谢,警督。晚安。"她转过身去,迅速离开了。金德曼看着她走远,她和他感觉到了同一种东西,但那究竟是什么?问题到底在哪里?不过有一点是明确的,那老太太绝不是凶手。

金德曼看到一位年迈的女清洁工在拖地,头上绑了块脏兮兮的红色头巾。那只是个女清洁工在拖地,他想,仅此而已。

心情平复后,他迈步往家中走去。

他迫切想躺到床上睡一觉。

到家时,玛丽正在厨房等他。她坐在厨房的那张枫木桌旁,穿着一件淡蓝色羊毛睡袍,面色坚定,眼神灵动。"你回来了,比尔。你看上去很累。"她说道。

"困得眼睛都睁不开了。"

他吻了吻她的额头,然后坐下。

"你饿吗?"她问他。

"不是很饿。"

"还剩了些牛腩。"

"不是鲤鱼?"

她开始咯咯笑。

"你今天怎么样?"她问道。

"很好,和往常一样,探险呗。"

玛丽知道金特里的案子。她在新闻上看到了。但他们很多年前就约定不在家中谈金德曼工作上的事情，以免影响家庭和谐。不过深夜里从警局打来的电话可无法避免。

"有什么新鲜事吗？里士满好玩吗？"他问道。

她做了个鬼脸："我们很晚才到那边，先吃了个早餐——几个煎蛋，外加几片培根，上面撒了一些玉米糁，妈妈就在那小摊边大声说，'这些犹太人真是疯了。'①"

"她现在在哪呢，我们那位令人尊敬的宗教专家呢？"

"她在睡觉。"

"谢天谢地。"

"比尔，厚道点。她能听到你说的话。"

"在梦里能听到我说的话？好吧，当然，亲爱的。浴缸幽灵总是特别警惕，生怕我会对那条鱼做出什么疯狂举动。玛丽，我们什么时候吃那条鱼？我可是在很严肃地问你。"

"明天。"

"所以今晚我还是不能洗澡，嗯？"

"你可以淋浴。"

"我想洗泡泡浴。鲤鱼应该不介意水中多点泡泡吧？我愿意和它恢复邦交。对了，朱莉呢？"

"上舞蹈课去了。"

"晚上上课？"

---

① 从前文可知，金德曼的岳母是欧洲裔犹太人，而欧洲的犹太人大都不食用玉米、大豆、芝麻等谷类。

"比尔,现在才八点。"

"她应该在白天上舞蹈课,那样最好。"

"好在哪儿?"

"白天亮堂,她能看清脚下的尖头鞋。只有外邦人才擅长在晚上跳舞,而犹太人总是会被绊倒,所以他们不喜欢晚上跳舞。"

"比尔,我还有件小事跟你说,告诉我你肯定不会发脾气。"

"莫非那鲤鱼怀了五胞胎?"

"得了。朱莉想把她的姓改成费布雷。"

探长略显迟钝:"你不是认真的。"

"我很认真。"

"不,你在开玩笑。"

"她说那样更符合她舞者的形象。"

金德曼闷声说道:"朱莉·费布雷。"

"为什么不呢?"

他说道:"犹太人就是**犹太人**,可不是什么西班牙人。我们犹太文化中有这个姓氏吗?是不是下次还得让伯尼·法伊纳曼医生来把她那鼻子弄挺点,好配得上她的新名字?再下次是不是还得搬出《圣经》和"费布雷书"①来,告诉我说挪亚方舟上没有牛羚那么难看的动物,只有些叫什么梅洛迪、泰伯之类的洁净生物,而且还全是迪比克②那些信基督教的欧洲裔美国人?等某一天科学家们在汉普顿发现挪亚方舟残骸时就真相大白了。我们要感谢主,

---

① 并无此书,是在调侃女儿打算改的名字。
② 迪比克位于美国艾奥瓦州密西西比河畔,此地人口中,白人占比超高。

法老他老人家没在这儿,要不然那孙子——他还不得当我们面幸灾乐祸地哈哈大笑呢。"

她说道:"事情可能会更糟。"

他回应道:"有可能。"

"挪亚方舟在里士满停靠过吗?"

说完,他眼神放了空,望着空气发呆。"蓝培德①赞歌,"他低声细语道,"我快烦死了。"他叹了口气,头低垂至胸前。

"亲爱的,去床上休息吧,"玛丽忙说道,"你太累了。"

他点点头。"嗯,我确实很累,"接着站起来俯身亲了亲她的脸颊,"晚安,布丁。"

"晚安,比尔。我爱你。"

"我也爱你。"

他走上楼,在床上躺下,没几分钟便沉入梦乡。

梦中,最初他在乡间明丽的田野上空飞行,不一会儿便飞到了乡村之上,然后又飞到了城市上空。那座城市很普通,却又很陌生。他觉得自己应该到过那里,却又记不清了。他知道自己永远没法描述那种感受。和以往的梦不同,在这个梦中,他非常清醒,他知道自己在做梦,甚至能回忆起前一天发生的所有事情。

突然他发现自己正站在一座巨大的石制建筑物内,墙面光滑,呈淡玫瑰色,穹顶达到令人叹为观止的高度,他感觉那是一座巨大的教堂,广阔的区域内塞满了床,和医院的病床类似,很窄,

---

① 蓝培德(Lance Lambert,1931—2015),犹太裔传道人,生于里士满,逝于耶路撒冷。

铺着白色床单。里面差不多有数百人,可能还不止,正忙着从事各种安静的活动。一些人或坐或躺在床上,一些人则穿着睡衣或睡袍四处走动。大部分人在看书或聊天,不过在他近旁有五个人正聚在一张桌前摆弄着类似无线电发射机之类的小东西。所有人都非常专注,金德曼听到其中一个人说:"你能听到我说话吗?"接着他还看到一些奇怪的生物在走来走去,这些生物身穿白大褂,拥有一双天使般的翅膀。它们穿行在床铺之间,阳光透过圆形彩色玻璃形成光柱照进屋内,将它们笼罩其中。它们似乎在发药,又似乎在密谈。氛围非常和谐。

金德曼沿着一排排床铺往前走,没人注意到他,只是在经过一处床位时,一位"天使"转过头来,视线似乎在他身上停留了一会儿,而后又把头转了回去继续工作。

金德曼在人群中看到了他的弟弟马克斯,他曾经是希伯来语系的学生,1950年去世时还没毕业。平常在他的梦中,逝者绝不会以这种方式出现,可今天这场梦却是例外。他缓缓地走向弟弟,坐在他身边。"很高兴见到你,马克斯,"他接着又补充道,"现在我俩都在做梦呢。"

弟弟严肃地摇摇头答道:"不,比尔,我可没在做梦。"于是金德曼便想起来弟弟已经去世了。就在同一时刻他也突然意识到,马克斯绝对不是幻觉。

接下来金德曼开始对马克斯进行轰炸式的提问。"这些人都死了吗?"他问道。

马克斯摇摇头。"这可是个秘密。"他说道。

"我们这是在哪里？"金德曼问道。

马克斯耸耸肩道："我也不知道。我们都不太清楚，我只知道这是我们的第一站。"

"这里像个医院。"金德曼看看四周说道。

"是的，我们都在这里接受治疗。"马克斯说道。

"你知道离开这里之后你们会去哪儿吗？"

马克斯回道："不知道。"

他们又继续聊天，最后金德曼直接问道："上帝真的存在吗，马克斯？"

"在梦境中不存在，比尔。"马克斯答道。

"梦境是哪个，马克斯？就是这个吗？"

"梦境就是我们自我沉思的世界。"

金德曼正要催促他解释得再详细些，马克斯的陈述却突然变得特别模糊，令人费解，金德曼好不容易听出了一句"我们有两个灵魂"，弟弟便又开始模糊地说了起来，整个梦也开始"弥漫"开来，变成平面的了，非常不真实，直到最后，马克斯变成了一个幽灵，在那里胡言乱语。

金德曼从梦中醒来，抬头透过窗帘的缝隙看到窗外独属于黎明的深蓝色天空，接着他又将头枕到枕头上，开始回想那场梦。那有什么含义吗？"白衣天使。"他出声低语。枕边的玛丽在睡梦中换了个姿势。他轻手轻脚地下了床，走进浴室，在黑暗中摸索到了电灯开关，待关上门后才打开灯，之后他掀开马桶盖小便，同时瞥了一眼浴缸中的那条鲤鱼。鱼正在浴缸中慵懒地游来游去，他将视线移开,摇摇头。"狗杂种。"他不满地咕哝道。他冲完马桶,从卫生间门后的挂钩上拿下睡袍穿上,关了灯走下楼去。

沏了杯茶后,他走到桌前坐下,陷入沉思。那个梦和未来有关吗?是在预言他的死亡?不,他摇摇头,他那些有关未来的梦很有特点,不是这样的,这场梦和他以往做过的任何一场梦都不同,对他影响很深。"在梦境中不存在上帝,"他低声自言自语,"'两个灵魂。''是我们自我沉思的世界。'"或许这场梦是他的潜意识在提供线索,向他暗示那个有关疼痛问题的答案?他疑惑道,有可能。他记得荣格曾写过一篇短文名叫《幻象》[1],描述了他的一次濒死经历。在一次住院期间,处于迷糊状态的荣格突感灵魂出窍,飘浮数里至地球上空。正当他要进入一座空中庙宇时,便看见医生以自己的原初形象——即科斯岛的巴西琉斯[2]——出现在他面前。医生怒斥他,并要求他的肉身立即回凡间去,以便完成他在凡间仍未完成的工作。不一会儿,荣格便在病床上醒了过来。醒来后他首先牵挂的就是他的那位医生,因为他曾以原初形象出现在自己的梦中。实际上,那医生在几周后就病倒了,很快便去世了。而在那次醒来后的最初六个月,荣格一直很消沉阴郁,他觉得自己被迫回到了枯燥虚伪的世界。这就是答案?金德曼不禁自问。难道这个世界其实是一个人造世界,供灵魂进入以解决那些无法解决的问题?那个有关罪恶的问题也并非偶然出现?灵魂进入肉身就和人类穿上潜水服进入深海的目的一样,都是为了在

---

① 英文名为 Visions。
② 巴西琉斯是希腊语中对君主的称谓之一。

某个奇异的世界里工作？我们无故承受的疼痛其实是出于我们自己的主观选择？

金德曼开始思索人类有没有可能完全摆脱痛苦，或至少有摆脱疼痛的可能性。他会是一只懂得下棋的熊猫吗？他会有尊严、勇气和友爱吗？听到孩子因疼痛而哭泣时，仁慈的上帝会忍不住伸出援手，可他没有。他选择站在原地旁观。这难道是因为有人事先请求他这样做吗？还是因为在创世之前，在烈焰般的苍穹还未展开之前，人类为进化成人而特意选择了炼狱这种方式？

医院，白衣天使。"是的，我们都在这里接受治疗。"当然，金德曼想，死后用一周时间去金门①度假，或者去佛罗里达，反正没坏处。

金德曼稍微梳理了下自己的想法，最终还是觉得自己那套从梦境中得出的观点站不住脚，看那些高等动物，比如牛羚，痛苦自然由不得它们选择，就连最忠诚的狗也没有来生。但他想，一定有什么在等着他去发现。不过还需要最终的灵光一现，才能体会到意义，上帝的优点才能不朽。他相信自己已经非常接近了。

楼梯上响起脚步声，很快，却很轻。金德曼往旁边看去，一脸痛苦。他听到那脚步声快速地来到桌前。他抬起头，玛丽的母亲正站在桌前，她年过八十，身材矮小，满头的银发在脑后挽成一束发髻。金德曼仔细地打量着她，从前他还从没见过谁穿黑色

---

① 金门（The Golden Door），这里指的应该是纽约。位于纽约的自由女神像上刻着犹太女诗人的十四行诗《新巨人》（*The New Colossus*），最后一句为："我高举灯盏伫立金门！"

浴袍,这老太太是个例外。"我不知道你起来了。"她说道,语气难以捉摸,她的脸上满是皱纹。

"我起了,"金德曼回道,"这是事实。"

之后有一会儿她都站在那里,似乎还在想这件事,然后快步走到火炉边说道:"我给你泡点茶吧。"

"我已经泡了。"

"那就多喝点。"

她突然走过来,手放在他的杯子上,然后看向他,那眼神就像上帝知道该隐杀死亲弟弟后看向该隐的那种眼神。"你这杯已经凉了,"她说道,"我给你弄点热的。"

金德曼看向手表,快七点了,时间都去哪儿了?他疑惑道。"里士满好玩吗?"他问道。

"到处都是黑鬼。打死我都不会再去那了。"说完她啪的一声将茶壶放在了火炉上,开始用意第绪语嘟哝起来。早餐台上电话突然响了起来。"你别管,我来接吧。"玛丽的母亲说道,然后快速移到早餐台边接起电话,"喂?"

金德曼看着她接起电话,然后她举起话筒,皱眉说道:"找你的。估计又是你那些狐朋狗友。"

金德曼叹了口气,站起来接起电话。"我是金德曼,请说。"他无力地说道。

早上六点半,圣三一教堂的一位天主教神父遭到杀害。他在忏悔室中听某位信徒的忏悔时被人砍了头。

<u>三月十四日,星期一</u>

그들, 현대의 앞에

6
Ⅱ

得益于大气压力，生命才得以延续，而大气压力的产生又得益于某些物理力量的不断作用。这些物理力量（地心引力）则是通过在太空中占据一席之地的地球与其他天体之间的相互作用产生的。那究竟是什么力量推动这些天体相互作用的呢？金德曼不禁自问道。

"警督？"

"在呢，霍拉肖·霍恩布洛尔①。情况怎么样？"

"没看到可疑人物出现，"阿特金斯说道，"能让那些信徒回去了吗？"

金德曼坐在案发现场附近的长椅上，后面是个忏悔室。神父隔间的那道门已被关上，但仍有血顺着门底流入过道，慢慢散开，积成好几摊。犯罪实验室的那帮人，正围着那几摊血仔细观察。

---

① 霍拉肖·霍恩布洛尔（Horatio Hornblower），是英国作家C.S.弗雷斯特（C.S.Forester）所著系列小说中的人物，集正直、勇敢、智慧、冒险精神于一身。

圣三一教堂的所有大门都已被封锁,每个门口都有一名穿制服的人员把守。教堂的老神父已被叫了进来,金德曼看到他正在听斯特德曼说着什么。他们站在圣坛左侧,后面是一座圣母马利亚的雕像。老神父不时地点头,他紧咬下唇,极力抑制悲痛。"可以,没问题,让他们走吧。"探长吩咐着阿特金斯,"那四个目击者留下,我有几个问题要问。"

阿特金斯点了点头,接着开始四处张望,打算寻找一处显眼的地方宣布这个消息。最终,他决定站到唱诗班座位区域那里,便迈步向那个方向走去。

金德曼继续沉浸在思考当中。宇宙会永远存在吗?*有可能。谁知道呢?* 不朽的牙医还能够永远修补牙洞呢。可如今到底是什么在支撑着宇宙不停地运动呢?宇宙中的天体是自己产生的吗?如果这因果链中的各种联系被无限延长,结果又会是什么?*没什么结果*,探长最终得出了结论。他想象有一列货运火车将衣服从克利夫兰附近的那些小型军工厂运至亚伯拉罕和斯特劳斯,他一直相信这些衣服是那里生产的。这列火车的每一节车厢都由前面的那节带动运行,没有哪一节是自主发力的。即使拥有无数节车厢也不能赋予这列火车动力。零乘以无穷依然是零。这列火车只有借助于引擎才能发动,而引擎与无法自主发力的车厢完全不同。

动始于静。因起于无。这不是矛盾吗?金德曼想。如果一切事物的发生都得有原因,那为什么上帝不能是这个原因?① 探长感

---

① 详见著名哲学家、神学家托马斯·阿奎那提出的"上帝存在的五路证明"。

觉自己在考试，他立即在内心回答道，因果原则源于对整个物质界这种特殊的东西的观察。但是这种特殊的东西是可能性支架上唯一的一件外衣吗？为什么没有其他外衣呢？为什么不能是一种和时间、空间、物质均无关的东西？比如，一个茶壶会认为自己就是一切？

"警督，我在想……"

金德曼转身抬头看向瑞安："你觉得我是应该打电话通知媒体，还是应该保密呢？"

"我们应该采集忏悔室隔板上的指纹。"

"要不然你以为我们在这里集合干吗？采集忏悔人那面隔板上的指纹，神父那面的也要，尤其要采集隔板上的那些金属小拉手上的指纹。"

"神父那面只有神父的指纹啊，"瑞安说道，"这有意义吗？"

"这是工作的一部分，政府可是按小时付我钱的。看看你家的管道工，你就不会再问我这么可笑的问题了。"

瑞安站在原地不动："我不认为搜集神父那面隔板上的指纹会对案情有帮助。"

"那就带着信仰做，这里正是重新塑造信仰的好地方。"

"好吧。"瑞安说。金德曼一走开，那股厌恶感又在心中继续弥漫开来，绝望感瞬间将他淹没。他在这些感觉中苦苦挣扎，努力地想要重拾信仰。嗯，这里正是重新塑造信仰的好地方。时间也正好。他听到那些信徒拖着脚步离开教堂，走入沐浴在日光下的街道。他将注意力转移回来，一个美国宇航员在火星表面着陆，看到了一台相机。他会怎么想呢？他也许会想，自己不是第一个登上火星的人，还另有其人。不过这个人不可能是苏联人。因为那是台尼康相机，对苏联人来说太贵了。也许是来自其他国家的人，甚至有可能是外星人，去地球游玩，然后顺便将那台相机带到火星上进行研究。也许他还会以为政府在骗他，其实他们之前就已经将其他美国人送到过这里了。他甚至有可能认为这一切都是幻觉或是在做梦，其实他什么都没看到。但金德曼知道，有一点他一定不会想到，那就是火星在数十亿年间不断受到陨石攻击，遭受到火山爆发的侵袭后，发生任何事都是合情合理的。那台相机只是众多的可能性之一。他们会告诉他，由于受到宇宙射线辐射的影响，他已经神志不清，然后再把他关进小黑屋，给他一大袋犹太逾越节薄饼和一枚太空学员勋章哄他玩。相机，包含镜头、快门控制器、光圈，能够自动聚焦、自动曝光。这样的一台设备，怎么会是偶然出现的？

在人类的眼睛中，有数千万个感光细胞，能同时处理两百万条信息，却只能感受到单个光子。

某一天，有人在火星上发现了一只人眼。

人脑中包含重达三磅的组织物，一千亿个脑细胞，五百兆亿个突触，能够做梦、作曲、创造语言、创立几何学、发明各种探索天体的机器。凭借它，爱因斯坦能计算出各类方程。因为它，一位在雷雨中都能安然入睡的母亲会在听到孩子一声微弱的哭声后立刻醒来。如果想要让一台电脑拥有大脑的所有功能，它的体积必须要和地球一样大。

某一天，又有人在火星上发现了一个人脑。

人脑能够从五百亿单位的空气中探测出一单位的硫醇。如果人耳再灵敏些，甚至能听到分子碰撞的声音。微静脉收缩时，血细胞将会排成一列。心脏内细胞各自单独运动时节奏不一，与其他细胞接触后节奏才会统一，就如同一个细胞在运动。

某一天，又有人在火星上发现了一具人体躯干。

金德曼想，经过数千万年的时间，生命从草履虫渐渐进化为人类，历史中却仍然存在着一个个没能得到解答的谜团。这些谜团其实就是进化本身。物质的基本进化趋势是向一种完全无序化的状态发展，直至最终发展为一种完全无序的状态。这个过程具有不可逆性，宇宙永远也无法恢复至最初状态。每一分每一秒，各种联系在宇宙中四处乱窜，没耐心等到恒星冷却死亡便急切地进入真空，解开联系。这就是进化，金德曼不得不感叹它的神奇，进化就是一条写在树叶上的规律，在历史长河中不断地逆流而上。冥冥之中有一位设计师在操纵着这一切。还有呢？再明显不过，当一个人在中央公园听到马蹄声时，他不该四处搜寻斑马的踪迹。

"警督，我们已经对教堂进行清场处理了。"

金德曼的目光扫过阿特金斯，最终停留在发现尸体的那间忏悔室前，神父的遗体仍在里面："是吗，阿特金斯？真的清场了吗？"

瑞安正在擦拭那间忏悔室两边隔板上的灰尘，金德曼的视线在他身上停留了片刻，而后垂下眼帘，"还有中间，"他说道，"别忘了。"

"不会忘的。"瑞安嘟哝道。

"很好。"

金德曼缓缓地叹了口气，随阿特金斯去到后面大门右手边的另外一间忏悔室。坐在最后两排长椅上的正是阿特金斯留下的那些人。金德曼停下脚步望向他们。理查德·科尔曼，四十多岁，律师，总检察长办公室成员。苏珊·沃尔普，二十岁，漂亮迷人，乔治城大学学生。乔治·佩特诺，马里兰州布利斯预科学校的足球教练，身材矮小，肌肉发达，金德曼目测他大概三十多岁。他旁边是位五十多岁的中年人，衣着考究，名叫理查德·麦库伊，毕业于乔治城大学，1789餐厅的老板，那间餐厅与教堂隔着一个街区。他同时还是古墓餐厅的老板，探长以前经常和一个朋友在那间很有名气的地下餐厅聚会，不过那个朋友多年前就去世了。

"问你们几个问题，麻烦配合一下。"金德曼说道，"就耽误你们几分钟。我会尽快问完。首先，佩特诺先生，能麻烦你走进后面的那间忏悔室吗？"

忏悔室由三部分组成，各部分相互隔开，中间的隔间有一扇门，听告解的神父通常会坐在门里，里面很黑，只有一丝光线透过门上的网格照进去。其他的两个隔间分布在神父那间的两边，一边一个，里面配有跪台，同样各有一扇门。两边各有一扇隔板，忏悔者准备在隔间内忏悔时，神父就会将隔板打开。忏悔结束，神父便将隔板关上，然后打开另一边的隔板，这时，另外一名忏悔者已经在那里等候了。

那天早上的六点三十分，一位二十多岁的男子——身份不详，据说有一双淡绿色的眼睛，光头，穿一件深蓝色套头毛衣——在做了很长时间的忏悔后走出左边的隔间,接着乔治·佩特诺走了进去。之后被害人肯尼思·伯明翰神父,乔治城大学的前任校长,转过身去倾听右边隔间的忏悔。右边那位忏悔者同样身份未知,根据描述,那人下身穿白色短裤,上身穿了件黑色带帽羊毛风衣。大约过了六七分钟,那人走出隔间,然后一位手拿购物袋的老头走了进去。接着,据说过了很久之后,那老头走了出来。很明显他还没进行忏悔,因为应该先轮到左边的佩特诺忏悔,而又没人看见佩特诺走出隔间。那老头走出隔间后,很快麦库伊走了进去,从那时起麦库伊和佩特诺便一同在黑暗中等待。麦库伊说他以为神父正在听佩特诺忏悔,而佩特诺的说辞是他以为先前那位风衣男还没结束。不管谁说的是真话,反正始终都没轮到沃尔普和科尔曼进去。是科尔曼首先注意到有血从门底下流出的。

"佩特诺先生?"

佩特诺正跪在左边隔间内的跪台上,他的肤色逐渐变成橄榄绿色。他转过头来看向金德曼,眨了眨眼。

"你在隔间里时,"探长继续说道,"那位风衣男正在另一边忏悔,在他之后是个老头,然后是麦库伊先生。你刚才说过你听到那边隔板滑动然后关闭的声音,你还记得吗?"

"记得。"

"你还说过,你以为那个风衣男已经结束忏悔了。"

"对。"

"你在那之后还听到过隔板的滑动声吗?比如神父可能忽然想起还有一些话没说?"

"没有，我没听到。"

金德曼点了点头，然后关上佩特诺所在隔间的那扇门，走进中间神父的隔间，坐了下来。"我会关上你那边的那扇隔板，"他告诉佩特诺，"关上后请你仔细听听。"说完，他关上佩特诺面前的那扇隔板，然后慢慢滑动着打开另一边的隔板，再打开佩特诺那扇隔板问道："你刚刚听到什么声音了吗？"

"没有。"

听到回答后，金德曼若有所思。佩特诺正要站起身，金德曼却说道："请待在那里别动，佩特诺先生。"

金德曼走出神父的隔间，走进右边忏悔者的隔间，滑动那扇隔板把它打开，然后看向佩特诺："将你那边的隔板关上，再听一遍。"他吩咐道。于是佩特诺关上了隔板，金德曼将手伸进神父的隔间，找到隔板后面的拉手，滑动隔板，一直拉到隔板碰到手腕，再不能拉动为止。他放开拉手，在自己那边用指尖使劲滑动隔板，直至砰的一声关上。

金德曼站起来，走到左边的隔间，打开门，低头看向佩特诺。"刚刚听到什么声音了吗？"金德曼问他。

"有。你把隔板关上了。"

"和你等待时听到的声音一样吗？"

"一模一样。"

"完全一样？"

"对，一模一样。"

"请描述一下那个声音。"

"描述?"

"对,描述一下。那个声音听起来像在干什么?"

佩特诺略显迟疑,然后说道:"好吧,感觉是先滑动了一阵,然后停下来,接着又滑动了一阵,直到最后完全关上。前后的声音不太一样。"

"滑动过程中有停顿吗?"

"就和你刚才一样。"

"那你怎么能肯定完全关上了呢?"

"最后发出砰的一声,声音很大。"

"你的意思是,声音比平常大?"

"反正那声音很大。"

"比平时关上时声音要大?"

"对,很响。"

"我明白了。你没有想过为什么那之后还没轮到你吗?"

"你是说,我当时有疑惑过吗?"

"疑惑为什么还没轮到你。"

"应该有吧。"

"你是什么时候听到那个声音的?大概在尸体发现前多久?"

"记不起来了。"

"五分钟?"

"我不知道。"

"十分钟?"

"不知道。"

"比十分钟还长?"

"我也不确定。"

金德曼慢慢消化了那几句话,不一会儿又问道:"那会儿你还听到过其他什么声音吗?"

"你是指说话声?"

"任何声音。"

"没,我没听到有人说话。"

"平常在忏悔过程中听到过吗?"

"偶尔。只有声音很大时才能听到,比如最后念痛悔经的时候。"

"那你这次没有听到?"

"没有。"

"任何说话声都没有?"

"没有。"

"也没有低语声?"

"没有。"

"好的,谢谢。现在你可以回到位置上去了。"

从金德曼身上收回视线,佩特诺迅速站起身,回到长椅上继续与其他人坐在一起。金德曼与他们面对面坐着。那位律师正在看表,探长对他说道:"科尔曼先生,那个手提购物袋的老头……"

律师答道:"那老头怎么了?"

"他在忏悔室里待了多久?"

"大概七八分钟,也可能更久。"

"他从里面出来后继续待在教堂里吗?"

"没注意。"

"你呢,沃尔普女士?你留意到了吗?"

那女孩依然全身发抖,望着金德曼发呆。

"沃尔普女士?"

她被吓得浑身一震,说道:"什么?"

"那个手提购物袋的老头,沃尔普女士。他在走出忏悔室后是继续待在教堂里还是离开了?"

她眼神木然,视线在金德曼的身上停留了片刻,而后回答道:"我好像看到他走出去了。不过也不确定。"

"你不确定。"

"是的。"

"但你认为他好像离开了。"

"对,好像是这样。"

"他的行为有什么怪异之处吗?"

"怪异?"

"科尔曼先生,你觉得呢?"

"他好像有点痴呆,"科尔曼答道,"我估计就是因为这样他才在里面待了那么久吧。"

"你刚才说他大概七十多岁?"

"他当时从我面前走过,走路有点不稳。"

"走路?走去哪里?"

"走去他那排长椅。"

"然后继续待在教堂里。"金德曼说道。

"我可没这么说，"科尔曼说道，"他走到他那排长椅上坐下，可能在那里忏悔，之后好像就走了。"

"你适当纠正了我的猜测内容，大律师。谢谢。"

"没关系。"律师的眼中闪过一丝欣慰的神情。

"那个光头男和风衣男呢？"金德曼继续问道，"你们有谁看到他们在忏悔后是留在教堂里了或是离开了吗？"

没人回答。

金德曼看向那个女孩："沃尔普女士，你留意到那个风衣男有什么怪异之处吗？"

"没有，"沃尔普答道，"我是说，我没怎么注意他。"

"他有没有看上去很烦恼？"

"没有，他看上去很平静，比较正常。"

"比较正常。"

"对。他当时嘴唇微抿，仅此而已。"

"嘴唇微抿？"

"对。"

对此，金德曼稍微沉思了一会儿后说道："好，问话结束，谢谢你们的配合。阿特金斯，带他们出去吧，然后记得回来，一定啊。"

阿特金斯将这些目击证人带到大门旁边的办公室，他离这里仅仅八步之遥，但金德曼却面色焦急地望着他，好像他即将要远足去莫桑比克，永远都不会再回来似的。

阿特金斯回到他面前："报告长官。"

"关于进化还有一点。他们一直在强调那是随机发生的,所有进化都是随机进行的,而且很简单。数十亿条鱼一直在岸边笨拙地游,然后突然有一天某条聪明的鱼看看四周,说道:'太棒了,迈阿密海滩,枫丹白露酒店,我看我们干脆就在这里学习呼吸吧。'于是上帝保佑,它们随后就上演了一出'皮尔当①鲤鱼'传奇。这纯属扯淡。鱼在空气中呼吸就会死掉,那群鱼最后都活不下来,它们自在的生活也会到此为止。好吧,大部分人都会认为那只是个寓言而已。你还想让它听起来更美好、更科学吗?让我来为你效劳吧。某一天,一条鲭鱼从海洋深处游过来,它并未在岸边停留。他只呼吸了一小口,微鼓鱼鳃,小试牛刀,便回到海洋的怀抱中,得到海洋的温馨呵护,偶尔弹弹班卓琴,唱唱歌,来纪念那段岸上的欢乐时光。它会不断地尝试,偶尔呼吸的时间稍微长些。这绝对有可能,但也有可能不会。在经过一系列的尝试后,它产下鱼子,然后在临死前留下遗愿,告诉它的孩子们应该不断尝试在岸上呼吸,'为你们的爸爸完成这个愿望吧,拉夫,伯尼。'它们便会照做,长此以往,过了大概几亿年后,它们仍然在不断地尝试,每一代都会越来越强大,因为这些尝试的经验会进入它们的基因当中。最终,有一条鲭鱼,表皮光滑,戴副眼镜,老是在低头看书,从来不和别的男孩去健身房锻炼,它能在空气中呼吸,而且是一直呼吸。很快,它每周会去三次位于迪富尼亚克斯

---

① 英国的一个村庄,20世纪初在此发现了古人类颅骨与下颚骨化石,被称为"皮尔当人",化石后来被证实为伪造品。

普林斯①的诺德士健身房,和那些黑鬼一起打保龄球。当然,不用说,它的孩子们也都能一直在空气中呼吸,唯一的问题就是不能走路或者呕吐。这就是科学家们口中的故事,人们都会无条件地相信。好吧,我说得可能过于简单了。可难道他们不是吗?如今那些蠢货只要懂得'脊椎动物'这个概念就会被自动归类为天才。他们要是懂生物分类法中的"门"的概念,就可以免去进入宇宙俱乐部②的会费。从科学中我们能了解到很多事实,却几乎学不到任何知识。就说上面关于鱼进化的那个观点,它有个小漏洞——上帝不允许这个漏洞阻止那些鱼进化的决心,哪怕这个漏洞会让整个观点都站不住脚——即整个尝试呼吸空气的过程无论如何不会以绝对最大速度进行。每条鱼自出生起都是从零开始,穷其一生基因都不会有所改变。这和鱼群的巨大宣传口号——'活在当下'很一致呢。

"我倒不是说我反对进化。进化没错。接下来给你讲个爬行动物的故事。好好想想。爬行动物来到陆地上产卵,这很简单,对吧?简直轻而易举。但卵中的小幼崽需要水,否则就会死在卵中,无法来到这个世界。除此之外,它还需要食物——事实上是很多食物,因为它一孵出来就已成年,体型庞大。不过别担心。它需要食物,而食物就在那里。在卵中有大量卵黄,似乎在说'我在这!我就是你的食物!'而卵白则充当水分。不过卵白需要一层

---

① 美国佛罗里达州的一个城市。
② 宇宙俱乐部(Cosmos Club),位于华盛顿特区的一个私人社交俱乐部,成立于1878年,宗旨是带领成员学习科学、文学和艺术,而其成员必须在以上方面有卓越的成就。

特殊的壳包裹它，否则就会蒸发掉，似乎在说'我要走啦。'于是厚厚的一层卵壳便应运而生。看，那幼崽在笑呢。高兴得太早啦，可没这么简单。因为这层卵壳，胚胎没法排出排泄物。所以就需要一个膀胱。会不会让你感到不适？我尽快说完。此外，还需要一些能量，这可是幼崽爬出那层厚卵壳的武器。其实还需要很多东西，但我就说到这里吧，已经足够了。这些变化，阿特金斯，需要在一瞬间全部到位！你听到了吗？一瞬间。缺少一项，就全部完蛋，胚胎就得去萨迈拉①了。你不能单单让卵黄长时间待在卵中，等过了百万年之后，卵壳或者膀胱才姗姗来迟，还得意扬扬地说道，'对不起，我迟到了。拉比②硬拖着我聊了好久。'每项变化都得掐好时间。我插一句，现在爬行动物的数量少得都快赶上朱鹮了。和奥克弗诺基沼泽③的那些人聊聊天，他们就会告诉你这些。可这是怎么做到的？胚胎所有的变化在一瞬间完成，一致得简直令人难以置信？我敢保证，只有笨蛋才会相信这个说法。说到眼下这场谋杀案，凶手就是杀害金特里的人。如果凶手没用速效麻醉药，就不会发生凶杀案。那样被害人就会大喊，凶手就无法成功作案。第二点，现在有五个嫌疑人：麦库伊、佩特诺、购物袋老头、光头男、风衣男。不过，这是一场野蛮的、无法言说的犯罪，所以我们要找的是个懂医学知识

---

① 伊拉克一城市。在英国作家毛姆创作的戏剧《谢佩》中，萨迈拉是死神和活人相约的地方。
② 拉比，犹太教经师或神职人员。
③ 位于美国东南部，美国佐治亚州与佛罗里达州的交界地带。

的精神病人。麦库伊这个人我了解，在某种程度上他的神态还算清楚，就是有个小毛病，他不愿意在自己的卧室里看见哪怕一件衣服。据我所知，他没有任何医学知识。佩特诺也一样，只是曾在布利斯上过卫生课罢了。另外，凶手不可能在作案后还待在教堂里，所以麦库伊和佩特诺绝不会是凶手。第三点，那老头可以单独作案。用一根绳子或一把大剪刀就能轻松干成。一把尖刀或者解剖刀也可以。那老头在忏悔室待的那段时间足够作案了。他的痴呆样子也可以是装出来的。而且他是最后一个见到神父的人。当然这是一种可能。那个风衣男也同样有嫌疑。他可以在作案后把隔板关上，不让后面进去的老头看见。而那老头在等待一段时间后就出去了，根本没看到神父。他可能有胃气，或者觉得很累，或者也许真如科尔曼想要我们相信的那样，他有点痴呆，所以他以为自己已经做过了忏悔，而实际上他只是在黑暗中打了个盹，这又是一种可能。还有一种可能，杀手是那个光头男。他杀死神父，关上隔板，然后走出隔间。可是风衣男在他之后看到过神父，这说明那时神父还活着。还有种可能是这样的：光头男作案时，风衣男仍在隔间里等待，然后他感到很烦躁，便不想再等下去了，于是还没忏悔就决定离开，或者他是不想错过太多次弥撒。任何理由都有可能。"金德曼最终总结道，"我就不一一分析了。"

金德曼快速罗列出嫌疑人，句句切中要点。阿特金斯甚至怀疑，他在说那些题外话时其实大脑正在高速运转，也许正是那样一种行为才能促使大脑保持高效运转。警佐点了点头。他心中有一丝疑问,有关刚才金德曼问佩特诺隔板滑动声音的问题。但他知道最好还是别问了。

"指纹采集好了没,瑞安?"金德曼问道。

阿特金斯环顾了一圈,瑞安正从后面向他们走来。

"嗯,我们采集了不少。"瑞安说道。

金德曼注视着他,面无表情地说道:"一组清晰的指纹足矣。"

"好吧,我们准备好了。"

"当然,两边和中间的隔间都要采集。"

"中间的没采集。"

"我再重申一遍你的任务。仔细听好。"金德曼告诉他。

"尸体还在里面,我们怎么采集?"

的确如此,这话说得没错。斯特德曼早就完成了尸检,照片也已经拍好了,就等金德曼亲自验尸了。金德曼是在故意拖延,因为他认识死者。很久以前在一个案子中他曾和死者接触过,这些年,他时不时地也会和戴尔去看看他,戴尔是死者的助手。他们曾经还一块在古墓餐厅喝过啤酒。金德曼一直很喜欢他。

"哦,对。"探长告诉瑞安,"多亏你及时提醒,要是没有你,我都不知道接下来该做什么了。我是说真的。"瑞安转过身重重地坐在一排长椅的一端,手臂在胸前交叉,眼神充满敌意。

金德曼走到后面的那间忏悔室,低头看向地板,血迹已被清理干净,并用拖把清洗过,水渍仍未干,灰色地砖闪闪发亮。探长就这样站在那里,呼吸平稳,过了会儿,他突然猛地拉动忏悔室的门把,伯明翰神父就坐在椅子上,到处都是血迹。金德曼不得不低头看向那双眼睛。尽管已经死去，他仍然大睁着双眼，眼中充满恐惧。那颗人头正端端正正地放在伯明翰的膝盖上，面朝前方，神父的手掌朝上，犹如在展示着什么商品。

金德曼努力地深呼吸了几次之后，才挪动脚步，轻轻抬起神父的左手仔细检查，在手掌中发现了双子座标志。他将那只手放低了些，然后放开了它，接着继续检查另一只手。右手的食指不见了。

金德曼小心翼翼地放低了那只手，然后盯住椅子后面墙上的黑色小十字架。有一阵，他就那样站在那里，一动不动。他蓦地转身走出隔间。阿特金斯正站在门外。金德曼双手滑入大衣口袋，低头看着地面。"把他抬出去，"他轻声说道，"告诉斯特德曼。把他抬出去，然后采集这里的指纹。"说完他慢步走向教堂前厅。

阿特金斯的目光追随着他。他想，这个男人虽然身材笨重，背影却十分孤独。他看到金德曼在教堂前厅停下脚步，接着在一排长椅上慢慢坐下后，便转身去找斯特德曼了。

金德曼双手紧握、放在膝盖上，低头望着它们出神。他感觉自己遭到了遗弃。接着他又想到了设计与因果关系。上帝确实存在。我知道。很好。可他脑子里到底在想些什么？他为什么不直接干涉呢？是因为人的自由意志。好吧。我们是应该遵守这点。可是难道上帝的忍耐没有任何限度吗？他想起 G.K. 切斯特顿曾经写过一句话："当剧作家来到台前，便代表整部戏已结束了。"那就让它结束吧。谁稀罕呢？这种恶臭的东西。他的思路又飘回到之前的那个想法，上帝也许能力有限。为什么不呢？这个答案简单明了。可金德曼不由自主地强烈抵触这个想法。上帝是个庄稼汉？是个傻瓜？怎么可能。他的思维瞬间跳跃到"上帝是完美的"这点。这个特征永远不会变。

探长摇了摇头。他发现上帝能力有限和上帝特别无能这两个想法同样可怕，前者甚至有过之而无不及。死亡是终点，不过对上帝来说不是。可谁知道一个有弱点的上帝会做些什么呢？如果他的能力有限，那他的善良为什么不会同样有限？他为什么不会自负，不会反复无常，不会像约伯的那位上帝一般残忍[①]？这个世界永远在他的操控之中，谁知道他还会创造出什么折磨人类的法子呢？

上帝能力有限？金德曼放弃了这个想法。上帝，轨道运动和旋转星云的发明者，土星的牧羊犬卫星[②]的创造者，地心引力和大脑的创造者，长期潜伏在基因和亚原子粒子中——他怎么可能会治不好癌症，清除不了癌细胞？

抬起头来，他一眼看到圣坛上的那具十字架，面色渐渐严肃。你在这桩恶行中到底扮演了什么角色呢？你会回答吗？想叫律师？我是不是还应该宣读一遍你的权利呢？别紧张。我们是朋友。我会保护你。只要回答我几个小问题就好，行吗？

探长的脸色开始柔和起来，他温柔地看着那具十字架，眼神

[①] 详见《圣经·旧约·约伯记》。
[②] 牧羊犬卫星，是小型的天然卫星，它们像牧羊犬一样，清除行星环空隙中的物体，或将环中的粒子保持在环内，限制了环中的粒子组成一个群体。

中露出一丝困惑。你是谁?上帝之子?不,你知道我不信。我这么问只是出于礼貌。你不介意我再直白一点吧?这其实也没什么。如果问题过于敏感,或者有点唐突,你可以轻轻摇晃这里的窗户。仅限窗户啊。那样就够了。我可不想整座建筑都在我头顶上坍塌。瑞安已经够我受的了。你注意到了?这桩连约伯都不曾遭遇的恶行,到底是谁在隔间内犯下的呢?别担心,我可不想惹麻烦。我又不知道你是谁,只知道你是个大人物。谁能不知道?你是大人物。这很明显。我都不需要搜集证据来证明那些奇迹全是由你创造的。谁会在乎?有没有证据并不重要。我知道。你知道我是怎么知道的吗?是从你说的话中。当我读到"要爱你们的仇敌①"这句话时,我有种非常强烈的感觉,简直要发疯了,感觉胸腔内澎湃激荡。我感觉好像只有在那些时刻我才会对真理完全认同。然后我开始知道你是个大人物。地球上没有人能够说你说过的话,也不能随意编造你说的话。可是有谁能想到,就是这些话将你打垮的?

还有一些事。我还想跟你分享一些小事。你会介意吗?有什么好介意的?我只是说说而已。船上的信徒们看到你站在岸上,就意识到你已经复活了吗?彼得②当时高兴得全身赤裸着就站到了甲板上。有什么问题吗?他是个渔夫,他还年轻,他理应

---

① 出自《圣经·新约·马太福音》第5章第44节。
② 彼得,亦译"伯多禄"。耶稣的十二门徒之一。据福音书记载,原为渔夫,名西门,耶稣为他改名彼得,意为"磐石"。基督教认为彼得是初期教会的首领。传说晚年在罗马被倒钉十字架而死。传《圣经》中《彼得前书》《彼得后书》为其所作。——选自《辞海》第六版第0140页同名词条

享受快乐。很快,他甚至没耐心等到船靠岸,他如此兴奋,当然除他之外你也一样兴奋。于是他就近抓起一件衣服——你还记得吗?——但他根本没打算花时间穿上。他只是将它系在腰上,便跳下船,疯狂地游向岸边。那代表着什么?每次一想起这个片段①,我就很激动!因为这不是僵硬死板、故作庄严的圣像;这也不是在搞什么形象宣传,更不是什么神话故事。所以我确信这件事的确发生过,它有血有肉,充满惊奇,却又非常真实。彼得那时一定非常爱你。

我也是。你感到很惊讶吗?好吧,那是真的。你存在,这种想法会让我有一种受到庇护的感觉。人类团结起来就能成为你,这种想法能带给我希望。而你现在可能依然存在,这种想法则带给我安全感,并能让我喜不自胜。我真想摸摸你的脸,逗你笑一笑。

这又没什么坏处。

下午茶时间结束,客套话也到此为止。你到底是谁?你想要我们怎么样?承受你在十字架上的那种痛苦吗?好吧,我们一直都在承受。别太担心,可别因为这个睡不好觉。就算那样,我们依然身体健康,状态很好。首先,我主要就是想告诉你这些。另外,你的朋友,伯明翰神父让我代他向你问好。

---

① 典故出自《圣经·新约·约翰福音》第21章的内容。耶稣复活后曾向使徒显现。

<u>三月十五日，星期二</u>

7
Ⅱ

九点整，金德曼到达办公室，阿特金斯正在等他。实验室的化验结果已经送来了。

金德曼在桌前坐下。桌上散乱码放着一些书本，其中的一些书页被折了起来，他将那堆书推开，为那份打印报告腾出地方，然后开始认认真真地阅读起来。报告证实凶手在谋杀神父的过程中使用了琥珀胆碱。在神父隔间右边隔板正面和反面采集到的指纹属于一个人，且不属于神父。

来自《华盛顿邮报》那边的回答和上次询问时的一样。阿特金斯本想就佩特诺这个人进行一些分析，可金德曼挥挥手道："没兴趣，凶手不是购物袋老头，就是风衣男。别来扰乱我的推测。瑞安在吗？"

"他没来。"阿特金斯回道。

"一猜就是。"

金德曼叹了口气，身体往后靠向椅背，盯住桌上的那盒纸巾，似乎在思考什么问题。"沙利度胺能治疗麻风病。"他心不在焉地说道。突然,他身体前倾,靠近阿特金斯。"你知道为什么光速是宇宙第一速度吗?"他问道。

"不知道,"阿特金斯答道,"为什么?"

"我也不知道。"金德曼耸耸肩说道,"我只是问问。还有,你知道你的教会认为天使的本质是什么吗?"

"纯洁的爱。"阿特金斯答道。

"完全正确。他们还说,即便是堕落天使也如此。你以前怎么没告诉过我这些?"

"你又没问过我。"

"什么事都要我问了你才会说?"

探长从书堆中抓起一本绿皮书,飞快翻到折页处,蜡纸上还有一处腌渍。"我偶然看到这段话,"他说道,"在这儿,这本书叫《撒旦》,作者是你的那些犹太同胞——神父和天主教神学家。认真听!"探长开始读道,"天使拥有完美的知识,正因如此,天使的爱火并非慢慢形成的,它不会经历缓慢燃烧的过程,大火会瞬间燃起,而后天使立刻开始对恶魔进行毁灭性攻击。它们的爱永不褪色。"金德曼重新将那本书丢回书堆,"书里还说这种情况永远都不会变,不论是堕落天使还是其他天使,都是这样。我们看这本书是想了解恶魔怎么到处惹是生非,把宇宙弄得乌烟瘴气的,讲天使干吗?开玩笑,不会是这样的。你的教会不会这样说。"他说话时正翻找着另一本书。

"那些指纹能说明什么?"阿特金斯问他。

"啊哈！"金德曼找到他想要的那本书，翻到折页，"从鸟身上我们也能学到一点儿知识。"

"从鸟身上我们也能学到一点儿知识？"阿特金斯重复道。

金德曼瞪他一眼："阿特金斯，我刚才怎么说的？从现在开始给我专心听。听听这本书是怎么描写鹩的。"

"鹩？"

金德曼抬头望向他，表情莫测地说："阿特金斯，别这样。"

"好，不会了。"

"好。现在我来给你讲讲鹩怎么"——金德曼稍作停顿——"鹩怎么筑巢。简直不可思议。"他低头看向书本，出声读道，"鹩在筑巢过程中会使用四种建筑材料：苔藓、蜘蛛丝、地衣和羽毛。首先，它会找适当分叉的树杈，然后叼来一定重量的苔藓放在树杈上，大部分苔藓会掉落，但它会一直坚持叼来，直到其中一些苔藓附着在树杈上。接着它会把蜘蛛丝抹在苔藓上，同样坚持叼来，直到蜘蛛丝黏在上面，然后扯着蜘蛛丝进行缠绕，直到整个巢初步成形。接着，鸟儿开始使用苔藓搭筑巢穴的杯状部分，先是横向编织，然后竖向编织，这一切它都是坐着进行的，需要不断地转动身体。当杯状部分成形后，新的活动模式开始：它们会用胸部挤压，同时用双脚踩踏。杯状部分完成三分之一时，鸟就会开始搜集地衣，运用一些杂技般的动作盖住鸟巢的外部。当杯状部分完成三分之二时，它会在方便入巢的地方留下一个整齐的洞用于进出，然后加固洞周围的墙面，加上穹顶，最后再用羽毛装饰鸟巢内部。"金德曼放下了那本书："你以为筑巢很简单吗，阿特金斯？好好看看吧！要筑巢，这鸟得预先想好鸟巢的大致形状，知道大概在哪些位置使用苔藓或地衣，这能够为理想的活动模式提供方向。这是智慧吗？可鹦的大脑小如青豆。那到底是什么在引导着它们进行这些神奇的活动呢？你以为瑞安能建造这样一个巢穴吗？怎么可能！还有，那些行为主义者不断地告诉我们，鸟儿需要用鸟喙轻啄的方式来完成筑巢，可上面这十三个步骤里究竟有哪一步存在这种行为？伯尔赫斯·弗雷德里克·斯金纳①做了件好事：在第二次世界大战期间他将一批鸽子训练成了神风队飞行员。这就是*密使*。你可以在一些书中看到具体情节。他们将一些可爱的小炸弹绑在鸽子的肚子上，然后将它们放飞，这些鸽子一路晕头转向，最终竟然将轰炸航线引到了费城上空。这足以证明人类缺乏自由意志。至于那些指纹，没什么意义，它们只是在确认我之前的猜测而已。为了避免下一个忏悔者看到神父已经死去，凶手作案后不得不把隔板关上。他这样做的另一个目的是将我们的注意力转向其他人。佩特诺听到隔板关闭的声音非常响，就是这个缘故。凶手想要告诉附近的人他确实做过忏悔，神父也关闭过隔板，好让别人以为神父当时还活着。这也是为什么佩特诺听到的隔板关闭声中有一丝犹豫。滑动，停顿，然后大力关上。凶手没法从里面将隔板完全关上，最后只得在自己那面滑动隔板。所以那几枚指纹是凶手留下的。这也就能洗脱左边隔间里那个光头的嫌疑了，因为他在左边。凶手不是那个提着购物袋的老头，

---

① 伯尔赫斯·弗雷德里克·斯金纳（Burrhus Frederic Skinner，1904—1990），美国心理学家、行为学家、作家、发明家、社会学者及新行为主义的主要代表人物。

就是风衣男。"金德曼站了起来，走过去拿起大衣说道，"我要去医院看看戴尔。你去看看那位老太太吧，阿特金斯，去看看她有没有开口说话，另外，双子座杀手的档案到了没？"

"还没。"

"打电话催催。另外请教堂里的那几位目击证人过来，拼凑出嫌疑人素描画像。我们在巴比伦河边见！我觉得我准备好进行沉痛的哀悼了。^①"他在门边停住脚步，"我头上戴帽子了吗？"

"戴了。"

"舒服得就像没戴似的。"

穿过门后他又折了回来："还有个问题，什么时候咱们再讨论讨论：谁会在冬天穿白色短裤？想一想。再见，记住我说的话。"说完，他再次穿过门向外面走去。阿特金斯苦恼不已，不知该从哪件事开始办起。

金德曼在去乔治城医院的路上做了两次停留。第一次他在白塔餐厅买了一大袋汉堡。第二次他在一家玩具店里买了只泰迪熊。到医院前台时，他手里轻抱着超大的泰迪熊，熊身上穿着一贯的浅蓝色短裤和 T 恤衫。"啊，女士。"金德曼开口说道。

前台的女孩扫了一眼泰迪熊的 T 恤衫，胸部有一行字：如果我的主人不开心了，请马上给他一块巧克力。

"真可爱。"女孩笑道，"是买给小男孩还是小女孩的？"

"小男孩。"金德曼回答道。

---

① 出自《圣经·旧约·诗篇》第137篇，描述背井离乡的犹太人在巴比伦河边哭泣哀叹的场景。

"请告诉我他的名字好吗?"

"约瑟夫·戴尔神父。"

"我没听错吧,先生?你说的是'神父'?"

"对。戴尔神父。"

那女孩又看了一眼熊,再看了一眼金德曼,然后翻开病人名单开始查找:"神经科,404病房,在四楼。出电梯往右转。"

"谢谢。非常感谢。"

金德曼到达戴尔病房时,他正坐在床上,戴着他的那副眼镜,把一份报纸举在眼前看得入了迷,神色十分放松。他知道了吗?金德曼心想,应该不知道。凶杀案发生时戴尔正在办理住院手续。探长希望他们一直让他忙碌于各种事情,这样他的情绪才会一直很平和。他想自己也许可以从这位耶稣会会士毫无防备、迫切希望知道他准备了什么礼物的表情中知道答案。金德曼小心翼翼地挪到床边,站定,戴尔并没有注意到他,他趁机仔细审视了一番戴尔的表情。一切迹象都表明他很好。可神父正在专心地看报纸,他会从那上面看到有关谋杀案的新闻吗?探长扫了一眼报纸,试图看看头条是什么,之后突然僵住了。

"嗯?你是打算坐下来还是就这么站着,把你身上的病菌呼出来传染给我?"戴尔说道。

"你在看什么?"金德曼冷酷地说道。

"《女装日报》。有什么问题吗?"耶稣会会士的目光扫到了那只熊,"那是给我的吗?"

"我在大街上看到它,觉得它应该很适合你。"

"哇哦。"

"你不喜欢吗?"

"我不知道该怎么形容这个颜色。"戴尔不高兴地嘀咕道,说完他咳嗽了几声。

"啊,我明白了,我们是在演《真假公主》①。你好像告诉过我你的身体没什么大碍啊。"金德曼说道。

"病这东西谁也说不准。"戴尔郁闷地说道。

金德曼放松了下来。他终于可以确定戴尔现在身体非常好,而且对那起凶杀案一无所知。他把那只熊和那袋汉堡塞到了戴尔的手中。"给你的。"他说道。他找到了一把椅子,接着把它拉到身边,坐了上去。"我真不敢相信你竟然在看《女装日报》。"他继续说道。

"我得知道这个世界正在发生着什么,"戴尔说道,"我又没法在与世界隔绝的环境下做灵性咨询。"

"你难道不觉得你应该读一些你们教会的文章吗,和灵修有关的?"

"可它不会告诉你时尚讯息。"神父冷淡地说道。

"吃汉堡吧。"金德曼说。

"我不饿。"

"那就吃半个,我从白塔餐厅买的呢。"

"那另外半个从哪儿买的?"

---

① 《真假公主》(Anastasia,1956),英格丽·褒曼(瑞典国宝级女演员,曾获得3项奥斯卡金像奖)主演的好莱坞经典影片,片中假公主紧张时就会咳嗽。

"太空,你的老家。"

戴尔打开纸袋:"好吧,我还是吃一个吧。"

这时一个又矮又胖的护士摇摇晃晃地走进病房。她的眼神中有着老兵独有的坚韧,手拿一条橡胶止血绷带和一支皮下注射器,朝戴尔走来:"我来给你抽血,神父。"

"又抽?"

护士愣了一会儿后说道。"什么叫'又'?"她问神父。

"有人十分钟前来抽过了。"

"你不是在拿我开玩笑吧,神父?"

戴尔指向左前臂内侧那块小小的圆形胶带。"喏,针孔就在这儿。"他说道。

护士看了看后,语气诡异地说道:"还真是。"说完她转身怒气冲冲地走出病房,下楼走向大厅,一路大喊:"是谁给这家伙扎针了?"

戴尔从开着的门往外看。"他们这种'贴心'的服务我特喜欢。"他阴郁地评论道。

"对呀,这里挺不错的。"金德曼说道,"非常安静。什么时候搞防空演习?"

"啊,我差点忘了。"戴尔说道。他把手伸进床头柜的抽屉中,拿出一本杂志,从里面撕下一张漫画。"这我给你留着呢。"他告诉金德曼。

金德曼观察了一番那张画,画中是一位渔夫,嘴上有一小撮胡子,站在一只巨大的鲤鱼旁边。图释说,厄内斯特·海明威,在洛基山脉钓鱼时捕捉到一条长达五英尺的鲤鱼，便决定从此不再写鲤鱼。

金德曼抬头看向戴尔，表情严肃地问道："这杂志是哪儿来的？"

"周日信差送过来的。"戴尔说道，"你知道吗，我现在开始感觉好些了。"他拿出一个汉堡吃起来，边吃边说，"嗯，谢谢你，比尔。这真好吃。对了，那鲤鱼还在浴缸中吗？"

"昨晚被干掉了。"探长看着戴尔开始吃第二个汉堡，"玛丽她妈还在餐桌上大声哭了。我嘛，终于泡了个澡。"

"我能看出来。"戴尔说道。

"汉堡好吃吗，神父？今天可是四旬斋①哦。"

"我可以不必斋戒，"戴尔说道，"我生着病呢。"

"加尔各答②街道上的那些孩子正在忍饥挨饿呢。"

"那是因为他们不吃牛肉③。"戴尔说道。

"我投降了。大部分犹太人都把神父当朋友，神父对他们来说一直是德日进那样的人。你有哪点像他？关注阿玛尼最近推出哪些新品，把人们当成魔方，放在手中拧来拧去，变换颜色。这样的神父谁需要？不，真的，你就是匹害群之马。"

"吃汉堡吗？"戴尔把袋子递过去给他。

---

① 为纪念耶稣在荒野中的四十天禁食，信徒们就把每年复活节前的四十天作为自己斋戒及忏悔的日子。
② 印度东北部城市，特蕾莎修女曾在那里帮助民众。
③ 印度教徒视牛为神圣的动物，故不吃牛肉。

"嗯,一个就好。"看戴尔吃得津津有味,他也有点饿了。金德曼把手伸进袋子里,拿出一个汉堡。"我爱吃里面的腌菜,"他说道,"精华呀。"他咬下一大口,抬头看到一位医生走进病房。

"早上好,文森特。"戴尔招呼道。

安福塔斯点了点头,在床尾处停下,拿起戴尔的病历看起来。

"这是我的朋友金德曼警督,"戴尔说道,"这是安福塔斯医生,比尔。"

"见到你真高兴。"金德曼说道。

安福塔斯似乎没听到,仍在病历上写些什么。

"有人说我明天就可以出院了。"戴尔说道。

安福塔斯点点头,把病历放回原处。

"我开始喜欢上这儿了。"戴尔又说道。

"是啊,这里的护士那叫一个甜美。"金德曼补充了一句。

安福塔斯自踏进病房后第一次正眼看了看探长。安福塔斯的面色如往常一般忧郁而严肃,沉浸在悲伤中,眼中似乎起了一些波澜。他在想什么?探长很好奇。我能从他眼中看到一丝笑意吗?

没多久,安福塔斯就转身离开病房,出门往左转,渐渐消失在楼道中。

"真是个怪人,这医生,"金德曼评价道,"什么时候米尔顿·伯利① 也开始行医啦?"

"可怜的家伙。"戴尔说道。

---

① 米尔顿·伯利(Milton Berle,1908—2002),美国喜剧电影演员。

"可怜的家伙?他怎么了?你和他成朋友了?"

"他老婆离开了他。"

"啊,我明白了。"

"他一直没能走出来。"

"离婚了?"

"不,她去世了。"

"啊,对不起。最近的事?"

"三年前的事。"戴尔说道。

"过去很久了。"金德曼说道。

"我知道,但她死于脑膜炎。"

"啊。"

"他非常愤怒,因为是他亲自负责治疗的,却还是没能挽救她的生命,甚至都没能减轻她的疼痛。这对他来说无异于一次重大的打击。他从今晚开始离职,打算全心全意地搞研究。自她去世后他就开始了一项研究。"

"具体是什么研究?"金德曼问道。

"疼痛,"神父答道,"他在研究疼痛。"

金德曼饶有兴趣地思考这个答案:"你好像很了解他啊。"

"是啊,他昨天敞开心怀和我聊了半天。"

"他竟然和你聊天?"

"对啊,你又不是不知道罗马领的魅力有多大。对于忧虑重重的灵魂来说它不知道有多受欢迎。"

"我想我能从这句话中推测出一些个人信息。"

"你觉得是就是吧。"

"他信仰天主教?"

"谁?"

"除了那个医生我还能说谁?"

"谁让你总喜欢拐弯抹角。"

"还不是为了对付某些笨蛋。安福塔斯是天主教徒吗?"

"对。他一直坚持每周日都去做弥撒。"

"什么弥撒?"

"圣三一教堂早上六点半的那场。对了,我一直在想你的那个问题……"

"什么问题?"

"罪恶的问题。"戴尔答道。

"这问题怎么成我的了?"金德曼大吃一惊,"你们学校怎么教你们的?你是在鸵鸟盲人神学院学编神学篮子的吗?所有人都该想想这个问题。"

"我明白。"戴尔说。

"真新鲜。"

"你最好对我客气点。"

"泰迪熊白送了,我拿回去好了。"

"你送我熊,我特别感动。我可以接着说了吧?"

"有点困难。"金德曼回道,说完他叹了口气,顺手拿起一份报纸,在手中摊开并开始阅读,"说吧,我会认真听。"

"好吧,我刚才在想,"戴尔说道,"生病住院的这些天……"

"没生病却住院。"金德曼纠正道。

戴尔无视了这句话,继续说道:"我听到了一些有关外科手术的事。"

"这些模特几乎都不穿衣服。"金德曼说道,然后专心看那份《女装日报》。

"他们说,在被麻醉以后,"戴尔说,"你的潜意识能感觉到周遭的一切变化,能听到医生、护士在交流你的情况,能产生手术刀在你身上划下的疼痛感。"金德曼从报纸中抬头看向他。"可一旦你从麻醉中醒来,那些感觉就好像从未发生过。"戴尔继续说,"所以也许等我们回到上帝身边时,也能感觉到世间所有的痛了。"

"确实是。"金德曼说道。

"你同意我的观点?"戴尔面露震惊的神色。

"我是说潜意识。"金德曼解释道,"一些心理学家,过去的一些名人,都是很有名的人,他们做了一些实验,然后发现我们身体里面有第二种意识,就是我们现在说的潜意识。阿尔弗雷德·比奈①就是其中之一。你知道吗,比奈曾经做过这样一件事:他找来一个女孩,对她实施催眠术,这没什么,对吧?他告诉她,催眠后她看不到他,听不到他说话,也感觉不到他在做任何事情。然后他往她手中放一支笔,在她前面放上一些纸。这时房中另一个心理学家开始和这个女孩聊天,问她很多问题。比奈也在同一时间问那个女孩一些问题。那女孩在和心理学家聊天的同时,居然

---

① 阿尔弗雷德·比奈(Alfred Binet,1857—1911),法国心理学家,智力测验的发明者。

还在纸上回答比奈的问题！神奇吧？还有呢，比奈在某一时刻用大头针戳了一下她的手。女孩没有任何反应，仍继续与那位心理学家谈话。但同时她动笔写道'请别戳我'。这还不算什么吗？怎么说呢，你讲的有关外科手术的事确实存在。有人能感受到所有的这些伤痛和失败。可那人到底是谁呢？"他突然想起那个梦和梦中马克斯那句晦涩不明的话："*我们有两个灵魂。*"

"潜意识，"金德曼沉思了一会儿后说道，"到底是什么呢？是**谁在掌控**？它和集体潜意识又有什么关系？这些全都包含在我的理论中，你明白吧！"

戴尔偏过头去，摆出一副不耐烦的样子。"*哎，又来那一套*。"他嘀咕道。

"是啊，你现在是嫉妒心作祟，因为我是智多星金德曼，犹太版的墨托先生①，即将破解罪恶的问题，"金德曼的眉毛拧到了一起，"我的大脑就像一条鲟鱼，被无数条米诺鱼②围绕着。"

戴尔双眼环顾四周："你不觉得这话有点不妥吗？"

"没有，一点也不觉得。"

"好吧，那你何不把你的观点告诉我呢？"

"我的观点对你来说太宏大了，你理解不了。"金德曼闷闷地说道。

"那你认为原罪有什么问题？"

---

① 墨托先生（Mr. Moto），美国作家约翰·菲利普斯·马昆德笔下塑造的一位日本神探。
② 鲟鱼是一种非常大的原始鱼类，米诺鱼是多种小型鱼类的总称。这里是金德曼在为"金德曼是智多星"这个观点做补充。

"婴儿也得为亚当所犯下的罪行负责?"

"是个谜。"戴尔说道。

"是个笑话。我承认我刚才在拿这个概念开玩笑。"金德曼说道,同时身体前倾,双眼炯炯有神地说,"假如罪恶产生于数百亿年前科学家们用钴弹炸毁地球时造成的那场混乱。那场混乱导致原子发生变异,病毒滋生,产生疾病,甚至导致整个自然界都陷入混乱之中,所以如今的地球才会发生地震以及各种自然灾害。至于人类,由于这场可怕的变异,他们变得疯狂并产生困惑,进化成为怪物,开始和动物一样吃肉,开始需要卫生间,开始喜欢摇滚乐。他们无法控制自己不这样,因为这些特征通过遗传存在于他们的基因之中。即使是上帝也同样如此。罪恶就是这样通过基因代代相传的。"

"那如果每个人在出生前其实都曾是亚当的一部分呢?"戴尔问道,"我是说身体的一部分——比如是他体内众多细胞中的一个?"

金德曼的脸上突然露出一副怀疑的表情:"现在可不是在上周日的教理问答课,神父。你怎么想到这个观点的?"

"这观点怎么样?"戴尔问道。

"证明你认真思考过,但这观点站不住脚,犹太风格太过明显。上帝会生气,他已经生气了。这和我说的基因的观点类似。我们得承认,只要上帝高兴,他可以随时终止这些胡言乱语。他可以将一切推倒重来。他就不能说'亚当,去洗把脸,该吃晚餐啦',然后把整件事抛到脑后吗?他就不能修补修补人类的基因吗?福音书告诉你要学会原谅,难道上帝就不能吗?先从西西里岛开始吧?普佐①真该听听，这样在两秒后我们就有《教父》②第四部了。"

"好吧，那么你的观点究竟是什么呢？"戴尔坚持问道。

探长狡黠地说道："我还在想呢，神父。我的潜意识正在迅速组织观点呢。"

戴尔转过身，将头靠在枕头上，郁郁寡欢地说："真无聊。"他说这话时，双眼正盯着空白的电视屏幕。

"我再给你一些提示。"金德曼提出。

"真希望他们能来把这破玩意儿修好。"

"真没礼貌，快听我说那个提示。"

戴尔打了个呵欠。

"这提示可是来自你们的那几本福音书，"金德曼继续说道，"'这些事你们既作在我这弟兄中一个最小的身上，就是作在我身上了。③'"他继续解释道。

"他们至少该在病房里放台能玩《太空侵略者》④的游戏机啊。"

"《太空侵略者》？"金德曼木然重复道。

戴尔转身看向他，然后问道："你能帮我去礼品店买份报纸吗？"

"要什么？《国家询问报》《波士顿环球报》还是《明星纪事报》？"

"我记得《明星纪事报》周三才出啊，对吧？"

---

① 普佐（1920—1999），美国作家，因著作《教父》而闻名。
② 《教父》，是《教父》三部曲的第一部，掀起了帮派电影的新潮流，此部电影荣获第45届奥斯卡金像奖最佳影片、最佳男主角、最佳改编剧本三大奖项。
③ 出自《圣经·新约·马太福音》第25章第40节。
④ 《太空侵略者》(*Space Invaders*)，1978年出品后风靡一时的街机游戏。

"我迫不及待地想看看我们和那些'星星'①有什么共同点呢。"

戴尔似乎有点生气:"这些报纸怎么了?米基·鲁尼②看见过一个长得很像林肯的鬼魂。你觉得在别的报纸上能看到这种消息吗?"

探长把手伸到了口袋里:"给,我这儿有几本书,你可能会喜欢。"说完他拿出几本平装书,戴尔看了看书名。

"不是小说,"戴尔郁闷地说道,"不好看,你就不能给我带本小说吗?"

"下次给你带本小说。"金德曼站起身,不耐烦地说道,说完他又走到床尾,拿起那份病历,"要哪种小说?历史类的?"

"帮我带本《禁忌》③吧,"戴尔说,"我看到第三章了,但我忘了把它带到医院来。"

金德曼面无表情地注视了他一阵,然后将病历放回原处,转身慢步走向门口。"午饭后带给你吧,"他告诉戴尔,"饭前太兴奋了不好。而且我也要去吃点东西。"

"不是刚大口吃完三个汉堡吗?"

"是两个。管它呢?"

"如果没有《禁忌》,《黛西公主》④也行。"戴尔在他身后喊道。

他刚走下楼道,又停住脚步,他看到安福塔斯正站在收费台前,在一块写字板上写些什么。金德曼走近他,满脸关切和悲痛

---

① 英语中"明星"和"星星"都是一个词,Star。
② 米基·鲁尼(Mickey Rooney,1920—2014),美国著名电影演员。
③ 《禁忌》(*Scruples*),美国犹太裔作家朱迪丝·克兰茨出版于1978年的小说,内容大胆露骨。
④ 《黛西公主》(*Princess Daisy*),朱迪丝·克兰茨的另一部小说。

的神情。"安福塔斯医生？"探长一脸严肃地叫道。神经科医生抬起头来。那双眼睛，金德曼想，藏着多少秘密！"我找你有点事，和戴尔神父有关。"探长解释道。

"他很好。"安福塔斯轻声说道，然后将注意力转移回写字板上。

"是，我知道，"金德曼说，"其实是另一件事，非常重要。虽然我们都是神父的朋友，但这件事我无能为力，只有你能帮他。"

他语气紧迫，医生终于抬起头来，疲惫的双眼努力迎上探长的目光。"是什么事？"安福塔斯问道。

金德曼看了看周围，眼神充满戒备。"这里说话不方便，"他说道，"我们能找个地方谈谈吗？"他看看表继续说道，"要不去个餐厅。"

"我从来不吃午饭。"安福塔斯回答道。

"那你看我吃。拜托啦。真的很重要。"

安福塔斯看了他一会儿，试图在他眼中寻找什么。"那，好吧。"他最终说道，"难道不能去我的办公室吗？"

"可我很饿啊。"

"那我回去换件外套。"

说完安福塔斯走开了一会儿，回来时身上换了件海军蓝开襟衫。"走吧。"他对金德曼说。

金德曼眼神锁定在那件开襟衫上。"你会冷的。"他说，"去穿件夹克吧。"

"不冷。"

"不，不，你还是去加件衣服吧。要不然可能过不久报纸上的头条就是'神经科医生死于伤寒感冒,某个胖男人被抓去问话'了。去穿件夹克吧,算我求你啦。一件风衣也行,只要暖和点。要不然我会有罪恶感。我看你身体本来就不太好。"

"没事,"安福塔斯柔声说道,"不过谢谢你。谢谢你的关心。"

金德曼有点沮丧。"那好吧,"他说,"我可提醒过你了。"

"我们去哪儿?最好别太远。"

"古墓餐厅,"金德曼说,"走。"说完他挽起医生的胳膊,带他往电梯走去。"这对你有好处。你需要呼吸点新鲜空气,然后再吃点东西,这样你才不会更瘦。你母亲知道你有个不吃午饭的鬼习惯吗?别紧张,你不想说,我看得出来。我祝她好运。"探长看了一眼医生。他在笑吗?谁知道呢?他很难打交道,真棘手,金德曼想。

去古墓餐厅的路上,探长问医生戴尔的情况怎么样,安福塔斯似乎有心事,只简单地回答了他几句,或者干脆用点头或摇头回答他。从医生那里他只得出了一点,那就是戴尔之前描述的那些症状,虽然有可能是脑瘤压迫造成的,但更可能是压力和加班造成的。

"加班?"探长难以置信地大声喊道,此时他们正走下古墓餐厅的台阶,"压力?谁会想到这个?那家伙比煮熟的面条还要放松。"

古墓餐厅清一色地铺着红白相间的棋盘图案桌布,进门处是一张深色圆形橡树吧台,吧台上是厚壁扎啤玻璃杯,装满了啤酒。墙上贴有一些石版画,画上是乔治城过去的光景。此时差几分钟十二点,但餐厅的人不多。金德曼看到一处比较安静的卡座。"坐那儿吧。"他说道。他们于是走过去坐下。

"我超级饿。"金德曼说。

安福塔斯没说话,头一直低着,凝视着桌上自己紧握的双手。

"吃点东西吧,医生?"

安福塔斯摇了摇头。"戴尔怎么了?"他问道,"你说有事要告诉我,是什么事?"

金德曼身子往前倾,表情举止有点古怪:"别给他修电视。"

安福塔斯抬起头,面无表情:"什么?"

"别给他修电视,他会知道的。"

"知道什么?"

"你没听说那宗谋杀神父的案子?"

"嗯,我听说了。"安福塔斯说。

"那位神父和戴尔神父是朋友。电视修好了,他就会知道这个消息。还有,别给他报纸,医生,也告诉那些护士。"

"你叫我来这儿就是要告诉我这些?"

"别那么无情,"金德曼说,"戴尔神父很脆弱。而且他现在又生病住院,这种情况下他无论如何都不能知道这个消息。"

"可他已经知道了。"安福塔斯说。

探长大吃一惊:"他知道?"

"我和他谈论过这件事。"安福塔斯说。

探长看向别处,眼中没有丝毫怀疑,却又一脸无奈。"他就是这样的一个人。"他点点头,"不想让我担心他听到后会太过恐惧,所以他假装心情不错,好像对这件事毫不知情。"

"为什么带我来这里,警督?"

探长转过头,安福塔斯正目不转睛地逼视他。"我为什么带你来这儿?"金德曼口中念道,眼神空洞,眼球突出,努力迎上医生的视线,双颊迅速变得通红。

"是啊,为什么?肯定不是因为那台电视。"安福塔斯说。

"我撒谎了,"探长脱口而出,脸依旧通红,他把头偏向一边,摇摇头笑道,"我在你面前真是无所遁形啊。"他开始呵呵笑。"我都不知道该怎么把脸绷起来。"他又把头转回去面向安福塔斯,举起双手放在头上,"是,我错了。我很无耻。我撒谎了。我没法控制自己,医生。一种陌生的力量将我包围。我只能把曲奇给它们,然后告诉它们'走开!';但它们知道我很脆弱,于是仍然杵在那儿,还告诉我,'要么撒谎,要么中午就只能吃个开口馅饼和一块甜瓜!'"

"塔可饼也许更有效。"安福塔斯说。

金德曼惊奇地放下手臂。神经科医生脸上的表情依然不可捉摸,眼神平淡,眼睛都不眨巴。他刚才是在开玩笑吗?

"你想怎么样?"安福塔斯问他。

"你会原谅我吧?我就是想问你点事情。"

"什么事情?"

"疼痛。我对它非常感兴趣。戴尔神父说你在进行这一领域的研究,还说你是这方面的专家。你不介意吧?为了能和你稍稍讨论一下这个话题,我耍了点小聪明。真是不好意思,我欠你一句道歉,医生,能原谅我吗?要不判我个缓刑?"

"你经常头痛？"安福塔斯问他。

"是啊，因为那个叫瑞安的家伙。不过这不是今天的重点，我不是要跟你说这个。"

安福塔斯的神情依然很阴郁。"那你想谈的是什么？"他低声问道。

探长刚要回答，一名服务员拿着菜谱走了过来，看上去还很年轻，像个大学生，系了条亮绿色领带，马甲也是同色系的。"两位是吃午餐吗？"服务员礼貌地问道。

那位服务员正要把菜单递给他们，安福塔斯摆摆手拒绝。"不用，"他低声说，"一杯黑咖啡，谢谢。就这些。"

"我也不用。"探长说道，"麻烦给我来杯柠檬茶。再来点曲奇饼。你们有姜汁坚果饼干吗？"

"有的，先生。"

"那给我来一份。对了，你们身上这领带和马甲是怎么回事啊？"

"是为了庆祝圣帕特里克节①。活动会持续一周。"服务员回答道，"二位还需要点些别的吗？"

"你们今天是不是会有小碗装的鸡汤？"

"里面还有面条。"

"管它里面有什么。麻烦给我来一碗。"

服务员点点头，走去别处填写菜单。

金德曼看到邻桌有个装满生啤的饰花大啤酒杯，立刻沉下脸。

---

① 圣帕特里克节（Saint Patrick's Day），纪念爱尔兰的主保圣人圣帕特里克的节日，在每年的3月17日。因为美国的爱尔兰移民很多，所以也过这个节日。

"真是疯了，"他嘀咕道，"这个男人在追赶一条蛇，动作相当笨拙，可天主教徒们不但没把他放进疗养院的软壁病房，还把他当作圣人供奉。①"他转回身来面对着安福塔斯，"花园里的小青蛇没毒，它们甚至不吃土豆。这行为正常吗，医生？"

"我猜你现在非常饿。"安福塔斯说。

"你就不能给人留点尊严吗？"金德曼问道。"好吧，我又在胡说八道，我总这样。我就是个无可救药的骗子，整个分局都以我为耻。你高兴了吧，医生？用我的大脑做实验吧，查出这些反应是如何产生的。这样，至少我在临死前会安心一些——因为我最后知道答案了。这问题每时每刻都在折磨着我，我都快被逼疯啦！"

医生的眼中流露出一丝不易察觉的微笑。"你在说疼痛。"他说道。

"没错。你看，你也知道我是个负责凶杀案的探长。"

"对。"

"所以我见过很多无辜的人经历着各种疼痛。"探长语气沉重地说道。

"这和你有什么关系？"

"你有信仰吗，医生？"

"我是天主教徒。"

"好的，那你会明白我，也能理解我。我一直在怀疑上帝是否善良，"金德曼说，"还有那些无辜小孩的死法也让我感到很困惑。

---

① 传说爱尔兰没有蛇的原因是圣帕特里克将爱尔兰陆地上的蛇都驱赶到了海里。

在他们生命终结前,上帝是否将他们从可怕的疼痛中解救出来了呢?是不是和电影《乔丹先生驾到》①里演的一样,会有天使在飞机坠毁前将英雄从飞机中拉出来?我曾经听说过这种传言,但这会是真的吗?比如说,出了一场车祸,车上有几个小孩,他们伤得不重,但车起火了,那些小孩被困在车上没法出来。于是他们就这样被活生生地烧死了,第二天,我们在报纸上看到这条新闻时,觉得非常可怕。在那个时刻,被火困住的小孩会是什么感受,医生?我记不得在哪儿听说过皮肤会睡觉,有这种可能吗?"

"你这个负责凶杀案的探长真是奇怪。"安福塔斯直视金德曼的双眼说道。

探长耸耸肩:"我越来越老啦,偶尔不得不想想这些事。反正想想也无妨。还有,我这个问题的答案是什么?"

安福塔斯低头看向桌面。"没人知道,"他低声说,"死者不可能告诉我们。任何事都有可能发生。"他接着说,"他们可能在大火发生前就已吸入大量烟尘而死,或者因心脏病或心源性休克发作而死。另外,血液倾向于流到要害器官以保护人体,这也可以解释皮肤为什么会变得麻木。"他耸耸肩,"其实我也不知道,我们只能靠猜。"

"那如果你说的这些都没有发生,又会发生什么?"探长问。

---

① 《乔丹先生驾到》(*Here Comes Mr. Jordan*,1941),又译为《太虚道人》,主要讲述拳击运动员乔丹死于空难,他命数未尽,可天堂管理员是个新手,错把他的灵魂带走。在错误还没来得及被纠正时,乔的身体就被毁坏了,于是他被送回阳间,借用一个百万富翁的身体继续生活。

"这些都只是猜测。"安福塔斯提醒他道。

"拜托，医生，你就再猜猜吧。不然我会疯掉。"

服务员正好过来上餐，他把一碗汤放在探长的面前，探长摆摆手。"别，把这个给医生，"他说，安福塔斯正要拒绝，他打断道，"别逼我给你妈打电话。这东西富含维生素，还有其他一些只有"摩西五经"里提到的营养元素。别固执，你得吃。这东西的好处多着呢。"

安福塔斯最终妥协，同意服务员把汤放下。

"啊，麦库伊先生在不在？"金德曼问。

"在，他在楼上，我确定。"服务员答道。

"能麻烦你去问问他有没有时间见我一小会儿吗？如果他在忙就算了。也没什么事。"

"好，我去问问他。请问您是哪位，先生？"

"威廉·金德曼。他认识我。如果他很忙也没关系。"

"我会转告他。"服务员说完后便转身走开。

安福塔斯凝视着那碗汤："从最初感到疼痛到死亡只有二十秒的时间。神经末梢一旦开始燃烧，就会丧失功能，人体也就再也感觉不到疼痛了。这会在死前多久发生也只能靠猜测。但不会超过十秒。这种疼痛简直无法想象，而此时你还非常清醒，对疼痛依然非常敏感。你的肾上腺素也正在飙升。"

金德曼摇了摇头，低头说道："上帝怎么能眼睁睁地看着人们忍受这种疼痛？这也真是奇迹。"说完他又抬起头，"你难道不会这么想吗？你不觉得愤怒吗？"

安福塔斯犹豫了一阵后迎上探长注视的目光。这个男人迫切地想要告诉我什么，金德曼想，他心中藏有什么秘密？他觉得自己从那双眼睛中读到了疼痛和分享疼痛的渴望。"我可能误导你了，我想。"安福塔斯说，"我尽力按照你的假设来解释。不过有一点我没说，当疼痛无法忍受、神经系统过载时就会自动关闭，人体就再也感觉不到任何疼痛了。"

"啊，我明白了。"

"疼痛很奇怪，"安福塔斯沉思道，"那些从长期疼痛中解脱出来的人群中，大约有2%的人会在疼痛解除后很快患上严重的精神障碍。有人还用狗做过实验，"他继续道，"结果特别奇异。"安福塔斯接下来开始描述1957年的一系列实验，在那些实验中，几只苏格兰梗犬从出生起就被放在几个笼中单独饲养，直到长大。这期间不给它们施加任何外界刺激，包括轻敲和挠抓，以免使它们感觉到任何不舒服。完全长大后，一旦对它们施加疼痛刺激，这些狗便不会以正常的方式进行回应。它们中的大多数会把鼻子伸到燃烧的火柴前，然后反射性地往后缩，接着又立马扑到火焰前轻嗅。若火焰无意间被它们呼出的气体扑灭，它们又会对第二根、第三根甚至更多燃烧的火柴做出同样的反应。它们当中还有一些不会主动去嗅火柴，但如果实验人员用火柴碰触它们的鼻子，它们也不会躲闪，不论做几次实验，结果都一样。而且，即使实验人员不断用针刺这些狗，它们也不会有任何反应。相反，它们那些同胎的兄弟姐妹，由于是在正常环境中长大的，能迅速识别潜在危险，实验人员虽多次尝试，但都无法用火焰或是刺针碰触它们。"疼痛非常神秘。"安福塔斯总结道。

"请坦白地告诉我，医生，难道没有可能是上帝已经想出别的方法来保护我们了吗？比如一些别的预警系统，提醒我们的身体正面临危险。"

"你是说自动反射？"

"有点类似于会在我们脑中自动响起的铃声。"

"那样的话，如果你的一根动脉断了你打算怎么办呢？"安福塔斯说，"是立马绑上一根止血带，还是一边忍受着铃声一边玩儿完这把牌再说呢？还有，如果你是个小孩呢？那起不了什么作用。"

"那为什么人类就不能不受伤呢？"

"问上帝。"

"我现在是在问你。"

"我不知道。"安福塔斯说。

"那你在实验室干什么，医生？"

"尝试能不能在人体不需要时关闭疼痛感觉系统。"

金德曼等他继续说，但医生没再多说。

"快喝汤吧。"探长提醒他，"快凉了，上帝的爱也快淡了。"

安福塔斯喝完一勺汤，又放下勺子搁在白镴碟子上，发出清脆的微响，几不可闻。"我不饿。"他说，然后低头看了看表，"我突然想起来还有点儿事，"他继续说道，"我得走了。"说完他抬起头看着金德曼。

"真奇怪，你对大脑的结构和功能如此了解，"金德曼说，"竟然还能信奉上帝。"

"金德曼先生？"那位服务员又走了过来，"麦库伊先生现在相当忙。我想我不应该打扰他。抱歉。"

探长似乎思考了一会儿："不，告诉他。"

"但你说过没什么要紧事啊。"

"是没什么要紧事，但还是要告诉他。我脾气可不好，看来我老了，说话不顶用了。"

"好吧，先生。"服务员面露疑色，但他还是走向楼梯准备上楼。

金德曼将注意力转回到安福塔斯身上："你难道不认为那全都是神经元吗，就那玩意儿我们居然给它取名叫作灵魂？"

安福塔斯看了看表。"我想起来我还有点儿事，"他说，"我得走了。"

金德曼一脸困惑。是我疯了吗？他刚才就已经这样说过了。"你要去哪儿？"他问道。

"什么？"安福塔斯说。

"没什么。拜托，再待会儿。我还有些事放在脑子里没说呢。它们一直在折磨我。你能再待会儿吗？而且，现在就走有点失礼吧。这算有礼貌？连巫医都不会这么做。他们会硬着头皮留下来，听有点老糊涂的白人老头流着口水说话，无奈地打发时间。这才叫有礼貌。在这个话题上我是不是有点太直白了？有什么说什么嘛。那些人总说我喜欢拐弯抹角，我在改了，不过可能有点矫枉过正。你觉得呢？说实话！"

安福塔斯脸上露出了笑容，渐渐放松了下来："有什么我能帮你的吗，警督？"

"有关大脑和思想这个没营养的话题,"金德曼说,"这几年我一直想咨询神经科医生,但我一见生人就特别害羞。还好这时你出现了。我等到花儿都谢了。告诉我,我们的感觉和思想真的只是一些在脑中发射信息的神经元吗?"

"你是说,它们是不是和神经元一样是*实物*?"

"对。"

"你认为呢?"安福塔斯问。

金德曼摆出一副博学的样子,点点头道:"我认为是。"语气几乎不可动摇。

"为什么?"

"为什么不?"探长反驳道,"如果大脑既能够感觉又可以思考,那谁还需要灵魂?我说得对吗?"

安福塔斯将身体稍稍前倾,刚才那席话触动了他的某根神经。"假设你抬头望天,"他继续热切地说,"天空无边无际,每一处都一模一样,可那能和大脑内神经不断放电的画面一样吗?你看到一个西柚,脑中就会产生一个圆形图像。但这个图像投射到大脑的枕叶皮层区域时却不是圆形的,而是椭圆形的。所以这两个东西怎么可能是一样的呢?当你想到宇宙时,你要怎么把整个宇宙都放进脑中?或者,就说说你房间里的物品。它们的形状和你大脑任意部位的形状都不一样,它们怎么可能变成你大脑的一部分呢?另外还有几个神秘现象你得考虑考虑。第一个,想法的执行力。每一秒都有成百甚至上千个感官印象对你进行轰炸,而你会不断地从其中筛选出那些急需的印象,这样每秒你都需要做出无数个决定,而且都是在一瞬间进行的。是什么在做出这些决定?是什么在决定要做出那样一个决定?这里还有另外一点需要考虑,警督,精神分裂症患者相比正常人,其大脑结构更为完整,还有一些人,将他们大脑中的大部分物质移除,他们却还和原来一样。"

"那么,那位用微电极刺激大脑的科学家又怎么说呢?"金德曼说,"他刺激一个人大脑的某个部位,那个人就会听到很久以前的回声,或产生某种情感。"

"那是怀尔德·彭菲尔德[①],"医生应声说道,"但他的实验对象一直强调,他运用微电极在他们脑中产生的各种感觉并不属于他们身体本身。那只是施加于他们脑中的某种事物。"

"我真是吃惊,"探长说道,"作为一名科学工作者,你竟然会说出这样的观点。"

"怀尔德·彭菲尔德也不认为思想和大脑等同,"安福塔斯继续说,"约翰·埃克尔斯爵士[②]也一样。这位生理学家进行了大量的大脑研究工作,而且还因此获得过诺贝尔奖。"

金德曼眉毛耸起:"真的?"

"真的。还有,如果思想等同于大脑,那么大脑的某些功能对于维持人体正常运作就毫无意义了。我是指疑惑和自我意识这类功

---

① 怀尔德·彭菲尔德(Wilder Penfield,1891—1976),加拿大神经外科医生、神经生理学家。
② 约翰·埃克尔斯爵士(Sir John Eccles,1903—1997),澳大利亚神经生理学家,1963年获得诺贝尔生理学或医学奖。

能。我们当中甚至还有些人相信意识本身并不集中于大脑内。有理由怀疑，整个人体，包括大脑在内，以及外部世界本身，在空间上都包含在意识内部。最后再送你一个想法，警督。是个对偶句。"

"我喜欢对偶句。"

"我特别喜欢这句话，"安福塔斯说，"'如果大脑即思想，狗熊也会开暗枪。'"说完，那位神经科医生便弯下身大口喝汤。

探长在眼角的余光中看到麦库伊走向他们这桌。"其实我也这么想。"他对安福塔斯说道。

"什么？"安福塔斯抬起头，看向他。

"我有些故意在唱反调啦。我同意你的看法——思想和大脑不一样。我确定。"

"你真奇怪。"安福塔斯说。

"没错，你刚才说过这话。"

"你想见我，警督？"

金德曼抬头看向麦库伊。只见他戴着一副无框眼镜，书生气十足。身上衣着的颜色搭配得像他那所学校的校服：一件海军蓝西装外套，加一件灰色法兰绒裤。"理查德·麦库伊，这是安福塔斯医生。"金德曼手朝医生比画了一下介绍道。麦库伊弯下身，和医生握握手。

"见到你很高兴。"他说。

"我也是。"

麦库伊又转回身问探长："那是什么？"他的视线落在了探长的手表上。

"那是茶渍。"金德曼答道。

"茶？"

"最近你在喝什么茶？"

"立顿。我一直都喝这个。"

"那味道比较独特。"

"你找我就是要告诉我这个？"

"啊，我倒是有时间和你随意瞎侃，聊些不着边际的小事。可我知道你是个大忙人啊。我会放你走的。"

麦库伊冷酷地看向桌面。"你们点了什么？"他问道。

"就这些。"探长告诉他。

麦库伊面无表情地看向他："你们坐的可是六人桌。"

"我们就要走了。"

麦库伊一句话都没说便转身离开。

金德曼看向安福塔斯，他已经喝完了那碗汤。"很好，"金德曼说，"我会向你妈妈表扬你的。"

"你还有其他问题吗？"安福塔斯问他。他摸摸咖啡杯，已经凉了。

"氯化琥珀胆碱，"金德曼问，"在医院你会用这种药吗？"

"会。我是说，不是我个人用。这药用于电击疗法。你问这个干吗？"

"如果医院某个职工想偷点儿这种药，能偷到吗？"

"能。"

"怎么偷？"

"他可以趁没人注意的时候从药品推车上拿下来。你问这个干吗?"

金德曼再次转移问题:"那如果不是医院的工作人员可以做到吗?"

"可以,如果他知道自己要找什么药的话。他还得知道用药和供药时间表。"

"你会不会有时在精神科上班?"

"会。你主要就是想问这个吧,警督?"安福塔斯视线凌厉,似已将他看透。

"不是的,"金德曼说,"真的,我发誓。但是只要我们在这……"他的声音越来越微弱,"如果我在医院里问别人这些问题,他们肯定会为了保护医院的名声而坚持说那不可能。你明白吧?但我和你说话时,我觉得你会告诉我真相。"

"你能这么想真好,警督。谢谢。你这人不错。"

金德曼感觉内心中的一些情绪正在慢慢累积。"我和你一样。"他说,他决定遵从内心。然后他在回忆中露出微笑,"你知道吗?我爱死'和你一样'这句话了。真的。它让我想起《乔丹先生驾到》。乔·彭德尔顿老是重复这句话。"

"是,我记得。"

"你喜欢那部电影吗?"

"喜欢。"

"我也是。我可是伤感的老影迷,这我得承认。不过老电影里面的那些甜蜜和纯真,在这个年代——哎,早就不存在了。人生真苦。"金德曼叹了口气道。

"这是在为踏进坟墓做准备吗?"

安福塔斯又一次令探长感到惊讶。他现在觉得这位医生很亲切。"这是事实。"金德曼说,"我们迟早得提起这个话题。"探长试图在那双充满伤感的眼睛中搜寻什么,那里面此时满是某种情绪。是什么?那情绪是什么?"咖啡喝好没?"金德曼问。

"嗯。"

"我得去后面付账。非常感谢你能和我聊这么长时间,我知道你很忙。"金德曼向他伸出了手,安福塔斯紧紧握住,然后站起身准备要走。他在原地停留了一会儿,静静注视着金德曼的双眼。"氯化琥珀胆碱,"他最终说道,"和谋杀案有关,对吗?"

"嗯,猜对了。"

安福塔斯点了点头,转身走开。金德曼望着他穿行在餐桌之间,最后走上台阶,从视线中消失。探长又叹了一口气,招呼服务员过来结账,然后上到三楼走进麦库伊的办公室,一进去就看见麦库伊正和一位会计在聊天。麦库伊抬头看他,镜片后的眼神不可捉摸,他毫无波澜地问:"西红柿有什么问题吗?"

金德曼朝他招招手,麦库伊站起身走了过去。"和我一桌的那个男人,"金德曼说,"你看清他的脸没有?"

"非常清楚。"

"你之前没见过他?"

"不清楚。在店里我每年能看到几千张面孔。"

"你在昨天的忏悔队伍里见过他吗?"

"啊。"

"看到他没？"

"我想没有。"

"你确定？"

麦库伊想了一会儿，然后咬了咬下嘴唇，摇摇头："在等待忏悔时我一般不会去看其他人。大部分的时间我会低着头，审视自己的罪恶。就算我看到过他，我肯定也不记得了。"

"但你见过风衣男啊。"

"是。不过我无法确定是不是他。"

"你能发誓不是他吗？"

"不能，但我确实觉得自己没见过他。"

"你没见过他。"

"是，我没有。但我也不能确定。"

金德曼离开麦库伊办公室后，就向医院走去。一进医院，他就走进礼品店平装书区。找到《禁忌》后，他从书架上把它抽了出来，摇了摇头，随意翻到一页阅读。他一定会很快读完，他得出结论，然后又开始寻找一些其他的东西，帮那位耶稣会会士打发时间。他看到《海蒂性学报告·男人篇》，最终却还是选了本哥特小说。

选好后，他拿着书去柜台结账。店员看到了书名，她说道："我打包票她肯定会爱上这几本书的。"

"嗯，我相信。"

金德曼又找来一些小玩意凑单，整个柜台上全是这些玩意。

有一样东西进入了金德曼的视线。他目不转睛地盯着它,眼睛都不眨了。

"还需要别的吗?"

探长没有听到她的话。他从一个盒子里拿起一个塑料包,里面是一对发夹,每个上面都有一行标记——"弗吉尼亚大瀑布"。

8
Ⅱ

乔治城医院精神科位于神经科楼旁的一栋副楼内，分为两部分，一部分是封闭病房，房间之间相互隔开，主要收治一些具有暴力倾向的患者，如妄想症、主动型违拗症患者等。迷宫似的走道两旁布满房间，其中还有软壁式病房，防护相当严格。另一部分则是所谓的开放式病房，这里的病人不会主动伤害自己或他人，大部分都已上了年纪，由于患上不同阶段的衰老症而住进医院。还有一些抑郁症、精神分裂症、酗酒症、脑中风后遗症以及一些过早衰老的阿尔茨海默症患者。在这些患者中的一大部分人具有多年被动型违拗症病史。由于突然来到一个陌生的环境，他们终日里一动不动，面部表情僵硬而诡异，有时还会自言自语，极易受他人影响，甚至完全服从他人指示。这里的防护形同虚设。事实上，病人在这里可以随时请假，请一天甚至几天都没问题，只需要在走之前请一位医生，更经常的是值班护士，有时甚至是社工，在请假条上签字即可。

"是谁签字准许她请假的？"金德曼问。

"是阿勒顿护士。今天正好是她值班。她一会儿就过来。"坦普尔说道。

他们坐在坦普尔的办公室里，那间办公室其实就是开放式病房区域的护士站旁拐角处的一个小房间。金德曼环顾四周的墙壁，上面挂满了坦普尔的学位证书和各种照片。照片上的他很年轻，看上去是在十九或二十岁左右，穿了件T恤衫，戴了副手套，头上戴着一个大学拳击手的头盔，眼神极具威胁性。其它照片都是坦普尔拥抱某位漂亮女性的合照，每张照片都不是同一个女人，可每张的坦普尔都是笑对镜头的。金德曼的视线又落在办公桌上，那上面放有一尊有缺口的神剑雕塑，传说中亚瑟王使用的就是这样一把神剑。雕塑底座上印着"万不得已，方可出鞘"。办公桌的边缘上贴着一张格言条"想当酒鬼，必须比他的医生喝得还凶。"报纸被散乱地摆放着，上面落有烟灰，金德曼扫了一眼坦普尔，目光避开这位精神科医生的裤头，因为他的前裆裤扣没有扣上。"我简直不敢相信，"探长说道，"你们明知道这女人在外面无人照顾，竟然还会允许她请假。"

他一路追查码头上的那位老太太。离开礼品店后，金德曼就拿着她的照片去各个收费台询问，从医院一号楼开始。直到在四号楼精神科，才有人认出她是开放式病房中的一位病号，名叫马丁娜·奥斯·拉兹洛，是从地区医院转过来的，之前她在地区医院住院长达四十一年，最开始被诊断为伴有轻度紧张症的精神分裂症，这是一种发作于青春期的衰老症。这一诊断一直持续到拉兹洛在1970年乔治城医院成立后不久转院过来,虽然在那期间这一术语的名称有所改变。

"嗯,我看过她的病例,"坦普尔说,"立马觉得诊断不太合理。可能不是那种病。"他点燃一支小雪茄,随手将火柴往桌上烟灰缸里掷去,但火柴一偏,啪的一声掉到一份翻开的精神分裂症病例上。坦普尔看到这一过程,脸露不快:"见鬼,现在都没人知道自己在干些什么。她在地区医院待太久了,却没人知道她的最初病情。他们把她的原始病历都弄丢啦。我看到过一回她做的那套愚蠢的动作。两只手一起,就像这样。"坦普尔说完正要演示给金德曼看,却被探长打断。

"对,我看到过。"金德曼低声说。

"啊,你看到过?"

"她现在在我们那儿的看守病房。"

"对她来说倒是件好事。"

金德曼马上对他有些反感。"那些动作是什么意思?"他问。

医生正要回答,被一阵轻轻的敲门声打断。"进来。"坦普尔喊道。一位二十多岁的年轻护士走进来,颇有风姿。"我来问吗?"坦普尔斜眼看向探长并问道。

"对啊,否则呢?"

坦普尔看向护士:"阿勒顿女士,周六是你签字准许拉兹洛请假的吗?"

"啊?"

"拉兹洛。是你在上周六签字同意她请假的,对吗?"

护士看似很疑惑:"拉兹洛?我没有啊。"

"那这是什么?"坦普尔问,说完他拿起一张请假条,大声将上面的内容念给那位护士听。"姓:拉兹洛,名:马丁娜·奥斯。活动:允许其请假与哥哥一同去弗吉尼亚州费尔法克斯,会在三月二十二号返回医院。"坦普尔将那张请假条交到护士的手中,"日期是上周六,是你签的字。"

护士查看了一下那张假条,不由地蹙眉。

"当时是你值班,"坦普尔说,"下午两点到晚上十点。"

护士抬头看他:"先生,这不是我签的。"

精神科医师瞬间面色通红:"你在耍我吗,宝贝儿?"

护士在他的注视下有些紧张不安:"不是,我没有。我发誓。我值班那会儿她还没离开。当晚九点钟我查房时看到她还在床上。"

"这难道不是你的笔迹?"坦普尔逼问。

"不是。我是说,是。哎呀,我不知道。"阿勒顿急得大叫。她再次查看了一下那张假条:"是,这看似是我的笔迹,但实际上不是,和我的有点不太一样。"

"哪里不一样?"坦普尔问。

"我也不知道。我只知道这不是我写的。"

"我看看。"坦普尔从她手中抓过那张假条仔细查看,"啊,我明白了。"他说,"这些小圆圈,你是说这些吗?字母 i 上是小圆圈而不是点?"

"我能看看吗?"金德曼问,一边伸出手作势要把假条拿过来。

坦普尔把假条递给了他:"当然。"

"谢谢。"金德曼于是仔细地查看起来。

"不是我写的。"护士坚持道。

"嗯,我想你也许是对的。"坦普尔嘟哝道。

探长抬头瞥了一眼医生:"你刚才说什么?"他问。

"啊,没什么。"坦普尔抬头看向那位护士,"没事,宝贝儿。去休息一下吧,我待会儿去买杯咖啡给你。"

阿勒顿护士点点头,便迅速转身退出了房间。

金德曼将那张假条交回给坦普尔:"你不觉得很奇怪吗?难道有人伪造了一张拉兹洛女士的请假条?"

"真是个疯人院。"那位精神科医生绝望地举起双手。

"那人为什么要这么做?"金德曼问。

"我告诉过你,这里的疯子可不止那些病人。"

"你是说医院员工?"

"精神病会传染。"

"请问具体是哪位员工?"

"啊,真是见鬼。别放在心上。"

"别放在心上?"

"我刚在开玩笑呢。"

"你不是特别关心这件事吗?"

"不,我没有。"坦普尔将那张假条往办公桌上一扔,落在烟灰缸上。"见鬼。"他将那张假条从烟灰缸上拿开,"很可能是某个不负责任的实习生开的玩笑,也可能是某个故意和我作对的怪人。"

"但如果像你所说,"探长指出,"应该模仿你的字迹才对。"

"有道理。"

"你这就叫妄想症,对吧?"

"真聪明。"坦普尔将眼睛眯成一条缝。一丝小雪茄的烟灰落在他那件马甲的肩膀处。他掸了掸,那里随之淡化成一个污点。"也有可能是她自己写的。"他说。

"拉兹洛女士?"

坦普尔耸耸肩:"有可能啊。"

"是吗?"

"也难说。"

"有人看到拉兹洛女士离开吗?当时有人和她在一起吗?"

"我不知道。我会查出来。"

"晚上九点以后还会查房吗?"

"会,夜班护士会在深夜两点左右再检查一次。"坦普尔答道。

"你能问问她当时有没有看到拉兹洛女士在病床上吗?"

"好,我会的。这为什么这么重要?是和那几宗谋杀案有关吗?"

"什么谋杀案?"

"你知道的。那个小孩还有神父。"

"嗯,是的。"金德曼说。

"我想也是。"

"你怎么会这么想?"

"好吧,我又不傻。"

"是,你不傻。"金德曼说,"而且相当聪明。"

"拉兹洛和这几宗谋杀案又有什么关系?"

"我不知道。她被卷入了,但没有直接关联。"

"我都糊涂了。"

"是个人都会这样。"

"真的和她没关系吗?"坦普尔说,"那可以把她安全带回这里了吧?"他又问道。

"我正要说。另外,你确定那张假条是伪造的?"

"毫无疑问。"

"谁伪造的?"

"不知道。你一直在重复提问那几个问题。"

"你的员工中有谁那样写 i 吗?"

坦普尔直视着金德曼的双眼,过会儿移开了视线。"没有。"他果断答道。

太过果断,金德曼想。探长观察了他一会,然后问道:"现在,我们来聊聊拉兹洛女士那些奇怪的动作是什么意思吧?"

坦普尔转回头来,咧开嘴露出得意的笑容。"你知道,我的工作在很多方面和你很像。我也算半个探长。"他朝探长转过身去,"现在,我来跟你说说我做过什么。我敢肯定你会感谢我。拉兹洛的动作有一定规律,对吧?每一次的动作都按一定顺序进行。"坦普尔开始模仿她的手势。"有一天,我在一个鞋匠店,等他们给我的鞋子换底。我就一边等一边看那个鞋匠缝补鞋子。你知道的,他们是用一台机器做这些活儿。然后我就走过去问他,'你能不能告诉我，在有机器之前你们怎么干这些活儿？'他上了年纪，带着那种塞尔维亚语和克罗地亚语的口音。我当时坐在凳子上，凭直觉问出了这么一个问题。'用手。'他笑着说。他以为我傻呢。我就又跟他说，'做给我看看。'他告诉我他很忙，但我一说给他些钱，记得好像是五美元，他就坐了下来，把我的鞋子夹在两膝之间，开始用那些长皮革把鞋底和鞋面缝到一起。你知不知道，那动作和拉兹洛那套动作简直一模一样？就是那样！一样的动作！于是我立马和她在弗吉尼亚州的哥哥取得联系，问了他几个问题。猜猜我问出了些什么？拉兹洛在失常前，刚被她的心上人抛弃，她一直以为那家伙会跟她结婚。你猜猜他是做什么的？"

"他是个鞋匠吗？"

"完全正确。她不能忍受失去他，于是便化身为他。他离开她时，她才十七岁。但她的一生都在扮演那个男人，如今已经超过五十二年了。"

金德曼有些难过。

"我的侦查能力怎么样？"精神科医生以一种豪放的语气说道，"这可不是后天形成的，而是一种本能，我在很早以前就具备这种能力。我还是住院医师时，曾写过一篇论文，和一个抑郁症患者有关。他的病状之一就是一直能听到一种敲击声。在和那家伙聊完后，我突然产生了一个想法，'敲击声是从哪只耳朵进去的？'我问他。他告诉我，'左耳。''右耳从来没听到过吗？'我又问他。他说，'对，一直都只有左耳能听到。''你介不介意我来听听？'我问他。他说'不介意'。于是我把耳朵贴在他的耳朵旁,老天,你知道吗?我也能听到那敲击声!非常清晰!他鼓室中那块锤骨在不断滑动并发出声响。随后我们就进行手术矫正了这个问题,他也得以解放。你知道吗?他这种症状持续了将近六年时间,因为那敲击声,他甚至以为自己得了精神病,从而变得抑郁。可当他知道那敲击声是真实存在的,当天晚上他就摆脱了抑郁症。"

"确实了不起,"金德曼说,"真了不起。"

"很多时候我倾向于使用催眠术,"坦普尔说,"很多医生不喜欢这样,他们觉得这太危险了。这些人是不是最好别当医生?老天,要想当个好医生,你就得是半个探长,还得有一定的创造力。而后者最重要。"他说,"我还是个医学生时,曾在妇产科待过一段时间,当时有个女病人,四十来岁,因为阴道不明疼痛而住院。观察她一段时间后,我确信她有精神疾病,于是跑去和精神科住院医师讨论她的病情,那医生走过去跟她聊了会儿,然后他告诉我,他不同意我的观点。好吧,几天后,我越来越确定这一点。但那位住院医师就是不听。于是有一天我走进那女人的病房,带了一把折梯和一张胶皮布进去。我锁上门,用胶皮布盖住她脖子以下的部位,爬上折梯,往床上撒尿。把她都看傻了。我从梯子上下来,叠好胶皮布,走出房间,开始等待。过了大概一天,我在午餐时碰到了那位精神科住院医师。他看着我的眼睛说,'弗里曼,你对那个女人的诊断非常正确。你绝对想不到她跟护士们都说了些什么。'"坦普尔身体向后靠在椅子上,扬扬自得,"嗯,我可下了不少功夫呢。"他说,"这是真事儿。"

"可真让我获益良多，医生。"金德曼说，"真的。在很多方面你都让我大开眼界。你知道的，其他科室的一些医生一直都排斥精神病学。"

"那些傻子。"坦普尔不屑道。

"对了，中午我刚跟你的一个同事吃完午饭，是安福塔斯医生，你认识吗？一位神经科医生？"

精神科医生的眼睛微眯："嗯，估计就是他排斥精神病学吧，没关系。"

"啊，不，不是。"金德曼反驳道，"他没有，不是他。我提到他只是因为他今天跟我共进过午餐。他很友好。"

"你说他什么？"

"很亲切。对了，能不能找个人带我四处走走？"他站起来，"我得去看看拉兹洛女士的生活环境。"

坦普尔站起身，在烟灰缸里捻灭小雪茄。"我亲自带你去。"他提议。

"啊，不，不，你可是个大忙人。不行，我不能勉强你。这样不好。"金德曼摆动双手表示拒绝。

"这没什么啦。"坦普尔说。

"你确定？"

"这地方就像是我的孩子。我为它感到骄傲。来吧，我带你四处转转。"说完他就打开了门。

"你确定？"

"确定。"坦普尔说。

金德曼于是走出门外,坦普尔跟随其后。"这边。"坦普尔指向右边说道,然后大步往前走,金德曼在后面快速移动,试图追上他。"拉你出来我感觉特别罪恶。"探长说。

"你算找对人啦。"

金德曼来到开放式病房参观。这里到处都是走道,像个迷宫,大部分走道的两旁全是密集的房间,只有一些走道旁是会议室或员工办公室。还有个小吃部和一台物理疗法设备。不过活动中心是一间宽敞的娱乐室,配备有一个护士站,一台乒乓球桌和一台电视。坦普尔和金德曼一到那里,精神科医生便指向一大群病号,听声音他们正在看某个竞技类节目,其中大部分人都上了年纪,麻木地盯着电视屏幕。他们着装一致,都是里面一套睡衣,外面一件睡袍,脚上一双拖鞋。"这里就是他们活动的地方。"坦普尔说,"他们整天就在为看哪个电视节目争吵。值班护士整天都得给他们当裁判。"

"他们现在看起来很开心啊。"金德曼说。

"你等会儿再看就知道了。看那儿,现在就有个典型病号。"坦普尔说,他指向那群人中一个戴棒球帽的男人,"他是个幻想症患者。"坦普尔进一步解释道,"他总觉得有敌人在吸取他脑中所有的想法。我也不懂,也许他是对的。然后是兰,就是站在后排的那个家伙。他以前是个非常优秀的化学家,最开始他听到一台录音机中有声音,是鬼魂的声音。他们在回答他的问题。他曾经读过一些那方面的书籍。他就是那样开始的。"

为什么我觉得这一切都那么熟悉? 金德曼疑惑地想,他感觉

自己的心中萌生出一丝怪异。

"很快,他在洗澡时也能听到那些声音。"坦普尔说,"接着在任何有流水的地方都能听到。水龙头边、大海边,然后在风中树枝摇晃声中或树叶沙沙声中也能听到。很快就连在睡觉时都能听到。现在他也始终摆脱不了那些声音。他说电视能把那些声音赶走。"

"就是这些声音让他患上精神疾病的?"金德曼问。

"不。他是因为精神疾病才听到那些声音的。"

"就像耳中的敲打声?"

"不,那家伙真的很糟糕。请相信我,他是真的很糟糕。看到那边那个戴了顶奇怪帽子的女人没?又一个美人。也是我的成功案例之一。看到她没?"他指向电视观看人群中的一位坐着的中年胖女人。

"嗯,看到了。"金德曼说。

"啊,哎呀。"坦普尔说,"她看到我啦。她正朝这边走过来。"

那女人拖着鞋快速朝他们走过来,拖鞋不断摩擦着地面发出刺耳的声音。很快她就站在了他们面前,蓝色圆形毛毡帽顶上满是棒棒糖,用大头针别在上面。"别再发毛巾了。"那女人告诉坦普尔。

"不再发毛巾了。"医生应道。

那女人便转身走回人群中。

"她曾经特别喜欢囤积毛巾。"坦普尔说,"她还会去偷其他病人的毛巾。但我治好了她这毛病。第一周,我们每天给她多发七条毛巾,第二周每天多发二十条,第三周每天多发五十条。很快她的房里堆满了毛巾,她压根儿没法活动。于是有一天,我们再去发毛巾时,她开始大喊大叫,并把毛巾扔出了房间。她终于无法忍受了。"医生沉默了一会儿,目光追随着那个女人回到座位上。

"我猜接下来是棒棒糖。"坦普尔沉闷地说道。

"他们真安静。"探长观察后说道。他环顾四周,看到一些病人无精打采地坐在椅子上,一脸萎靡,眼神直勾勾地凝视着前方。

"嗯,他们大多数都了无生气。"坦普尔说,同时用一根手指敲击头部,"精神障碍。当然,药物不起作用。"

"药物?"

"他们的药。"坦普尔说,"氯丙嗪。他们每天都要服药。那些药只会让他们更糊涂。"

"药品推车会从这里经过?"

"当然。"

"那上面会有除氯丙嗪以外的药物吗?"

坦普尔偏头看他:"为什么这么问?"

"问问而已。"

医生耸耸肩:"有可能。如果推车是要去封闭病房的话。"

"电击疗法是在那里进行吗?"

"是,但没以前那么多。"

"没那么多?"

"有时候会有。"坦普尔说,"看需要。"

"这个病房里有病人懂医学知识吗?"

"这个问题真有意思。"坦普尔说。

"这是我的老毛病,"金德曼说,"也是麻烦。我控制不住自己,一旦想到什么,就得立刻大声说出来。"

坦普尔听完这个回答似乎有些迷惑,但他仍然转身指向一个中年病人,身材瘦削,正坐在窗边的一张椅子上出神地望着窗外。傍晚的阳光斜照在他身上,将他身体分成明暗两块,脸上没有任何表情,"20世纪50年代时他是一名韩国医生。"坦普尔说,"后来生殖器没了,三十年来没说过一句话。"

金德曼点了点头,转头看了一眼护士站,护士正忙着写报告,一位魁梧的黑人护工站在她身边,手放在柜台上,眼睛则不断地留意着房中病人。

"你们这里只有一名护士。"金德曼观察后说道。

"足够了。"坦普尔轻松地说道。他将双手放到屁股上,目视前方。"你知道的,电视一关,整个房间就只剩下拖鞋拖地的声音。那声音特别诡异。"他说完,又继续看了一会儿前方,然后转头望向探长。金德曼正在观察窗边的那个男人。"你看起来很沮丧。"坦普尔说。

金德曼转过头来:"你说我?"

"你是不是总喜欢沉思?自打你走进我办公室起就一直在想事情。你一直都闷闷不乐吗?"

金德曼惊奇地发现坦普尔说的都是事实。自打走进他那间办公室,金德曼就觉得自己不太正常。那位精神科医生一直在控制他的思想。他是怎么做到的?他看向对方的双眼,那眼睛里依稀有一丝疑惑。

"这是我的工作。"金德曼说。

"那就换工作吧。有人曾经问我,'我一吃猪肉就头疼,该怎么办呢?'你知道我怎么回答他吗?'那就别再吃猪肉。'"

"现在能带我去看看拉兹洛女士的房间吗?"

"能拜托你打起精神来吗?"

"我一直在努力。"

"好的。那么跟我来吧,我带你去她的房间。很近。"

坦普尔带领金德曼穿过一条走道,走到另一条走道上,很快便站在那间房的门口。

"里面没什么东西。"坦普尔说。

"嗯,确实。"

事实上,里面很空。金德曼往柜子里看了下,又是一件蓝色浴袍。他又打开所有抽屉,结果全是空的。只有浴室里面有几条毛巾和一块香皂。就这些。他突然感到有一阵凉风打到脸上,穿过身体,然后便消遁无影。他看看窗户,是关上的。他突然有种奇怪的感觉。他低头看看表,下午三点三十五分。

"我得走了。"金德曼说,"太谢谢你啦。"

"有空随时过来。"坦普尔回道。

精神科医生给他指路,告诉他如何走出病房,然后如何进到神经科副楼大厅内。他们最后在开放式病房门口道别。"好了,我得进去了。"坦普尔说,"你知道怎么从这里出去吧?"

"嗯,知道。"

"我现在有没有让你心情好起来,警督?"

"估计好心情会延续到晚上。"

"那就好。你下次如果还觉得沮丧,给我打个电话,或者来这里找我。我可以帮你。"

"你属于精神病学的哪个学派?"

"我可是个忠实的行为主义①者,"坦普尔说,"告诉我所有事实,我就能预言一个人接下来会干些什么。"

金德曼低下头,然后摇摇头。

"摇头是什么意思?"坦普尔问。

"啊,没什么。"

"不,肯定有什么。"坦普尔说,"到底怎么了?"

金德曼抬头看向那双充满挑衅的眼睛:"其实吧,我一直都为行为主义者感到遗憾,医生。他们永远没法说'谢谢你递给我芥末'。"

那位精神科医生嘴唇紧抿,然后问道:"你们大概什么时候把拉兹洛送回来?"

"今晚。我会安排。"

"很好,非常好。"坦普尔推开一扇门,而后说道,"再见,警督。"说完便走进开放式病房,消失不见了。金德曼又在那里站了

---

① 行为主义是西方心理学主要流派之一。20 世纪初起源于美国,以华生为主要代表。反对心理主义。认为心理学是自然科学的一门纯客观的实验学科,其对象是行为,而不是心理或意识,主张排除内省法,代之以客观观察等方法。因主要研究刺激与反应联系,故又称刺激—反应心理学;40—50 年代新行为主义形成之后,又被称为古典行为主义。——引自《辞海》第 6 版 2565 页同名词条

一会儿,他能听到橡胶鞋底迅速走远的声音传来。等那声音消退,他立刻感到了解脱。他叹了口气,突然觉得自己好像忘记了什么。他感觉到了大衣口袋的突起。是给戴尔的那几本书。他于是向右转,快速离开。

当金德曼走进戴尔的病房时,神父仍在床上,从他的教会书籍中抬起头来。

"哎,你去了好久。"他抱怨道,"你走后我都输七瓶水了。"

金德曼在床边停了下来,把那堆书一股脑地倾倒在戴尔的肚子上,"你要的书,"他说,"《莫奈的一生》①和《对话沃尔夫冈·保利》②。你知道为什么耶稣被钉死在十字架上吗?因为他情愿被钉死也不愿在公共场合携带这几本书。"

"别自命不凡了。"

"印度也有不少耶稣会传教所,神父。你就不能去那边找家传教所工作?苍蝇没他们说的那么讨厌。它们很漂亮,什么颜色都有。《禁忌》现在也被翻译成印地语了。你在那里依然会过得舒适又体面。还有几百万本《爱经》③供你欣赏。"

"我已经看过了。"

"我想也是。"金德曼移到床尾,拿起戴尔的那份病历,瞄了一眼又放了回去,"如果我现在离开,结束这段神秘主义的讨论,你会原谅我吧?一碰到太多美学问题我就头疼。另一个病房还有

---

① 英文原名为 The Life of Monet。
② 英文原名为 Conversations with Wolfgang Pauli。
③ 英文原名为 Kama Sutra。

两个病人在等我,都是神父,乔·迪马乔①和希腊人吉米②。我走了。"

"走吧走吧。"

"这么着急赶我走?"

"我想继续读《禁忌》。"

金德曼于是转身往外走。

"我说的话惹你生气了吗?"

"印度之母在呼唤你呢,神父。"

金德曼走出病房,进入大厅。戴尔凝视着打开的房门,门外已空无一人。"再见,比尔。"他小声低语,脸上露出欢喜而温暖的笑容。他继续埋头读教会书籍。

金德曼回到分局,脚步蹒跚地穿过嘈杂的集合厅,走进办公室,然后关上门。阿特金斯正在等他。阿特金斯靠在墙上,下面穿了一件蓝色牛仔裤,上面是一件厚厚的黑色套头毛衣,外面套了一件黑色亮面的皮夹克。"我们下沉得太深了,尼摩船长③。"金德曼说,他站在门边望着阿特金斯,眼神黯淡,"船身不能承受这么大的压力。"他往办公桌前迈了一大步,接着说:"我也承受不了。阿特金斯,你到底在想些什么?别想啦。《第十二夜》④已经在福尔杰莎士比亚图书馆啦,不在这儿。这是什么?"探长身子探到桌前,拿起两幅素描组合图。他麻木地看了一眼,而后怒视阿

---

① 乔·迪马乔(Joe DiMaggio,1914—1999),实际上是美国著名棒球手。
② 希腊人吉米(Jimmy The Greek),实际上是北美一家著名餐厅的名字。
③ 尼摩船长,是科幻小说《海底两万里》《神秘岛》与戏剧《非凡航程》中的虚构人物。
④ 英文原名为 *Twelfth Night*。

特金斯道:"这就是那两个嫌犯?"

"没人看清楚他们的长相。"阿特金斯说。

"我能看出来。那老头看起来就像个牛油果,企图让大家认为是哈勃·马克斯①。另一个呢,倒让我有些吃惊。风衣男有胡须?那天在教堂没人提到这一点,一个字都没提到过。"

"这是沃尔普女士的贡献。"

"沃尔普女士。"金德曼扔下那两张素描,用一只手摸摸脸,"疯子。沃尔普女士,和朱莉·费布雷一个样。"

"我有件事要告诉你,警督。"

"先别说。你难道看不出来我正在思考吗?这需要100%的注意力。"金德曼疲惫地坐在桌上,凝视着那几张素描。"这对夏洛克·福尔摩斯来说很简单,"他阴郁地抱怨道,"他不需要什么巴斯克维尔猎犬的素描就能够破案。不过毫无疑问,一个沃尔普女士能抵十个莫里亚蒂教授②。"

"双子座杀手的档案到了,长官。"

"我知道。我看到它被放在了桌子上呢。我们浮出水面了吗,尼摩?我的眼前不再是一片模糊了。"

"我有些消息要告诉你,警督。"

"先忍住。我在乔治城医院的这一天简直不可思议。你不打算问问我发生了些什么事吗?"

"发生了什么事?"

---

① 哈勃·马克斯(Harpo Marx,1888—1964),美国喜剧电影明星。
② 福尔摩斯系列故事中的大反派。

183

"我本来不打算现在就说。不过，我还是想问问你的意见。目前还是空谈，明白？就是假设存在这样一个事实，一位学富五车的精神科医生，比如说某个医院的精神科主任，采取某种不太高明的举动，试图让我认为他在包庇他的某位同事，比如说是一位研究病痛的神经科大夫。然后，比方说我问那位假想的精神科大夫他那些员工中有没有人笔迹比较奇怪。这位虚构的精神科大夫注视着我的眼睛有两三个小时，然后偏过头去，大声说'没有'。还有，聪明的我发现他们之间好像有点矛盾。也可能没有，但我觉得有。你能从这件事中推导出什么，阿特金斯？"

"那位精神科大夫想告发那位神经科大夫，但他不想做得太明显。"

"为什么？"探长问道，"记住，他这么做是在妨碍司法公正。"

"也许他犯了罪，卷入其中。不过如果他只是表面上看起来在包庇他人，你永远没法怀疑他。"

"那他得活久点，我有的是时间。不过我同意你的观点。另外我还有件更重要的事要告诉你。很多年前，马里兰州贝尔茨维尔镇上有家医院专门收治癌症晚期患者。他们给病人注射大剂量的麦角酸二乙胺[①]。没什么坏处，对吧？而且还能缓解疼痛。可是后来却有一件很有趣的事发生在这些病人身上，无论他们是何种背景，何种宗教信仰，都有同样的经历。他们幻想自己在垂直下降，穿过土地，穿过污水、污物或垃圾。而在幻想穿过所有事物

[①] 简称LSD，致幻剂，一种毒品。

的同时,他们甚至幻想自己就是那些事物,所有人的经历都如此。然后他们开始不断上升,不断上升,直到突然感觉周遭所有的一切开始变得美丽起来,然后他们发现自己正站在上帝的面前,上帝对他们说,'快上来,到我身边来,这儿可不是纽瓦克[①]。'他们所有人都有这样的经历,阿特金斯。好吧,也许是百分之九十,那也不少。重点是,他们还说,他们感觉他们就是整个宇宙,他们是一体的,是一个人。所有人都这么说,这难道还不够神奇吗?还有,想想贝尔定理,阿特金斯,物理学家们说,在任何双粒子系统中,改变其中一个粒子的自旋,**另一个粒子的自旋也会同时发生改变**,不论这两个粒子之间的距离有多长,哪怕间隔着星系或是光年,都是如此!"

"警督?"

"我说话时请保持安静!我还有事要告诉你。"探长身体前倾,双眸很亮。"想想人体的自主神经系统,维持人体机能和活力所需的所有看似智能的行为,都是由它来完成的。但它本身并无智能,也不由人体意识所控制。'那它是由什么控制的?'你肯定会这么问我。答案是人体潜意识。把整个宇宙想象成人体,然后把进化和猎胡蜂想象成人体自主神经系统。是什么在控制它,阿特金斯?想想。你要记得,还有集体潜意识。不过我可不能一直坐在这里和你闲聊。你去看过那个老太太吗?没去也没关系。她来自乔治城医院,打个电话叫人把她送回去。她是那边的病人,和无期囚

[①] 纽瓦克(Newark),美国新泽西州的一个城市。1967年,纽瓦克因种族问题发生暴乱,其影响一直延续到了20世纪80年代,是当时美国最糟糕的城市之一。

犯没什么两样。"

"那个老太太去世了。"阿特金斯说。

"什么?"

"她今天下午刚去世。"

"死因是什么?"

"心力衰竭。"

金德曼怔在那里，最终低下头又点点头："嗯，对她来说这也许是唯一一种方式。"他轻声说道，内心深处涌上一阵强烈的哀痛，"马丁娜·奥斯·拉兹洛。"他深情地念道，然后抬头看向阿特金斯。"这位老太太很伟大。"他轻声告诉阿特金斯，"在一个没有永恒之爱的世界中，她是个伟人。"说完他打开抽屉，拿出他们在码头上发现的那个发夹，放在手中凝视了一会儿，"希望她现在能和他在一起。"他继续轻声说道，然后将发夹放了回去，关上抽屉。"她有个哥哥在弗吉尼亚州。"他告诉阿特金斯，语气略显疲惫，"她姓拉兹洛。给医院打电话，让他们安排好。记得找坦普尔，坦普尔医生，精神科主任，一个王八蛋。小心他的催眠术，别中招。我觉得他在电话里都能催眠。"

探长站起身朝门口走去，却又停下来走回桌边。"散步对心脏有好处，"他说，然后拿起桌上那本装有双子座档案的活页夹，朝阿特金斯投去一瞥，警告道，"无礼则对心脏有害。"说完他走到门边，打开门，转身道，"在电脑里查查这个月和上个月医院开出的氯化琥珀胆碱处方。医生名字是文森特·安福塔斯和弗里曼·坦普尔。你每周日都去做弥撒吗?"

"没有。"

"为什么不去？就像传教士们所说，尼摩，你不觉得很'丰富多彩'吗？有洗礼、婚礼，还有葬礼。"

阿特金斯耸耸肩。"我不这么认为。"他说。

"很有启发性。再问你最后一个小问题，阿特金斯，然后我立马把你扔到刑讯专家那里去。如果耶稣没被钉死在十字架上，我们还会听到"复活"这个词吗？别回答。答案很明显，阿特金斯。谢谢你付出这么多的时间和努力。也祝你的海底之旅玩得愉快。我保证你会发现那里唯一的鱼群看起来很笨，除了它们的老大，那条重达十三吨、拥有鼠海豚大脑的巨型鲤鱼。他很奇特，阿特金斯。避开他。如果他以为我们有联系，或许会做出些什么疯狂举动。"说完探长转身离开。阿特金斯看到他在集合厅中间停下，向上看，同时用指尖碰了碰他那顶已经破旧不堪的帽子的帽檐，接着又碰到一位押着个嫌疑犯的警察，聊了几句。阿特金斯听不见他们在说什么。最终，金德曼转身，走出门外。

阿特金斯走到办公桌边坐下，打开抽屉，注视着那个发夹，猜测金德曼那句有关爱情的话是什么意思。他听到脚步声，抬起头，看到金德曼正站在门旁。"如果我发现连一块乐家杏仁糖都能丢，"他说，"那么蝙蝠侠和罗宾肯定不存在。所以，那个老太太具体死亡的时间是什么时候？"

"大约三点五十五分。"阿特金斯答道。

"明白了。"金德曼说。他对着空气发了一会儿呆，突然一句话也没说便转身离开了。阿特金斯开始思考他那个问题的用意。

金德曼回到家。他首先在前厅摘掉帽子，脱下大衣，然后走进了厨房。朱莉正坐在那张枫木桌前看时尚杂志。玛丽和她母亲则在火炉前打发时间。玛丽正在搅拌一碗酱料，听到动静后便抬起头来，对他微微一笑："哦，亲爱的。你能回家吃晚饭真好。"

"爸爸。"朱莉叫道，然后继续埋头看杂志。玛丽的母亲则背对探长用抹布擦拭着厨房灶台。

"布丁，"金德曼叫道，接着在玛丽的脸颊上吻了一下，"没有你，生活就像小玻璃珠和馊了的比萨一样无趣。"他说，"在煮什么？我闻到牛腩的香味啦。"

"哪儿有什么香味。"雪莉哼道，"你的鼻子真需要治一治。"

"还是留给朱莉来治吧。"金德曼阴沉地说道。他在女儿对面的桌前坐下，双子座杀手的档案在他的膝盖上。朱莉双手手臂交叉、支在桌上，黑色长发落在《魅力》杂志[①]上。她将头发拨到后面，翻了一页。"费布雷是怎么回事？"探长问她。

"老爸，拜托别那么兴奋。"朱莉一句话带过，说完又翻过一页书。

"到底是谁兴奋？"

"我只是想想而已。"

"我也是。"

"比尔，别惹她。"玛丽劝道。

"是谁在没事找事？只是，朱莉，对我们来说这是个大麻烦。

[①] 《魅力》杂志（*Glamour*），美国著名女性杂志，创刊于1939年。

一个家庭中的一个人改名字，这很简单。但如果三个人同时改，那就不一样了，我不知道会有什么后果。也许会最终导致咱们几人集体歇斯底里，更别说一些小麻烦了。也许我们可以稍微协调一下？"

朱莉瞪大她那双漂亮的蓝眼睛看向父亲："我不明白你在说什么，爸爸。"

"我和你妈妈要改姓达林顿。"

突然砰的一声，一把木质长柄勺被猛摔到水池里，金德曼看到雪莉快步走出房间，玛丽转身面对电冰箱，在那偷偷傻笑。

"达林顿？"朱莉说。

"对，"金德曼说，"我们连宗教信仰都要改。"

朱莉倒抽了一口气，又忙用手盖住。"你们要信天主教？"她惊奇地问道。

"你傻啊。"金德曼语气平淡地说，"信天主教比做个犹太人还糟糕。我们现在正在考虑信路德教派[1]。我们要和神庙里那些万字符[2]断绝关系。"金德曼听到玛丽跑出厨房，"你妈妈还有点儿难过，毕竟改变之初总有些难以接受。不过她很快就能适应。我们不需要一步到位，我们会慢慢来。先改姓，然后改变信仰，最后再订一份《国家评论》。"

"我不信。"朱莉说。

"接受吧。我们即将进入过渡期。费布雷，或者别的姓氏。无

---

[1] 也称信义宗，新教的主要宗派之一，也是最早的新教教派。
[2] 此处指犹太教的万字符。

所谓。怎么都得改。唯一一个问题是我们该如何协调这件事。我们愿意接受建议，朱莉。你怎么看？"

"我认为你们不该改变姓氏。"朱莉强调道。

"为什么？"

"因为那是你们的姓！"她说。她看到母亲走回来，"你是认真的吗，妈？"

"不一定非得姓达林顿，朱莉。"金德曼说，"我们会选一个我俩都认为不错的姓氏。邦廷怎么样？"

玛丽点点头，非常正经地说道："我喜欢这个。"

"啊，老天，这真让人不爽。"说完，朱莉便站起来疾步走出厨房，刚巧玛丽的母亲从外面走进来。

"你一直都这样胡言乱语吗？"雪莉问，"在这个屋子里我完全分辨不出谁是人，谁不是人。可能你们都是些傀儡，天天说些鬼话折磨我，故意让我听到这些话，然后把我送进养老院。"

"是，您批评得对。"金德曼诚恳地认错，"我道歉。"

"你知道我在说什么？"雪莉大声尖叫，"玛丽，叫他住嘴！"

"比尔，住嘴。"玛丽说。

"我说完了。"

晚饭在七点十五分准备好了。吃完饭后，金德曼在浴缸里泡了个澡，试图放空大脑。可是和往常一样，他发现自己根本做不到。这对瑞安来说应该很容易，他想。我必须问问他秘诀在哪儿。得等到哪次他做对了一件事然后膨胀心理作祟的时候问他。他的思绪从放空大脑的秘诀跳跃到安福塔斯。这个人很神秘，而且特别阴暗。金德曼断定他一定隐藏了些什么。是什么呢？金德曼伸手把一个塑料瓶拿了过来，往浴缸里倒入更多的发泡剂。他几乎快要睡着了。

洗完澡，金德曼穿上浴袍，拿起双子座杀手的档案进到书房。书房墙壁上贴满了电影海报，都是些三四十年代的经典黑白电影。深色木桌上堆满了书本。金德曼看到这些不由地蹙了下眉。他光脚踩到了一本书上，是德日进神父所著的《人的现象》①的复印本。他弯下身捡起了那本书，放到桌上，打开台灯，光线瞬时捕捉到如杀人犯般藏匿在一堆杂物间的锡纸糖衣表面的那层微光。金德曼清理出了一片地方，以便阅读那份档案，然后他挠挠鼻子，坐下，试图集中精力。他从书堆中翻找出一副眼镜，用浴袍的袖子擦擦，戴在鼻梁上。可他还是看不清，他闭上一只眼睛，然后又闭上另一只眼睛，接着取下眼镜，又重复了一遍，最终发现不戴左边的镜片会看得更清楚些。于是他用衣袖包住镜片，往书桌的桌角处猛力一撞，镜片随之落下。**奥卡姆剃刀**②，金德曼想。他重新戴上眼镜，再一次尝试阅读。

毫无作用。疲劳才是主要问题。他摘下眼镜，离开书房，直接走进卧房，上床睡觉。

---

① 英文名为 *The phenomenon of Man*。
② 英国经院哲学家奥卡姆主张哲学的对象只能是经验以及根据经验而做出的推论，认为只有个别事物是实在的，一般或共相只是表示事物的符号，可以由归纳法而得到抽象的知识，但反对"隐秘的质"等虚构的观念，因此宣称"若无必要，不应增加实在东西的数目"。此说后被称为"奥卡姆剃刀"，因为它把所有无现实根据的"共相"一剃而尽。

金德曼做了个梦，他梦到自己坐在一个剧院里，和开放式病房中的那些病人一起看电影。他以为自己在看《消失的地平线》[①]，荧幕上在放的却是《卡萨布兰卡》，可他感觉不到任何差别。里克咖啡店里那位钢琴手成了安福塔斯。当英格丽·褒曼饰演的那个角色走进咖啡店时，他正在唱那首《时光流转》[②]。而在金德曼的梦中，褒曼的角色由马丁娜·拉兹洛饰演，她的丈夫则由坦普尔医生饰演。拉兹洛和坦普尔走近钢琴，然后安福塔斯说道："离开他，伊尔莎。"接着坦普尔说道："干掉他。"于是拉兹洛从钱包中拿出一把手术刀，刺中了安福塔斯的心脏。突然金德曼出现在了电影中。他和亨弗莱·鲍嘉[③]同坐在一张桌前。"通行证是假的。"鲍嘉说。"嗯，我知道。"金德曼说。他问鲍嘉他弟弟马克斯是否卷入其中，鲍嘉耸耸肩道："这是里克的店。""嗯，人人都会来这里坐坐。"金德曼点点头道，"这电影我看过二十多次了。""多多益善。"鲍嘉说。接下来金德曼感到一阵恐慌，因为他忘记了剩下的台词，于是他带出了罪恶的问题进行讨论，并向鲍嘉总结他那套观点。这些在梦中都一下略过。"嗯，乌加特。"鲍嘉说，"现在我越加佩服你啦。"然后鲍嘉开始和他讨论耶稣，"你的观点中没有提到他，"他说，"那几个德国信使会发现的。""不，不是，我提到他了。"金德曼急忙地辩解道。突然鲍嘉变成了戴尔神父，安

[①] 《消失的地平线》(*Lost Horizon*, 1937)，此片获得第10届奥斯卡金像奖最佳剪辑奖和最佳艺术指导奖。

[②] 英文名为 *As Time Goes By*。

[③] 《卡萨布兰卡》的男主角，美国电影男演员，曾获第24届奥斯卡最佳男主角奖。

安福塔斯和拉兹洛女士坐在桌前，此时她非常年轻，而且美艳至极。戴尔正在倾听那位神经科医生的忏悔，在他解罪后，拉兹洛献给安福塔斯一支白玫瑰。"我说过我永远都不会离开你。"她告诉他。"去死吧。"戴尔说。瞬间，金德曼又回到了观众席，他知道自己是在梦中。屏幕越变越大，填满他整个视野，那上面不再播放《卡萨布兰卡》，只剩下两盏灯，照耀在暗绿色的无尽空虚之中。左边那盏灯很大，发出淡蓝色的灯光。右边很远处是一颗玻璃小球灯，折射出太阳那熠熠的光辉和至强的能量，却既不晃眼也不刺眼，反而非常平静。金德曼体会到一种超然之感。他在脑中听见左边那盏灯开始说话。"我爱你爱到发狂。"它说。右边那盏灯没有回应。停顿几秒后，"这就是我。"第一盏灯继续说道，"纯粹的爱。我愿意在爱情中慷慨付出。"那盏明亮的球灯依然没有做出任何回应。最终，第一盏灯又重新开口："我想重生。"它说。

另一盏球灯终于开口道："那会很痛苦。"

"我知道。"

"你并不明白那意味着什么。"

"这是我的选择。"蓝灯说完便开始等待，同时静静闪烁着。

很长时间过去了，白灯才重新开口："我会派个大人物到你身边。"

"不，千万别。你不能干预我的事。"

"他将成为你身体的一部分。"球灯说。

蓝灯渐渐暗了下来，灯光昏暗。最终又渐渐亮了起来："那就这么办吧。"

这次沉默的时间相比上次更长，也更为安静。里面包含着一丝沉重。

最终白灯低声说："开始吧。"

蓝灯突然闪耀了起来，变换成各种颜色，最终慢慢凝固在最初状态。又是一阵沉默过后，蓝灯哀伤地低声说道："再见。我会回来看你的。"

"早点回来。"

此时蓝灯开始拼命发亮。灯光越来越亮，无与伦比的美丽，然后灯泡开始逐渐缩小，直至和球灯一样大，停顿了一会儿："我爱你。"它说，下一秒它便砰然爆炸，变成一道延伸至天际的明亮光线，数十亿碎片携带巨大的能量以无法想象之力量飞速向外冲去。

金德曼突然惊醒，在床边坐正，他摸摸前额，汗如雨下。他依然能感到爆炸时那道光对视网膜产生的冲击力。他坐着想了一会儿。是真的吗？这个梦看起来很真实。梦到马克斯的那个梦都没有这个梦有质感。他没有去回想电影院的那段，另一段记忆已完全将那段记忆掩盖。

下床，他走到楼下厨房，打开灯，瞟一眼墙上的摆钟。四点十分？真是疯了，他想。弗朗西斯·西纳特拉①这会儿才刚要睡觉呢。而他却已经睡醒，而且还感觉非常精神。他打开茶壶下边的电炉开关，然后站在那里等待。他得看着茶壶，以便在它开始叫之前关掉，要不然雪莉有可能会下来问罪。他一边等一边回想梦

---

① 弗朗西斯·西纳特拉（Francis Sinatra, 1915—1998），昵称瘦皮猴，被公认为二十世纪最优秀的美国流行音乐男歌手之一。

里的那道光。那对他的影响非常深。他当时是什么感觉呢？他想。有点类似心酸，又有点类似难以承受某种失落感时的心情。他曾在看到《相见恨晚》①的结局时有过这种感觉。他想起曾经读过的那本有关撒旦的书，天主教神学家们写的那本。在那本书里撒旦的美丽与完美简直摄人心魄，"光明之子""明亮之星"，上帝一定曾经非常爱他。那又为何要对他施加永恒的诅咒呢？

他摸摸茶壶表面，有点热度。再过几分钟就好了。他再次想到了路西法，那位代表凡人无法企及之光亮的人物。天主教徒曾说他本性难移。真是这样吗？确实是他将罪恶与死亡带到这个世界上来的吗？他就是噩梦般的罪恶与残忍的创造者吗？这些问题没有任何意义。即使是老洛克菲勒②也会时不时地施舍别人几个十分钱硬币。他又想到四部福音书，里面那些人都被恶鬼附身。是被谁附身？不是堕落天使，他想。只有外邦人才会将邪恶与鬼附身联系起来。这是个笑话。附身是死去之人试图卷土重来的尝试。卡修斯·克莱③可以不断尝试，死去的穷裁缝就不能？撒旦并没有到处袭击活人，四福音书中也没有提到这些，金德曼想。啊，对，耶稣曾经对此开过一次玩笑，他确定。曾经有一次，门徒们来到他身边，由于接连几次成功驱逐魔鬼而筋疲力尽，同时又有点儿骄傲。当时耶稣点点头，绷着脸告诉他们："嗯，我看到撒旦如一道闪电般坠入地狱。"这是种揶揄，几句俏皮话而已。但为什么是

---

① 《相见恨晚》(*Brief Encounter*, 1945)，美国好莱坞影片。
② 洛克菲勒（1839—1937），美国实业家，慈善家。
③ 美国著名拳王穆罕默德·阿里的本名。

闪电？金德曼想。为什么耶稣把撒旦称作"这世界的王"①？

几分钟后，他泡好一杯茶，然后端进书房，轻轻关上门，走到书桌边，打开灯，坐下，开始阅读那份档案。

双子座杀手的犯案区域仅限于旧金山，前后持续了七年时间，从1964年到1971年，直至他在攀爬金门大桥主梁时中弹而亡，当时警察在无数次逮捕失败后终于将他包围，无数颗子弹朝他射去。他一共犯下二十六宗谋杀案，每一宗都极其残忍，而且还都涉及肢解。被害人男女都有，各个年龄层都有，甚至还有小孩。整座城市都笼罩在一股恐怖气氛之中，即便杀手的身份已经被确认了。双子座杀手在犯下第一宗谋杀案后便立刻给《旧金山纪事报》写信供认自己的罪行和真实身份。他叫詹姆斯·迈克尔·文纳芒，当时三十岁，父亲是一位有名的布道者，曾经每周日晚十点的电视台上都会播出他的布道。但即使是这样，警方依然找不到双子座杀手，甚至在他父亲的协助之下都一无所获，他父亲自1967年起便从公众视线中消失了。被子弹击中后，双子座杀手的尸体坠入河内，虽然接下来打捞了几天都没能搜寻到尸体，但几乎没人对他的死产生过怀疑。当时数百发子弹接连不断地朝他射去。更何况自那以后谋杀案便再没发生过。

金德曼轻轻地翻过去一页，这一部分与肢解有关。突然他停下来盯着一段话看，瞬间汗毛竖起。这怎么可能？他想。天哪，这不可能！但那确实发生过。他抬头深吸了一口气，思考了一会

---

① 典故出自《圣经·新约·约翰福音》，耶稣被捕前三次提到"世界的王"时，指的都是魔鬼撒旦。

儿，然后继续阅读。

接下来是精神病学鉴定版块，其中大部分的描述是基于双子座杀手杂乱无章的信件和他青年时期的一本日记。双子座杀手有个弟弟，叫汤姆斯，和他是双胞胎，智力发育迟缓，非常怕黑，在黑暗中，即使有人在周边他也会害怕得发抖。他一直开灯睡觉。他们的父亲在与他们的母亲离异后对他们一直关心甚少，一直是詹姆斯在扮演父亲的角色照顾汤姆斯。

金德曼很快便全心沉入到了故事当中。

汤姆斯坐在桌边，眼神空洞而温顺，詹姆斯在一边为他做更多的薄饼。卡尔·文纳芒全身上下仅穿了一条睡裤，摇摇晃晃地走进了厨房。他喝醉了，手上是一只小酒杯和一瓶快要见底的威士忌。他迷迷糊糊地看了一眼詹姆斯。"你在做什么？"他严厉地逼问道。

"为汤米①准备更多的薄饼。"他端着一盘饼走过父亲的身边，老文纳芒突然用手背扇他的脸，导致他摔倒在地。

"我有眼睛，你个下贱的小杂种。"老文纳芒怒骂道，"我说过今天别再给他吃的！他已经弄脏了一条裤子！"

"他无法控制自己！"詹姆斯反驳道。老文纳芒一脚踢中他的肚子，又走向因害怕而簌簌发抖的汤姆斯。

"还有你！告诉过你别再吃东西！你没听到我说的话

---

① 汤姆斯的昵称。

吗？"桌上还有几盘吃的，文纳芒用手将它们全扫到地上，"你个龟孙子，我会让你学会服从和干净，真该死！"那位布道者将男孩一把扯起，朝通往外面的那扇门拖去，一路上还在不断地打他，"你跟你妈一模一样！就是个垃圾。你个下贱的天主教混蛋。"

老文纳芒把男孩拖到外面的地窖门边："你就去和地窖里的那些老鼠一块过夜吧，该死的家伙！"

汤姆斯开始全身发抖，那双像极了雌兔的大眼睛此时充满恐惧。他哭喊道："不！不，我不要去黑的地方！爸爸，我求你了！爸爸——"

老文纳芒一耳光扇了过去，猛地将他扔到台阶下。

汤姆斯在恐惧中哭喊："吉姆①！吉姆！"

地窖门被关上，插销也被闩上。"嗯哼，他会忙着应付那些老鼠。"老文纳芒醉醺醺地怒吼道。

一阵充满恐惧的尖叫声响起。

稍后，老文纳芒将大儿子詹姆斯绑在椅子上，然后坐下来一边看电视一边继续喝酒，直至渐渐入睡。可詹姆斯却一整夜没睡，一直都能听到尖叫声从远处传来。

直到黎明时分周围才渐渐安静下来。老文纳芒醒来后，给詹姆斯放了，然后走到外面打开地窖门。"你可以出来了。"他冲下面黑暗之处大声喊道。却没有任何回应。老文纳芒看

---

① 詹姆斯的昵称。

着詹姆斯跑下台阶,然后听到有人哭泣。不是汤姆斯。是詹姆斯。那时他就知道弟弟的大脑再也不能思考了。

自那以后,汤姆斯便成了旧金山州立精神病院的常住病人。詹姆斯一有时间就去看他,他十六岁便离家出走,在旧金山当一名包装工。他每晚都会去看汤姆斯,握着他的手给他念儿童故事书,每晚都会待到汤姆斯睡着之后才走。这一切一直持续到1964年的一个夜晚。那是个周六。那天,詹姆斯一整天都待在汤姆斯的身边。

到了晚上9点钟,一名医生过来检查汤姆斯的心脏,当时汤姆斯躺在床上,而詹姆斯正坐在床边的椅子上。医生从耳朵上取下听诊器,然后对詹姆斯微笑道:"你弟弟状态很好。"

这时一名护士从门外探头进来,对詹姆斯说:"先生,非常抱歉,已经过了探视时间。"

医生示意詹姆斯继续坐在椅子上,然后走到门边:"我跟你说几句话,基彻女士。别在这儿,去外面大厅吧。"于是他们一起走到外面,医生说:"今天是你第一天上班吧,基彻女士?"

"对,没错。"

"好吧,我希望你会喜欢这里。"医生说。

"我一定会的。"

"那位和汤姆斯·文纳芒一块儿的年轻男士是他哥哥。我相信你肯定注意到了这一点。"

"是,我留意到了。"基彻说。

"几年来他每天晚上都会过来。有时甚至会整晚待在这里。不过这没关系,因为情况比较特殊。"医生说。

"啊,我明白了。"

"还有,看,他房里的那盏灯。那男孩特别害怕黑暗。这是种病态。所以永远别关那盏灯。我怕他心脏受不了,他心脏非常脆弱。"

"我会记住的。"护士说道,然后微微一笑。

医生回之以微笑:"好的,那么明天见。晚安。"

"晚安,医生。"基彻护士目送医生走到楼下大厅,脸上的笑容便瞬间消退,变得狰狞,她摇摇头,嘟哝道,"真无语。"

房中,詹姆斯紧握住弟弟的一只手。那本故事书放在了他的面前,里面的每一个字他都能背下来,他已经念过一千遍了:"'晚安,小房子,晚安,老鼠。晚安,梳子。晚安,刷子。晚安,小人物。晚安,玉米粥。还有,晚安,那位悄悄说'嘘'的老妇人。晚安,星星们。晚安,空气。晚安,无处不在的噪音。'"疲惫之下,詹姆斯合了会儿眼,然后睁开,看汤姆斯是否睡着了。还没有。他在注视着天花板。詹姆斯看到一颗泪珠从他眼中滚落了下来。

汤姆斯吃力地说:"我爱爱爱你,詹詹詹姆斯。"

"我也爱你,汤姆斯。"哥哥温柔地说道。汤姆斯合上了眼睛,很快入睡。

詹姆斯离开医院后,基彻护士经过那间病房时,又停住脚步,折回往里看。她看到病房里只剩汤姆斯在熟睡,便走进房间把灯关掉了,然后走出病房,关上房门离开了。"情况特殊。"她嘀咕道,一边回到办公室继续填写病历。

半夜,一阵充满恐惧的尖叫声在医院响起。汤姆斯醒来后,那阵尖叫声持续了几分钟,然后突然安静了下来,汤姆斯·文纳芒死了。

至此,双子座杀手诞生。

金德曼往窗外望去,黎明已经到来。那些资料奇异得令他有些感动。他是在为那样一个魔鬼感到可惜吗?他再次想到那些案子当中的肢体残缺。文纳芒的犯案标记是上帝之手触碰亚当之手,所以他总会在作案后割下被害人的食指。而且被害人的名或姓当中总有一个是以字母 K 开头的。卡尔·文纳芒。

他终于看完了报告:"接下来的几宗谋杀案中,被害人的姓或名均以 K 开头,这表明凶手把杀害这些人想象为杀害他父亲。这位父亲最终身败名裂,这也是双子座杀手行凶的次要动机,即通过将其与双子座谋杀联系起来,毁坏他的事业,玷污他的名誉。"

金德曼凝视着档案的最后一页,他拿掉眼镜,又看了一遍,眨了眨眼,他不知道该如何解读。

电话响起,他迅速跳到电话边。"你好,我是金德曼。"他低声说。看了眼时间,他感到一阵恐惧。听出对面是阿特金斯之后,他便不再害怕,只剩下些许兴奋。他觉得自己的灵魂是如此冷漠,麻木以及病态。

戴尔神父被杀了。

第二部

地球史上现今正在发生的最重大事件，也许确实是那些有眼光的人不断发现这个不断进化之宇宙在趋同定律下创造某样东西或者某个顶尖人物的过程……

一直都只存在一种罪恶，它的名字叫不团结。

——德日进

三月十六日，星期三

9
Ⅱ

亲爱的戴尔神父：

很快你也许会问自己："为什么是我？为什么一个陌生人会把这样的一个重担交到了我的手中，而不是交到他那些同为科学家的同事手中？他们不是肯定会比我更适合这项任务吗？"不是这样的。科学对于这些事件的态度就像小孩对待吃药。我猜就连你也会怀疑这件事本身的真实性。"又是一个手拿一尊流泪耶稣雕像的疯子。"你很可能会这么说，"就因为我是个神父，他就认为我会吞下任何神奇的老母牛，这次还是一头紫色的母牛。"啊，我一点也不这么认为。我把这个任务交给你是因为我信任你。我信任你，不是因为你的神职，神父——仅仅是因为你这个人。如果你要背叛我，不必等到现在，而你没有。你能信守承诺，的确很了不起。那次我们的谈话，并不是在忏悔下进行的。所以换作其他任何一位神父——任何一个人，都很可能把我的事泄露出去。那是我将重担托付于你之前对你的一次考验。很抱歉，对你的回报又是给你添上了另一项责任。但我知道你一定会负责到底。这是事实。你一定会负责。能达到我的要求你高兴吗，神父？

我不知道该怎么说。这件事有些棘手。我特别希望你能相信我的判断，相信我。这项任务恐怕并不简单。我接下来要说的事情也许会让你退缩。所以要不我们这么办吧，这样也许是最好的方法。把你的好奇心先往后放放，先做完以下几点，再往后看。第一，找个有快退键的开盘式录音机，不过最好还是用我的那台。我会把我房子的钥匙用胶带贴在信纸上。现在往我寄给你的硬纸箱里看看，里面有几盘录音带，是我自己录的。从中找到一盘标有"1982年1月9日"字样的磁带，放进录音机，确保带芯的末端碰到左边主导轴时，计数器计数为0。然后快进到383处，插上耳机，将声音调到最大（不用调输出音量，只需调传声器和音频输入音量），将速度设为最低，按下播放键，仔细听，你会听到一些刺耳的扩音器杂音和静电干扰音。请忍耐一下。很快你就会听到有人说话的声音。在计数器388处停止。不断回放这一部分，直到你能确定磁带里说的是什么。声音挺大的，但静电干扰的声音会时不时地干扰听力。听出来说的是什么后，将播放速度设为最高——也就是两倍速——然后重复这个过程。没错，我就是想要你重复一遍这个过程。别去想你第一次听到了什么。再听一遍。请按照上面所写的这些指示做，做完这一切之后再继续往下看。

虽然我很信任你，但还是有必要另起一页。偶尔我们也需要体面一些。

现在你已经听了那盘磁带。你在慢速播放时听到的肯定是一个清晰的男人声，他在说，"莱西"，而在快速播放时听到的却是截然不同的"但愿如此"。现在你应该大胆地相信我，因为骗你对我来说没有任何好处。让我来告诉你我是如何录制这盘磁带的。我先把一盘空白磁带——从未使用过的——放进录音机中，插上二极管（它就像个麦克风，能过滤房间或周围环境中的所有声音），然后设为低速，把麦克风和音频输入设为最高配置，大声说"上帝存在吗？"之后按下录音键。接下来三分钟，我什么都没做，除了一边呼吸一边等待。然后我停止录音，回放磁带，就听到了那个声音。

我把磁带寄给了我哥伦比亚大学的一个朋友。他把磁带放入声谱仪中进行分析后，给我写了封回信，同时把一些声谱仪分析数据的复印件寄给了我。我放了几张在盒子里，你能找到。信上说摄谱仪分析结果显示，那声音不可能属于人类，要达到那个效果你首先得建立一个人工喉，然后编写程序控制它说出那句话。我的朋友跟我说摄谱仪的结果不可能有误。此外，他不理解"莱西"这样一个词为什么在两倍速播放时可能变成"但愿如此"。还有，要注意——这只是我的观点，不是他的——那个声音在常速时并没有回答我的问题，但在两倍速播放的情况下声音就有了意义。这就能排除无线电接收设备故障的可能性了——何况录音机并不能进行无线电接收，神父——这也许可以顺带引入作为一种解释。对于这件事，你肯定想要刨根问底，事实上，我也强烈建议你这么做。我那位在哥伦比亚大学的朋友是西里尔·哈里斯教授。给他打电话吧。当然，最好是询问另一个人，得到另一种意见，或者再进行一次摄谱仪分析。但你肯定会发现结果还是一样的。

安[①]死后几个月我便着手开始制作这些录音带。医院精神科有位病人叫安东·兰，是位精神分裂症患者。别告诉他这件事，他脑子有问题，只会降低这一现象的可信度，我想同时也有可能降低我的可信度。兰一直抱怨自己有慢性头痛，所以他来找我。我看过他的病例后，发现他多年来一直在录音，他将那些东西统称为"各种声音"。我问过他几回，他告诉我说是一些非常神秘的事物，并推荐我读一本相关书籍，书名叫《突破》[②]，作者是拉脱维亚人君士坦丁·罗迪福，英国一家出版社出版了英文版。我订了一本，已经读完了。现在你还在看这封信吗？

整本书大部分内容由罗迪福描述他的录音作品组成。录音内容不恐怖，也不让人兴奋。都是些琐事，很空洞。如果那些真是鬼魂的声音，正如那位拉脱维亚教授所坚信的那样，那这些内容真是他们想告诉我们的全部内容吗？"科斯蒂今天很累。""科斯蒂在工作。""这里的边境征收关税。""我们睡觉。"这些让我想起一本古书，名叫《西藏度亡经》。你听过这本书吗，神父？这本书很稀奇，是本指导书，指导行将就木之人在去到另一个世界之前做好各种准备。他们认为第一个过程是立刻果断地进行超度，他们将这一过程称作"净光"。刚死之人的灵魂可以选择净光，但很少有灵魂愿意，因为他们的凡身仍未准备好。在最初的挣扎过后，死去之人会经历堕落这一过程，在这个过程中，他们会逐渐消散，直至最终重新投生到这个世界上。我觉得那些琐碎而空洞的录音

---

① 安福塔斯妻子安妮的昵称。
② 英文原名为 *Breakthrough*。

有可能就是在这个过程中产生的，它们不只出现在罗迪福的书中，甚至在大部分的唯灵论文献中都能看到。这些东西容易令人产生不祥之感，也容易令人感到泄气。至少我对《突破》这本书很难感到兴奋。但是这本书由另一位作家科林·斯迈思作序，我发现那个序言非常低调且可靠。各类由物理学家、工程师、甚至是德国天主教大主教撰写而成的推荐信也是如此，他们都曾录到过那些声音，而且似乎都不急于改变读者的信仰，因为读者们还需要猜测一下那些声音的成因，尤其会考虑那些声音有没有可能是实验者在潜意识状态下通过某些方式刻录在磁带上的。

后来我决定试试，去面对这一切，当时安的死令我悲痛至极，几近发疯。我有个索尼便携式录音机，小到可以塞进大衣口袋，有快进快退功能，很快我就发现这两项功能特别重要。一天晚上——当时是夏季，外面天还很亮——我坐在客厅摆弄那台索尼录音机，邀请任何能听到我说话的声音过来一起交流，从而录到磁带上。接着我按下录音键，任由空白磁带从头录到尾。然后开始回放，除了街上的噪音、一些静电干扰音和扩音器杂音，我听不到任何声音，于是便将整个事情抛到了脑后。

一两天过后，我决定再听听那盘磁带。在中间某处我听到了异常的声音，先是一阵轻微的敲击声，然后是一阵诡异的声音，微弱，几不可闻，似乎夹杂在静电干扰音和杂音之中，或者在某种程度上被掩盖在那些声音之下。不过我觉得那声音——嗯——有点奇怪。于是我快退回那个时间点，不断地播放那一段。每重复一遍，那声音就会更大更清晰些，直到最后我听到——或者我自以为听到——一个清晰的男声在叫我的名字。"安福塔斯。"就那么一声,很大很清晰,我没听过那个声音。当时我的心跳应该是加快了,不过幅度不大。我继续听磁带剩下的部分,却什么也没听到,于是又回到刚才声音出现的那个点。可这次却什么也听不到了。我的希望渐渐消失,如同穷人的钱包般逐渐瘪下去。我开始再次回放那一段,依然听不到那阵微弱的怪声了。可回放三次后,我又再次清楚地听到那阵声音。

是我的思维在跟我开玩笑吗?我是在把混乱的理解强加在那些杂乱的噪音上吗?我又播放了很多遍那盘磁带,结果之前没听到声音的地方却又突然跳出另一个声音。是个女人。不,不是安。只是个女人。她在讲一句很长的话,前半部分即使连续听了很多遍我也听不懂。整句话的语调和节奏都很怪异。口音和说出的话并不属于同一种语言。语调很轻快,先下降,接着不断上升。后半部分我能听懂:"……能继续听到我们说话。"女人是在陈述,但由于语调特殊,听起来像是在提问。我确实有点震惊。毫无疑问我听到了那个声音。但为什么之前没有听到?我判断很可能是我的脑子逐渐适应了那些微弱而奇怪的声音,慢慢学会了如何排除静电音和杂音的干扰而识别出这些声音。

接下来又有新的疑问跳了出来。这些声音是不是来自外面的街上或是隔壁?我听到好几次邻居的说话声。其中一次甚至提到了我的名字。于是我走进厨房,用新的空白带重新录了一遍,这样可以大大减少来自外面街道嘈杂声的干扰。我大声让所有正和我"沟通"的声音重复一遍"吉利亚斯",那是我母亲的娘家姓。可是在回放时我却什么也没听到,和平常一样只偶尔听到一些奇怪的声音。其中的一个声音我感觉和汽车突然刹车时轮胎发出的声音很像。当时我很累,毕竟听磁带需要集中精力,所以那晚我没再录音。

第二天晚上,我在等热水烧开准备泡咖啡时,又听了遍那两盘磁带。"能继续听到我们说话"和"安福塔斯"依然很清晰。在第二盘磁带上,我主要关注那阵刹车声,将那一段回放了一遍又一遍,突然间我感觉很诡异,因为这次我没再听到噪音,而是听到一个女高音在叫"安娜·吉利亚斯",语速堪比机关枪。我太吃惊了,任由煮咖啡的水溢出壶外。

去医院时,我顺便带上了那几盘磁带和录音机。午餐时间过后,我将那几段关键的录音放给埃米莉·阿勒顿护士听,结果她告诉我她什么也没听到。之后我又放给神经科收费台的一位护士埃米·基廷听,她将录音机贴在耳边听,听完第一盘磁带后,她将录音机递给我,点点头:"我听到有人在喊你的名字。"她说完后继续做之前在做的事。当时我决定暂时不管这件事,至少不会再跟护士们说起。

接下来的几周,我简直快要着迷了。我买了个开盘式录音机,一个前置扩音器,一副耳机,然后每天晚上花上几个小时录制磁带。现在看来似乎每一次我都能获得些许成果。事实上,那些磁带里录满了声音,连续不断,甚至如溪流般交错。一些声音非常微弱,压根没法理解。而另一些则比较清晰,只是程度有所不同。一些语速正常,另一些则只有在半倍速时才能听懂。还有一些甚至在我做完一切努力之后依然听不明白。我一直想请安现身,但从未听到过她的声音。偶尔能听到一个女声说"我在这里。"或"我是安。"但那不是她。那不是她的声音。

去年十月的一个晚上,当时我正在回放一周前录制的一盘磁带。那里面有个片段很有意思,有个声音说:"地球控制室"。我重播了几遍后,选择跳过那一小段,然后突然听到一个声音在说:"文森特,我是安。"我瞬间呼吸停滞,脊椎麻痹感从尾骨一路蔓延到颈部。不只我的大脑在叫喊那是她的声音,我的身体、血液、我的记忆、我的整个生命,还有我的潜意识全都在叫喊。我不断重放那一段,那股麻痹感每一次都会将我席卷,那种感觉类似兴奋。我极力抑制自己,但却做不到。因为那是安。

第二天早上,我既满怀希望,又忧虑不安。那个声音是在我的意念的投射作用下产生的吗?是我将混乱的理解强行加在磁带本身那些杂乱的声音上?我决定要彻底解决这个问题。

我咨询过乔治城语言学院的一名教师,埃迪·弗兰德斯,他是我的朋友,也曾是我的病人。天知道我是怎么治好他的,我让他听了安的声音。

他取下耳机后,我问他听到了什么。他说:"有人说话。但声音很小。"我说:"他们在说什么?你能听出来吗?"他说:"好像是在叫我的名字。"

我从埃德手中拿过耳机,确定他听的是那一段,然后又让他再听一遍,结果还是一样。我彻底绝望了。"但的确能听到一个人的说话声。"他说道。我问他:"还能听到其他人的声音吗?""不能,只能听到一个人的说话声。"他说,"那不是你的声音吗?""你听到的是个男声?"我问他。他说:"对,好像是你的声音。"那天我的研究至此结束。在那一周后，我又重新开始研究。语言学院拥有自己的录音室，专门用来制作教学磁带。他们还拥有功能强大的扩音器材和安派克斯专业录音机，隔音室中还有个麦克风。我说服埃迪帮我录制一盘磁带。我走进隔音室，离开埃迪的视线，然后简单说了几句话，邀请各路声音到我的磁带中去。我还直接询问了两个问题，要求他们回答"肯定"或"否定"，这两个词在回放时会比"是"或"否"更容易识别。然后我关上了门，离开隔音室，示意埃迪打开设备开始录音。他说："我们要录什么？"我说："空气分子，和我正在进行的大脑研究有关。"埃迪似乎对这个答案很满意，将增益开到了最大。大约三分钟后，我们停下来听最大增益下的回放。磁带中传来一阵奇怪的声响，那根本不是人声，更像流水声，几乎要比我之前自己在家录制磁带时听到的声音响十倍，时间大约持续了七秒。除此之外，我们再没能在那盘磁带上听到任何声音。"和你之前录制磁带中的声音相比，那声音正常吗？"我问。我想有可能是那套设备中有什么声音放大设备。但埃德否定了这一点，他说这不可能。他似乎感到异常迷惑，告诉我说根本不可能出现那样的声音。我指出可能是磁带有问题，他觉得有可能。再次回放那盘磁带时，那声音似乎拥有人声的一些特点。我们始终弄不明白。那天就这样草草结束。

之后，我继续在家做实验，继续听到一些微弱但语速却相当快的说话声，它们要么在回答我的问题，要么在把我的暗示当话题讨论，而我再没听到过安的声音。从以上现象，我有了以下几点想法。我似乎是在和处在某些地方，也许是在与处在超度过程中的一些人格接触。他们毫无洞察力。譬如说，他们不会去想未来，但他们的知识储备却超过了我。比如说，他们在任何时刻都能告诉我各个病房值班护士的名字，而我却从未和那些护士打过交道或是对她们还不熟悉。他们经常意见不一致，有时当我问一个现实性的问题时，比如我母亲的生日，他们会给出好几个答案，却没有一个是正确答案，而且给我的感觉是他们很可能不想让我扫兴。他们的一些陈述是赤裸裸的谎言，要么是故意制造麻烦，要么就是想让我难过，我猜。我在辨别出这些说话声后，却有意忽视他们，就像对待偶尔听到的某句脏话。一些声音是向我求助，但当我问他——我问过很多次——我能帮他什么忙时，得到的回答通常都是一些诸如"没事，我们很好"之类的回答。另外一些让我为他们祷告，还有一些跟我说他们为我祷告过。这不由让我想到诸圣相通[1]。

他们还有种显而易见的幽默感。很久以前，一天晚上我做实验时，穿着一件旧睡袍在录音，那睡袍有根花哨的带子，右上肩处还裂开了个小口子。我听到一个声音说："马毯。"有很多次我问："物质界由谁创造？"曾经有个声音清晰地回答道："我。"还有一个晚上，我邀请一位实习医生过来同我一道做实验。他之前跟我说过他对灵异现象非常感兴趣，所以我很喜欢和他谈这个话题。整个晚上，他不断地告诉我他什么都听不到，可我却和往常一样依然能听到各种声音。在各种声音中，我听到有人在说"有什么用？""何必呢？""去玩《吃豆人》[2]吧。"几周后我才得知其

---

[1] 天主教认为，所有领受过洗礼的基督徒，无论是生者，抑或是亡者，在基督奥体内紧紧相系，合为一体。
[2] 20世纪80年代的一款经典街机游戏。

实那个实习医生的听力有严重问题,却不想让人知道。

那些说话声有时会建议我用一些其他的方式录音。其中一种是在录音时应用二极管,另一种则是在收音机中找到带"白噪音"的频带——频道之间的空间,然后录下那些声音。后一种方式我从未尝试过,因为人们只会收听电台节目然后录制一些正常的电台声,麦克风在隔音室或非常安静的房间中效果也最好,但我最终还是选择应用二极管,因为这种方式可以排除对周围环境中普通声音的错误认识。

有时那些说话声还会批评我的技术。偶尔我会按错按钮,然后我就会听到一个声音在说:"你都不知道自己要干什么。"(那个声音非常特殊,听起来很愤怒。我当时很累,在整个过程中几乎都在不停地犯错。)这类回应和其他一些事加在一起,令我感觉我是在和某些非常平凡却个性独特的人格打交道。就像人一样。磁带结束时他们经常会说"晚安",而那时我会突然发现自己很累,然后立刻爬上床睡觉。有时会有各种声音同时说"谢谢"和"谢谢你"。还有件事很奇怪。有一次我问他们,如果我试图公布这一现象,会不会对他们影响很大。他们的回答很清晰:"不会"。这令我感到非常惊讶。

1982年的年中,我决定给科林·斯迈思写封信,他曾经给《突破》作过序。对我来说他非常可靠。我问了他一大堆问题,他立马给我回信,建议我读一本相关书籍(书名叫《继续交谈》①)。信中他对这一话题似乎有所保留,这也不可避免,这一话题已被不

---

① 英文原名为 Carry On Talking。

断夸大，尤其在伦敦出版界，甚至带上了一些惊悚色彩。当时人们要求同约翰·肯尼迪和弗洛伊德对话，诸如此类。不过，他还是告诉了我一件非常惊奇的事。爱丁堡的一群精神学家趁在伦敦参加一个医学会议时，曾探访过他，并给他播放了一段他们自己录制的磁带。磁带是他们趁一群处于昏迷状态或具有语言残疾的病人在场时录制的，那上面就是这些病人的声音。

那之后不久，我把我那台索尼便携式录音机带到了医院，在凌晨两三点钟进入封闭病房，为一位患有严重紧张症且已在精神科住院多年的失忆症患者录音。那之前我们没人知道他的真实身份。1970年前后，警察在巡逻M街时撞见他昏迷在路上。自那之后他就没说过一句话，不过也有可能他说过话只是我们没听到。在他的病房里，我问完他"他到底是谁""他是否能听到我说话"这两个问题后便打开录音机，让空带自动跑完全程。一回到家，我就开始回放磁带。结果非常奇怪。首先，在那盘全长半小时的磁带中，我只能听到两小段说话声，正常来说，磁带应该装满各种说话声才对，即使大部分声音很可能听不到。而那次——除了那两小段说话声——沉默却显得非常特殊又古怪。另一件奇怪的事情是——好吧，用"怪诞"这词也许更合适——磁带上的说话声来自同一个人，是个男人，我几乎可以确定这个声音就来自那位紧张症患者。我想我听到他说的是："我记起来了。"这是第一段话。之后那段我猜是那个病人的名字，他在回答我之前问他的那个问题，名字好像类似于"詹姆斯·微纳明"。出于某种原因我不太喜欢那个声音，那之后我再没做过这种试验。

到了去年年底，发生了决定性的事件。直到那时我仍在疑惑自己到底听到的是什么。但这一切很快就改变了。我用我那台录音机以旧换新买了台瑞华士带内置调速按钮的，我还有个带通滤波器，用来过滤不在人声声波范围内的各频率声波。在一个周六，立体音响店的年轻男子送来了新设备，并接通了电源。在他完成了这一切之后，我突然有了个想法。这个年轻人的听力远远比我敏锐，毕竟他的职业和声音有关。于是我拿出之前那盘声音挺大又十分低沉的磁带出来，让他戴上耳机从头听到尾。他听完后，我问他听到了什么，他立刻告诉我："有人在说话。"这令我很惊奇，我问他："是男人还是女人？"他回答道："是个男人。""你能听出他在说什么吗？"我问道。他说："不能，语速太慢。"这再一次令我惊奇不已。我早已经习惯那些声音过快的语速："不，我想你说的是语速过快。"我说。"不，是慢。至少我是这么认为的。"他重新戴上耳机，将磁带倒回那个时间段，手动加速播放，然后开始重听那一段。过会儿他拿下耳机，点点头，说："嗯，还是太慢。"他将耳机递到我手中。"要不你听听。"他说，"我给你调。"于是我戴上耳机，他再次加快语速后我开始听，听到一阵悠远的男声，声音挺大："我赞成，你能听到我说话吗？"

这次经历似乎打开了一扇门，不久之后我开始能从磁带上听到一些清晰的响声，大概每播放三四段录音就能听出一段。"莱西／但愿如此"就是我其中听到的第一句。估计就连那个有耳疾的实习医生也能听出来。

我把其中三段发给哥伦比亚大学的一个朋友，结果我之前告诉过你。听听那几段吧。然后再自己录制几盘磁带。第一次你可能会失败，只能录到一些微弱而短暂的声音。如果是这样，或者如果你还没学会听的技巧，还没学会如何排除嘶嘶声和静电干扰音的干扰，那就先听听我那盘声音比较大的磁带，打打基础。首先，得把那些干扰音去除，用工具可以清除掉所有嘶嘶声和静电干扰音。之后对整盘磁带再进行一次摄谱分析。还有个方法可以确定原始录音速度。我强调这点，是因为这必然能排除所有关于那些声音有可能是来自古怪电台的解释。

这些声音是真实的，我确信它们来自亡人。这点永远没法证明，不过就他们是来自没有身体作为依附的智慧这一点——至少和我们所了解的一样——能在科学上得到充分论证。天主教会有办法——天知道，或许也有兴趣——想出一个没有任何事实依据的科学证据来证明这些声音确实存在，虽然这个证据公然挑战唯物主义，却能被实验室那些头脑无懈可击的科学家和机器一再复制。

有声音说那样做影响不大，但到底是对谁影响不大？我得好好想想。地球上，人类呐喊到声嘶力竭，因为他们害怕死亡，害怕灭绝，害怕毁灭。他们为失去挚爱而整夜哭泣。必须有足够的信念才能使我们摆脱痛苦吗？可信念会有足够的一天吗？

这些磁带是我在为那些低吟之人祷告。也许最终的结果证明它们只是耶稣的一只手，远不能克服最终的疑虑，就像拉撒路甚至很难说服那些在现场目睹他复活的人们相信他的复活①。但是耶

---

① 典故出自《圣经·新约·约翰福音》第11章，耶稣使死去的拉撒路从坟墓中复活。

稣到底是要我们干什么呢?如果水杯没有盛满,我们是不是该拒绝将它施与口渴之人呢?如果有些事上帝不能干预,人类自己完全可以干预。上帝的本意正是如此。这是我们的天下。

谢谢你没有对我说我的决定犯了绝望的罪。我知道这不算,因为我什么也没做,我只是在静静等待。也许在你心中确实认为这么做不对,但只要你没有说出来。我就能好好地告别这个世界了。

接下来的几天你也许会听说在我身上发生了些奇怪的事情。我挺害怕这样,但万一它成为事实,请记住我从来没想过要伤害任何人。请往好处想,神父,好吗?

我认识你多久啦?两天?好吧,我会想念你。我知道咱们一定会在未来的某天再次相见。当你看到这封信时,我已经和安团聚了。你要为我感到高兴。

文森特·安福塔斯敬上

安福塔斯看了一遍信,改正了几个小错误后看了看时间,决定最好注射一剂激素,他已经学会不等到头痛发作时再注射药物了。现在每隔六个小时他就会自动注射六毫克药物。因为注射后他的大脑不会像现在这般清醒,所以他只能趁现在就把信写好。

他走到楼上的卧室,注射了一剂药,然后又回到放在早餐桌上的打字机前,在查阅了一些笔记后,他最终决定在信后加上附言。他继续写道:

附:

自从很多个月以前我开始录制这些磁带起,我就不断地在问这个问题:"请尽量具体描述一下你的境况、生存状态或位置。"

有几次我能问出答案，至少我能听到那个答案，但类似这样的严肃问题经常被那些说话声避开，我想你也许会想知道我得到过什么答案。答案如下：

是我们最先来这儿的。
这里有个人在等待。
地狱边境。
死了。
像条船。
像个医院。
白衣天使。

我还问过："活人应该做些什么？"我能很清楚地听到有个声音回答我："好好工作。"像个女声。

安福塔斯从打字机中拿出信，塞进一个信封中，在信封上他打印了几行字：

收件人：约瑟夫·戴尔神父
乔治城大学
请在我死后寄出

10

Ⅱ

金德曼向医院入口处走去,步子越来越慢。来到医院门前,他转过身抬头看天,此时正下着毛毛细雨。他试图从中寻觅刚刚过去的那个黎明的一丝踪迹,却只看到警车的红灯在雨中决绝而又安静地忽明忽灭,照亮雨中那条黑暗、湿亮的街道。金德曼感觉自己在梦中行走,身体不再属于自己。整个世界就像一把刀刃,身在其中饱受折磨。注意到电视新闻节目制作小组已到达医院门口,他迅速转身走进医院,乘电梯来到神经科病房,走进那片无声的混乱之中。新闻记者。摄像机。警察。几位实习医生和住院医师站在了收费台,看起来十分好奇,他们大部分人不负责这一病区。各个走道上,病人们身穿睡袍站在那里,神情恐慌。一些护士正极力安抚他们,帮助他们平复情绪,哄着他们回病房。

金德曼环顾四周。收费台对面,一名身穿制服的警察在把守戴尔的房门。阿特金斯也站在那儿,正忙于应付那些逮住他猛问问题的记者。那些记者声音很大,所有人声聚集在一起,非常嘈杂。只见阿特金斯不停地摇头,闭口不答。金德曼朝他走去,阿特金斯看到他走近,抬头迎上他的视线。警佐看上去痛不欲生,金德曼贴近他耳旁说道:"阿特金斯,把这些记者带到楼下大厅。"说完他将手用力地放在警佐的胳膊上,看着他的双眼,两人交流着彼此内心的痛苦,一瞬后他强迫自己抽离,他只能允许自己脆弱这么一小会儿。之后他走进戴尔的房间,关上了房门。

警佐向一群警察招招手:"让这些人下楼去!"他冲他们大声喊道。那群记者中立刻传来一阵反对的呼声。"你们这样会吵着病人的。"阿特金斯说。依然有人在怒吼。警察于是开始驱赶记者。阿特金斯走向收费台,背靠着墙,交叉手臂,惊恐的双眼停留在戴尔的病房门上,他对那扇门有种超乎想象的恐惧,这种情绪就连他自己也说不清。

斯特德曼和瑞安从那间病房走了出来,面容苍白又憔悴。瑞安头也不抬地迅速向楼下大厅走去。他在收费台旁的拐角处拐弯,很快便消失在视野中。斯特德曼一直在观察他,到这一刻才将视线转移到阿特金斯身上。"金德曼想一个人待会儿。"他用低沉的嗓音说道。

阿特金斯点点头。

"平时抽烟吗?"斯特德曼问他。

"不抽。"

"我也是。但这会儿我想抽一根。"说完,斯特德曼转过头思考了一会儿,然后举起一只手放到眼前仔细查看,发现它居然在颤抖。"天哪。"他低声说道,抖动越来越强烈。蓦地,他将那只手插进口袋,快速离开,往瑞安刚才走过的方向走去。阿特金斯站在原地依然能听到他在轻声嘀咕着"天哪!天哪!苍天哪!"这时突然响起一阵铃声,是病人在呼叫护士。

"警佐?"

阿特金斯转过视线,一位警佐正站在门边用一种古怪的眼神看着他。"我是,有什么事?"阿特金斯答道。

"这里发生什么事了,警佐?"

"不知道。"

阿特金斯听到右边传来一阵争吵声。他往那边看去,见一群电视新闻节目制作小组的人正与两位警察在电梯旁争执。阿尔金斯认出其中一位是本地《六点钟新闻》节目的主持人。他的头发上打了层发油,态度不可一世,桀骜不驯。警佐不断地将这组人往电梯里推,那主持人险些被绊倒,身子稍往后倾,几乎失去平衡;他开始破口大骂,一边用报纸反复捶打自己的手掌,一边同其他人一道离开了。

"能告诉我是谁负责这一片区吗?我还以为是我负责这里呢。"

阿特金斯顺着声音往左边看去,是位身材瘦小、身穿蓝色法兰绒西装的男人,戴副边框眼镜,眼镜后面是双小而警觉的眼睛。"是你负责这里吗?"那男人问道。

"我是阿特金斯警佐,先生。有什么能帮到你吗?"

"我是坦奇医生,这家医院的办公室主任,算是吧。"他热情地说道,"这里很多病人的病情都很严重,有些甚至是危重病人。现在这种凝重的气氛对他们可能不太好,你懂我意思吧?"

"我懂，先生。"

"不是我太绝情，"坦奇说，"但你们越早把死者的尸体搬走，这种气氛就越早消散。应该快了吧？"

"是的，我也这么觉得，先生。"

"你得体谅一下我的处境。"

"嗯，我明白。"

"谢谢。"坦奇说完便迈着趾高气扬的步伐迅速离开了。

此时阿特金斯感觉周围比刚才安静多了，他环顾四周，电视台新闻节目制作小组的人已经快走到出口了，那位主持人还在愤怒地用那卷报纸拍打手掌。他们登上一部电梯，斯特德曼和瑞安正好从那部电梯里面走了出来。两人低头朝阿特金斯走了过来，都没说话。那位电视台主持人打量着他们，大喊道："喂，那里到底发生了什么事？"电梯门刚好在这时关上，他消失在电梯门后。

阿特金斯听到戴尔房间的门开了，他看到金德曼正从里面走出来。探长把双眼揉得通红，他停下脚步，在斯特德曼和瑞安面前站定了一会儿道："好了，你们可以收拾了。"他的声音沙哑而低沉。

"警督，很抱歉。"瑞安充满惋惜地轻声说道，脸上不无同情。

金德曼点点头，低头看向地板，嘀咕道："谢谢，瑞安。是的，谢谢。"说完便匆忙离开，全程未曾抬头。他走向电梯，阿特金斯快一步追上了他。

"我想去走走，阿特金斯。"

"好的，先生。"警佐一直跟随在他身旁，走到电梯前时，刚好其中一部要下行的电梯的门开了。阿特金斯和金德曼走入电梯，转过身。

"我猜我们选对电梯了，哈哈。"一个声音说道。

阿特金斯听到有机器运行的声音，回过头便看见那位电视主持人正在咧着嘴笑，另一个男人手中的那台摄像机正在响。"神父的头被砍掉了吗？"主持人问，"还是他——"

阿特金斯双手紧握，一拳过去，主持人的头撞向电梯内壁，又反弹回来，血从嘴角飞溅而出，最终慢慢地躺倒在地，昏死过去。在阿特金斯的怒视之下，那位摄影师默默放下了摄像机。警佐看向金德曼，探长双眼放空，双手放进大衣口袋深处，似乎并未注意到这一切。阿特金斯摁下按钮，等到电梯停在二楼，他便抓住探长的手臂，带他离开。"阿特金斯，你要干什么？"金德曼恍惚地说道，活脱脱的一个困惑无助的老人。

"我想去走走。"他说。

"对，我们要去走走，警督。这边。"

阿特金斯将他带到医院的另一栋副楼，从那里乘电梯下楼。他想避开大厅的那些记者。他们穿过几处走道，很快到了医院外面，他们面向大学校园，头顶一道柱廊刚好替他们挡住雨水。雨越下越大，大雨如注，他们静静地看着。远处，身穿亮色雨衣的学生正在赶去吃早餐的路上。一男一女两个学生有说有笑地走出宿舍楼，每人手中拿着一张报纸举过头顶。"人类是首诗。"金德曼轻声说。阿特金斯无言以对，静静看雨。

"我想一个人待会儿，阿特金斯。谢谢你。"

阿特金斯偏转过头看向探长，探长正直视前方："好的，长官。"说完，警佐便转身返回医院大厅，回到最开始对目击证人进行问话的神经科副楼。神经科所有的夜班工作人员都被留下来问话，甚至还包括一些精神科的护士、医生和看护，这些人都聚集在收费台前。阿特金斯在和戴尔死亡时待在神经科收费台的当班护士谈话，一位医生走近并打断了他们："打扰一下好吗？很抱歉。"阿特金斯看向他，那个男人似乎在颤抖。"我是安福塔斯医生。"他说，"戴尔神父的主治医生。这是真的吗？"

阿特金斯点了点头，表情严肃。

安福塔斯站在原处，呆呆地看了他一会儿，面色渐渐苍白，眼神逐渐焦点。最终，他扔下一句"谢谢"便迈步离开，步调十分凌乱。

阿特金斯凝视着他逐渐走远，然后转身问那位护士："他什么时候开始值班？"

"他不用值班，"她告诉他，"他已经不负责病房了。"她正极力忍住让自己不落泪。

阿特金斯在本子上草草地记下了几个字，又抬头重新看向那位护士，余光刚好看到金德曼正走近他们。他的帽子和大衣都湿透了。他刚刚一定是在雨中散步，阿特金斯想。金德曼很快就来到了警佐的面前，举止和刚才判若两人，眼神坚定且清明："好啦，阿特金斯，别再在漂亮护士堆里打转啦。这可是正事，不是在拍什么《恋爱中的小探长》。"

"基廷护士是最后一个看到他还活着的人。"阿特金斯说。

"什么时候？"探长问基廷。

"大概四点半。"她说。

"基廷护士，我能单独问你几个问题吗？"金德曼问，"我很抱歉，但这是例行公事。"

她点点头，用手绢轻擦了一下鼻子。金德曼指向收费台后的玻璃隔间办公室："在那里行吗？"

她又点点头，金德曼跟随她进入了那间办公室，那里有张写字台、两把椅子和几个堆满报纸的架子。探长让护士坐下，然后关上门，透过玻璃，他看到阿特金斯正静静地观察着："所以说，清晨四点半左右你看到过戴尔神父。"

她说："对。"

"你是在哪儿看到的他？"

"在他病房里。"

"请问你去那里做什么？"

"是这样，我回到那里是要告诉他我找不到葡萄酒。"

"你说'葡萄酒'？"

"对。在那之前不久他用呼叫器呼叫过我，告诉我他需要一些面包和葡萄酒，并问我有没有。"

"他想做弥撒？"

"对，没错。"那位护士脸色微红，说完又耸耸肩道，"员工中总有那么一两个人——他们偶尔会在身边藏点酒。"

"我理解。"

"我于是去平常放酒的那几个地方找了找，"她说，"最后回去告诉他,很抱歉,没找到,不过我给了他一些面包。"

"他当时说什么了?"

"我忘了。"

"能告诉我你的值班时间吗,基廷女士?"

"晚上十点到第二天早上六点。"

"每个晚上?"

"只要上班就是这个时间。"

"那你是哪几天上班?"

"周二到周六。"她答道。

"戴尔神父之前有在这里做过弥撒吗?"

"我不知道。"

"他之前没有要过面包和葡萄酒,对吗?"

"对。"

"他告诉过你他今天想做弥撒吗?"

"没有。"

"你告诉他找不到葡萄酒时,他说什么了吗?"

"说了。"

"他说什么了,基廷女士?"

她再次泪流满面,不得不用手绢擦一擦,然后她停顿了一会儿,似乎在努力保持镇定。"'都被你喝了吧?'他说。"她的声音沙哑,眉头紧皱,悲伤到不能自已:"他老爱开玩笑。"说完她又转过头开始抽泣。金德曼注意到一个柜子上有一盒纸巾,便抽出几张递给她。手绢已湿透,皱成一团。她接过纸巾,道了句"谢谢"。金德曼等待了一会儿。"抱歉。"基廷说。

"没事。那会儿戴尔神父还跟你说别的话了吗?"

护士摇摇头。

"你再次看到他是什么时候?"

"我发现他尸体的时候。"

"什么时候?"

"大概五点五十分。"

"四点半到五点五十分之间,你看到其他人进过戴尔神父的房间吗?"

"不,没有。"

"那你看到其他人从他的房间离开了吗?"

"没有。"

"这个时间段,你在病房对面的收费台?"

"对。我一直在写病历。"

"你一直都在那儿啊?"

"对,除了发药的时候。"

"发药需要多久?"

"每次几分钟吧,我估计。"

"哪几个房间?"

"417、419和411。"

"你一共离开了收费台三次?"

"不是,是两次。其中两间病房是同时发药。"

"请问你分别是在什么时间发药?"

"博尔杰先生和瑞安女士会在四点四十五分服用可待因。411的弗雷特兹女士大约一小时后服用肝素和葡萄糖。"

"这三间病房和戴尔神父的病房在同一条走道上吗?"

"不,他们和神父的病房隔着一个转角。"

"所以如果有人在四点四十五分进入戴尔神父的病房,你不可能看到。同样,如果一小时后有人离开神父病房,你也看不到?"

"对,就是这样。"

"发药每天都是在固定的时间吗?"

"不是,弗雷特兹女士的肝素和葡萄糖是新开的处方,今天我才在记录本上看到它。"

"请问是谁开的?还记得吗?"

"记得,是安福塔斯医生。"

"你确定?需要查看记录确认一下吗?"

"不用,我可以肯定。"

"你为什么这么肯定?"

"好吧,因为那很奇怪,药通常是由住院医师开。不过我感觉他对她的这类病症人群有种特殊情结。"

探长面露疑惑:"可是安福塔斯医生好像不再负责病房了吧。"

"对,昨天是最后一晚。"护士说。

"他一直待在那女孩的房里?"

"这很正常。他总去她的病房。"

"在那样一个时间?"

基廷点点头:"那女孩有失眠症。他也是,我想。"

"为什么会那样？我是说，你为什么会那样认为？"

"啊，这几个月他经常在我值班时突然冒出来，要么站在那里和我聊天，要么四处游荡。我们都叫他'幽灵'。"

"他最后一次和弗雷特兹女士说话是什么时候，你还记得吗？"

"记得。就在昨天。"

"请问具体是什么时间？"

"清晨四五点的样子。他从弗雷特兹女士的病房出来后就走进了戴尔神父的病房，在里面说了会儿话。"

"他进了戴尔神父的病房？"

"对。"

"你能听到他们在说什么吗？"

"听不到，门关着。"

"我明白了。"金德曼一边沉思，一边透过窗户观察阿特金斯。警佐正靠在收费台上往后看。金德曼将注意力转回，重新聚焦在那位护士身上："在那个时间你看到其他人在这间病房周围出现过吗？"

"你是指员工？"

"我是指任何人。任何在这条走道上四处转悠的人。"

"好吧，那就只有克莱莉亚夫人了。"

"她是什么人？"

"精神科的一个病人。"

"她当时在走道上乱走？"

"不是，当时我看到她在走道上到处乱爬。"

"你看到她在乱爬？"

"当时她有些神志不清。"

"具体是在走道的哪个位置?"

"就在这附近,精神科入口的那个拐角处。"

"大概是什么时间?"

"就在我发现戴尔神父的尸体前不久。发现后我马上给精神科开放式病房打了电话,他们便过来把她带走了。"

"克莱莉亚夫人有点儿痴呆?"

"我也不清楚,我猜是这样。我不知道。她看起来有点紧张症,我只能这样说。"

"紧张症?"

"这是我猜的。"基廷说。

"我明白。"金德曼沉思了一会儿后站起身,"谢谢你,基廷女士。"他说。

"不客气。"

金德曼再次递给她一张纸巾,便起身离开了那间小办公室。走到门外,他对阿特金斯说:"去问安福塔斯医生的电话号码,然后把他找来问话。还有,我现在要去精神科。"

很快,金德曼就站在精神科的开放式病房门前,这里并未受到早上那桩事件的影响。平常那群安静的观察者此时已聚集在电视机前,所有梦游者也已在椅子上准备就绪。一位年约七旬的老头走近探长,说道:"今天早上我想吃谷物和无花果。"一位护工在后面慢慢朝他走过来,金德曼目光逡巡,寻找收费台的护士,最终发现她正站在办公室里讲电话,神情沮丧,脸色憔悴。他于是朝收费台走去。那位老人依旧跟在后面,不断对着探长面前的空气自言自语:"我不想要他妈的无花果。"

这时坦普尔突然出现,跳到一扇门前,环顾四周。他的头发凌乱,似乎还没睡醒,一脸惺忪。看到金德曼,他便走到收费台前与他攀谈。"天哪。"他尖叫道,"我不相信。他真是那样死的吗?"

"对,是真的。"

"他们给我打电话把我叫醒。天哪。真是难以相信。"

坦普尔目光扫了一眼护士,面露不愉,护士一看到他便迅速挂断电话。护工将那位老头带到椅子上坐下。"我想见你的一个病人,"金德曼说,"克莱莉亚夫人,她现在在哪儿?"

坦普尔看了他一眼。"我知道你对这里越来越熟悉了,"他说,"可你干吗要去看克莱莉亚夫人?"

"我想问她几个问题。一两个就好。不会有什么问题。"

"克莱莉亚夫人?"

"对。"

"那你简直是在对牛弹琴。"坦普尔说。

"我习惯了。"金德曼向他保证。

"你这话什么意思?"

"没什么意思。"金德曼耸耸肩,伸出双手手掌,"我总是在意识到自己要说什么之前就张口说话。就是些胡话罢了。要知道那话什么意思,恐怕我们得去翻翻《易经》。"

坦普尔用一种算计的眼神看向他,又转身看向那位护士。护士正站在收费台前整理报纸,似乎很忙。"克莱莉亚夫人在哪儿?"

坦普尔问她。

护士头也不抬地答道:"在她病房。"

"你就放心让我这么一个老头去看她?"金德曼问。

"当然,为什么不?"坦普尔说,"来吧。"

金德曼跟随其后,很快二人来到一间狭长的病房前。"是你喜欢的那一款。"坦普尔说。他指向窗边安乐椅上的一位白发老太太。老太太正盯着自己脚上的拖鞋发呆,双手紧紧抓住肩上那块红色的羊毛披肩,越揪越紧,却始终未抬头。

探长摘下帽子,抓住帽檐:"克莱莉亚夫人?"

那女人抬起头来,眼神迷茫空洞。"你是我儿子?"她问金德曼。

"我求之不得呢。"他低声答道。

克莱莉亚夫人凝视他一阵后看向了别处。"你不是我儿子,"她嘴里嘟哝道,"你是个蜡人。"

"你还记得你今天早上做过什么吗,克莱莉亚夫人?"

老太太嘴里开始低声哼唱,声音不成曲调,而且特别不协调,非常刺耳。

"克莱莉亚夫人?"探长提醒道。

她似乎没听到。

"我说过的,"坦普尔说,"当然,我可以尝试着让她昏迷。"

"让她昏迷?"

"催眠。能让我试试吗?"坦普尔说。

"当然。"

坦普尔于是关上了门，拉过一张椅子，坐在那个女人的对面。

"你不需要把屋子弄暗些吗？"金德曼疑惑道。

"不需要，那都是胡扯。"坦普尔说，"什么鬼话。"他从白大褂的胸前口袋中取出一枚吊在短链子上的三角形挂件："克莱莉亚夫人。"坦普尔喊道，瞬间将她的目光吸引了过来。他将那枚挂件举起，在她眼前微微摇摆，口中一边念念有词："做梦的时间到啦。"很快，那位老太太闭上了眼睛，往后陷在座椅中，双手轻落膝头。坦普尔朝探长投去得意的眼神。"我该问她什么？"他问，"你刚才问的那个问题？"金德曼点点头。

坦普尔转回身，开始询问老太太。"克莱莉亚夫人，"他说，"你还记得你今天早上做了什么吗？"

说完，他们开始等待，但她却一直没有回答。老太太一直一动不动地静静坐着，坦普尔面露疑惑："你今天早上做了什么？"他重复了一下刚才的那个问题。

金德曼微微移动，改变了身体的重心。依然没有回答："她睡着了吗？"探长轻声问道。

坦普尔摇摇头："你今天早上去见过一位神父吗，克莱莉亚夫人？"精神科医生继续问她。

突然，沉默被老太太的一语打破："没——有——"她拉长语气答道，声音低沉，似在叹息，有一丝诡异。

"那你今天早上有没有在病房外面散步？"

"没——有——"

"有人把你带到其他什么地方去过吗？"

"没——有——"

"见鬼了。"坦普尔口中嘀咕道,接着转过头看向金德曼。

探长说:"好了,到此结束。"他轻轻碰触了一下老太太的前额,说道:"醒醒。"

慢慢地,老太太坐直身体。她睁开双眼,目光先是落在坦普尔身上,接着又落在探长身上好一会儿,眼神无辜而又空洞:"你修好了我的收音机吗?"

"我明天就帮你修好它,夫人。"金德曼说。

"他们都这么说。"克莱莉亚夫人回应道,双眼继续盯住脚上的鞋子,嘴里又开始哼唱。

金德曼和坦普尔走进大厅。"你觉得关于神父的那个问题问得怎么样?"坦普尔问,"我的意思是,为什么要拐弯抹角?直接问不是更好。是否有人带她去过神经科的这个问题问得怎么样了?我觉得这个问题不错。"

"她为什么没有回答?"金德曼问。

"我也不知道。说实话,我有点儿受打击。"

"你之前给那老太太催眠过吗?"

"一两次吧。"

"她昏迷得也太快了。"金德曼说。

"那是我技术好。"坦普尔说,"我告诉过你。天哪,我还是没法从知道神父遇难的消息中缓过来。我是说,怎么会发生这种事呢,警督?"

"会知道的,走着瞧吧。"

"他被肢解了吗?"坦普尔问。

金德曼目不转睛地凝视着他。"他的右手食指被割掉了,"他说,"凶手还在他的左手掌上刻了黄道十二宫标志。双子座的标志。"金德曼告诉他,同时双眼坚定地直视坦普尔,没有一丝犹豫。"你怎么看?"他问。

"我不知道。"坦普尔说,脸上一片茫然。

"对,你不会知道。"金德曼说,"你怎么会知道呢?对了,你们这里有病理科吗?"

"当然有。"

"尸体解剖之类的事情由他们负责?"

坦普尔点点头:"就在下面的B层,你从神经科坐电梯下到B层,出电梯后左拐就是。你要去那儿吗?"

"对。"

"你肯定能找到。"

金德曼于是转身离开。"你去病理科干吗?"坦普尔在他身后大喊,金德曼耸耸肩,继续往前走。背后的坦普尔开始低声咒骂。

看到金德曼从楼上下来走进大厅时,阿特金斯正靠在收费台的桌子上。他忙离开桌子,向前走去迎接他。"联系上安福塔斯了没有?"探长问他。

"没有。"

"继续联系。"

"斯特德曼和瑞安那边的工作已经完成了。"

"我这边还没有。"

"瓶子上有指纹,"阿特金斯说,"实际上到处都是,而且非常清晰。"

"嗯,凶手非常大胆。他这是在挑衅,阿特金斯。"

"赖利神父在楼下,他说他想看看尸体。"

"不,别让他上来。下去跟他谈谈,阿特金斯。说话委婉一点儿。另外告诉瑞安快点采集指纹。我想立刻将这里和忏悔室的指纹进行对比。还有,我现在要去病理科。"

阿特金斯点点头,于是二人一起走向电梯,搭乘其中一部下楼。电梯停在大厅那层后,阿特金斯走出电梯,探长趁机扫了一眼赖利神父,只见他正坐在角落里,双手撑头。探长偏过头去,电梯门正好在此时关上了,探长感觉松了口气。

金德曼找到去病理科的路,来到一间安静的屋子前。医学生正在里面解剖尸体。他极力避免看到那个场面。办公室里,一位正在办公的医生从办公桌前抬起头,他透过眼镜看到探长正四处徘徊,于是站起身,走出办公室来到金德曼的面前。"我能为你做点什么吗?"他问道。

"也许吧。"金德曼出示他的证件,"你们有什么解剖工具的形状类似大剪刀吗?我对这一点很好奇。"

"当然。"医生答道。他带探长来到一面墙前,那里摆放着各类器械包。他拿起其中一包,递给金德曼:"小心点。"他警告道。

"我会的。"金德曼说。他手持一把闪闪发光的不锈钢切割刀,形状类似大剪刀。剪刀两边刀锋弯曲,类似两轮新月,金德曼拿在手中转动,上方的灯光在折射下立马变成一道亮光。"这刀有点儿意思。"探长嘀咕道,那把刀令他感到一阵恐惧,"这刀叫什么?"他问。

"大剪刀。"

"哦,当然。尸体解剖这一领域没有专门术语啊。"

"什么?"

"没什么。"金德曼仔细拉动把手,试图分开两片刀锋。他不得不用尽全力。"我力气太小。"他抱怨道。

"不是,这刀确实很紧,"那位医生说,"还是新的。"

金德曼抬头扬眉问道:"你说是'新的'?"

"我们也是刚拿到这把刀的。"医生伸出手,从剪刀一边的把手上撕下一枚标签,"标价签都还在上面。"说完他将标签揉成一团,扔进夹克口袋。

"你们经常更换这里的器械吗?"探长问他。

"你开玩笑呢。这些东西很贵的,而且怎么用都不会坏。我也不知道为什么他们要弄个新的进来。"医生说完,抬头看向墙上那几排挂钩和器械包。"那把旧的并不在这里。"他最终说道,"也许是被哪个医学生偷走了。"

金德曼将那把大剪刀小心翼翼地递回给医生,然后说道:"非常感谢,医生——你叫什么名字?"

"阿尼·德尔温。你还有什么需要了解吗?"

"没有了。"

金德曼到达神经科收费台时,一群护士正围在一起,在他们中间,阿特金斯和那位办公室主任坦奇医生正面对面站在那里争执着什么。金德曼走到他们身边时正好听到坦奇在说话:"这里是医院,先生,不是动物园,应该把病人放在第一位!你明白吗?"

"这里怎么这么乱?"金德曼问。

"这是坦奇医生。"阿特金斯介绍道。

坦奇转过身来,态度傲慢地逼问道:"我是医院的办公室主任,你是谁?"

"一个可怜的、在不断追赶幽灵的警督。能麻烦你走开吗?我们有要紧事要干。"金德曼说。

"天哪,你们真是胆大包天!"

探长此时已转头看向阿特金斯。"凶手就是这家医院的员工或病人。"他告诉阿特金斯,"给分局打个电话,我们需要人手支援。"

"听我说!"坦奇怒声说道。

探长直接忽视了他:"每层楼安排两个人站岗,封锁所有通向外面的出口,在每个门都安排一个人站岗。任何人进出都要登记。"

"你们不能这么干!"坦奇说。

"任何人离开都要搜身。我们现在要找一把外科大剪刀,另外还得搜查整个医院,务必找到那把大剪刀。"

坦奇的脸已经绿了:"能麻烦你们听我说吗?妈的!"

探长快速转过身看向他,面色严肃:"不能,你得听我说。"他厉声说道,声音低沉而平稳,带一丝命令的语气。"我希望你能了解我们现在正面临着什么状况,"他说,"你听说过双子座杀手吗?"

"什么?"坦奇依旧态度傲慢。

"我是说双子座杀手。"金德曼重复道。

"嗯,我听说过。那又怎样?他已经死了。"

"你还记得当时的公开出版物是怎么描述他的杀人方法吗?"金德曼进一步逼问。

"喂,你到底想要说什么?"

"你还记得吗?"

"肢解?"

"对。"金德曼目不转睛地答道,并将头探到医生面前。"被害人左手中指被割掉,后背上刻有十二宫之一——双子座——的标志。每个受害人的姓氏或名字都由字母K开头。你都想起来了吗,坦奇医生?好吧,还是忘掉这些吧,将它们先放在一边。但事实是,不见的手指是**这个**!"探长伸出右手食指,"不是中指,而是**食指**!不是左手,而是**右手**!双子座标志也不是刻在后背,而是刻在左手手掌!只有旧金山凶案组的人知道这些,除此之外再没别人。他们故意将错误的消息传达给媒体,为的就是避免有一些傻瓜走进警局自首,宣称自己是双子座杀手,然后将他们的时间浪费在无谓的调查当中。这样他们才能一发现真凶就确定是他。"金德曼又将脸移近一点,"不过在**这个**案子当中,医生,包括这个和另外两个案子,我们都有真凭实据!"

坦奇一脸震惊:"我不相信!"

"相信吧。双子座杀手给媒体写的信中,他会双写单词末尾的每一个l,即便那是错的。这给你什么启发了吗,医生?"

"我的天哪!"

"你现在明白了吗？清楚了吗？"

"可是戴尔神父的名字呢？他的姓氏和名字都不是 K 开头的。"坦奇不解道。

"他的中间名叫凯文。现在你能让我们安排部署，以便尽力保护你们了吗？"

坦奇此时已面色惨白，他默默点头：" 抱歉。" 低声说完后，他便转身离去。

金德曼叹了口气，疲惫地看向阿特金斯，接着又扫了一眼收费台。一位另一个病区的护士正双手交叉着站在那里，目不转睛地观察着他。当他和她的视线相遇时，她表现出了可疑的焦虑。金德曼将视线收回，重新落在阿特金斯的身上。他握住阿特金斯的手臂，将他拉至离收费台几步远的地方。"好了，按我说的做。"他说，"另外，安福塔斯，你联系到他了吗？"

"还没有。"

"继续联系。不要停。一直联系。"他稍稍推开他，看他走向里面办公室的电话机。这时他感到一股巨大的压力向他袭来，他走到戴尔的病房门边，避开看守警察的目光，将手放到门把手上，打开门，走进屋里。

他感觉自己好像进入了另一个维度。他往后靠在门上，静静注视着斯特德曼。这位病理学家正木然地坐在一张椅子上，呆呆地凝视着前方。在他身后，雨水倾盆而下，打在窗户上。整个病房的一半都笼罩在阴影当中，另一半则沐浴在窗外透进来的灰暗天色中，显得苍白又诡异。"整个病房没有一丝污迹，没有一滴血。"斯特德曼轻声说,语气波澜不惊,"就连那些瓶子的瓶口上也没有。"

金德曼点点头,来了个深呼吸,鼓起勇气看向床上的那具尸体。上面裹有一层白布。尸体旁边是一辆推车,上面整整齐齐地码放了二十二个标本瓶。那里面是我方所能采集到的戴尔神父的所有血液。探长又移开视线看向床头的那面墙,凶手用戴尔神父的血在墙上写了一行字:

多么美好的生活

快到傍晚了,神秘感逐渐加深,超越了理智。瑞安坐在集合厅里,告知金德曼指纹比对结果。探长迎上他的目光,面露震惊:"你是说两个案子的凶手不是同一个人?"

忏悔室隔板和缸子上的指纹并不匹配。

三月十七日，星期四

11

眼睛接收视觉数据后将其中的百分之一传输至大脑，数据被随机传送的可能性可以说是微乎其微。每一份感觉材料都和其他的感觉材料类似，那到底是什么在负责决定要把其中的哪些材料传输给大脑呢？

一个人决定移动他的手。他的运动反应由一些神经元触发，这些神经元又被其他通往大脑的神经元触发。但这个决定到底是由什么神经元做出的？假设神经元发射链可以被大脑中数十亿计的神经元延长，那么在这个发射链的末端，到底是什么在最终触发人类的自由意志行为？单一神经元能够做出决定吗？主神经元并未被触发吗？决定并非由最初的决子①做出？还是说也许决定是由整个大脑做出的？这样会给整个大脑带来单个部分无法产生的体验吗？零乘以十亿大于零？为整个大脑做出决定的那一部分只是在为了做决定而做决定吗？

---

① 决子（Decider），决定事件的因子，此处指引起神经冲动的钠钾离子。

金德曼的思绪回到了葬礼上。"愿天使们引领你向天堂进发,"赖利神父低声朗诵着手中的安葬礼悼词,"望天神们载歌载舞地欢迎你,并望你偕同往时贫穷的拉撒路①,获享永远的安息。"

金德曼满心疮痍,站在一旁望着赖利往棺材上洒圣水。至此,达尔格伦教堂的弥撒宣告结束。此时正值清晨,他们正站在乔治城大学校园里绿草如茵的空地上,一块新墓碑刚从这个教会公墓中竖起。圣三一教堂的教区神父们也来到此处,还有少数校园里的耶稣会会士——当今大部分教师都属于非神职人员。没有任何家人到场,因为根本就没有时间去通知他们。这场耶稣会会士的葬礼太过仓促,根本来不及等他们赶来。金德曼仔细观察挤在墓地旁那些身穿黑色教士服的男人们,他们身体正不住地发抖,却面色坚忍,看不出任何喜怒哀乐。他们是想到了自己也会得此遭遇吗?

"……叫那上升的太阳,从高天照临我们,照射到那坐在黑暗中和死影里的人……"

听到这句话,金德曼想起了那个梦到马克斯的梦。

"我是复活,又是生命。"赖利祈祷道。金德曼抬起头,环顾那栋耸立在他们周围的红色老旧教学楼,在它前面,站在这块安

---

① 《圣经》中出现过两个拉撒路(Lazarus),一个是被耶稣从坟墓中唤醒复活的拉撒路;一个是乞丐拉撒路。这里指的是乞丐拉撒路,他在死后被天使带去放在亚伯拉罕的怀里。详见《圣经·新约·路加福音》第16章第19—26节。

静山谷之中的他们显得渺小不已。在这个世界上，他们同样是如此的渺小，但每个人却仍在坚持着，让自己成为无法替代的存在。可戴尔怎么就走了呢？这世上的每个人都渴望万事顺心，探长痛心反思，可如果我们知道自己迟早会步入坟墓，又怎么可能还会拥有那份顺心呢？所有的喜悦都将被那种认知所笼罩。所以，是大自然在我们每个人的内心深处根植了一份渴求不可得之物的欲望吗？不。不可能。那样做没有任何意义。在大自然赋予的欲望的驱使下，我们每做一次努力，都必有一样实实在在的东西在等着我们去得到它。可为什么这次会是个例外？探长不禁开始推测，也许是大自然特意在没有任何食物的情况下创造了饥饿。而我们却仍不断地搜寻食物。最终，通过死亡，这一点才得到印证。

　　神父们开始默默离场。只有赖利神父还留在原地。他一动不动地站在那里，注视着整块墓地，然后，开始声音轻柔地背诵约翰·多恩①的一首诗："死神，你休要得意，尽管有人说你，威力无边，可怕至极，全都是放狗屁。②"他用饱含感情的声音缓缓吟诵，双眼逐渐蓄满泪水。"因为可怜的你啊，自以为能把命夺，可他们没死。死神，你也杀不了我。你的样子不过是舒服的睡眠和休息，若你亲临，一定会带来更美的享赐。难怪越是人中豪杰，越比你跑得快，灵魂能得到解脱，尸骨能有好安排。你听任机遇、君王和亡命徒的安排，你整日与毒药、战争和疾病为伍。罂粟和迷药

---

① 约翰·多恩（John Donne, 1572—1631），又译邓约翰，英国詹姆斯一世时期玄学派诗人。
② 引自约翰·多恩的十四行诗《死神，你休要得意》（*Death, Be Not Proud*），译者晚枫。

同样能让我们入眠安息,好过你的突然袭击。你还有啥可得意?小憩过后,我们将永远醒来不再睡,死将不复存在:死神,必死的是你。①"

神父用衣袖擦掉脸上的泪水,然后继续等待。金德曼走到他的身边安慰他:"节哀顺变,赖利神父。"

神父点点头,低头看向墓地,然后抬起头,迎上金德曼的目光,眼神中满是焦虑、痛楚与失落。"抓住他。"他冷酷地说道,"抓住那个混蛋,然后阉了他。"说完,他转身穿过空地,离开坟墓。金德曼的目光一路追随着他。

人类也同样渴求公正。

待那位耶稣会会士从他的视线里彻底消失,探长踱步到一块墓碑前,读着上面的碑文:

达明·卡拉斯

1928—1971

金德曼紧盯着碑文。这些文字是在告诉自己什么事吗?是什么事呢?日期?他无法将所有的事情串联起来。他想,什么都已经毫无意义了。自打指纹比对结果出来后,逻辑便已烟消云散,地球上的这个角落此时已由混乱主导。该做些什么呢?他不知道。他抬头看向学校的那栋行政大楼。

---

① 同上页注解②。

金德曼向赖利的办公室走去,边走边摘下帽子。赖利的秘书偏头问道:"有什么能帮到你吗?"

"赖利神父在吗?我能见见他吗?"

"恐怕他现在不想见人。"她叹息道,"他回来后就一直不接电话。不过我是否可以问一下,您贵姓?"

金德曼如实地告诉了她。

"啊,好的。"她说完便拿起电话拨往里间办公室。结束与赖利的通话后,她放下电话并告诉金德曼:"他想见你。请进。"她边说边指向里间的门口。

"谢谢你,女士。"

金德曼走进一间宽敞的办公室,大部分家具都是用深色抛光木制成,墙上是乔治城大学历史上一些重要人物的画像。其中一张是耶稣会创始人圣依纳爵·罗耀拉,他正从那幅巨型橡木油画上一脸和善地注视着他们。

"你在想什么,警督?喝一杯吗?"

"不,谢谢你,神父。"

"请坐。"赖利指着桌前的一把椅子。

"谢谢你,神父。"于是金德曼坐了下来。在这间屋子里他有种安全感。传统。秩序。他现在迫切需要这两样东西。

赖利将手中一个装满苏格兰威士忌的小酒杯放在桌面上的抛光皮革罩上,顿时发出一阵沉闷的轻微声响。"上帝既伟大又神秘,警督。找我有什么事?"

"两位神父和一个被钉死在十字架上的男孩。"金德曼说,"这很显然和宗教有一定的关联。但到底是什么关联？我还没搞清自己到底该寻找什么，神父。我还在摸索。除了都是神父，戴尔和伯明翰之间还有什么共同点呢？他们之间还可能有什么关联，你知道吗？"

"当然，我知道，"赖利说，"你不知道？"

"对啊，我不知道。到底是什么？"

"你。那个叫金特里的孩子也是。他们都认识你。你没想到过这一点吗？"

"好吧，我想过。"探长承认。"但这显然只是个巧合。"他说，"而且汤姆斯·金特里被钉死在十字架上的这种死法无论如何都和我没有任何关联。"说完，他以一种夸张的方式打开双手手掌。

"嗯，你说得对。"赖利回应道。他将视线移到旁边，往窗户外边看去。这会儿刚好是课间休息时间，学生们纷纷涌向下节课的上课地点。"可能和驱魔有关。"他咕哝道。

"什么驱魔，神父？我不太明白。"

赖利转头看向他："得了吧，你应该知道一些，警督。"

"好吧，只知道一点儿。"

"我打赌你知道的可不少。"

"卡拉斯神父以某种方式卷了进来。"

"如果你认为死亡是一种参与方式的话。"赖利说。他再次看向窗外。"达明是驱魔人之一，而乔·戴尔也认识受害人一家。肯·伯明翰批准达明进行调查，之后又帮助他挑选另一个驱魔人。我不知道这意味着什么，但肯定和此案有某种联系，你觉得呢？"

"嗯,当然。"金德曼说,"这很不平常,但金特里呢?别忘了当时他还没出生呢。"

赖利看向他:"是吗?他母亲是乔治城大学教语言的老师。达明曾经给过他们一盘录音带让他们分析。他想知道磁带上的声音到底是一种语言还是一些胡言乱语。他需要证据证明受害人说的是一种她从未学过的语言。"

"真的是这样吗?"

"不。那不过是把英语倒过来说而已。但发现这一现象的是金特里的母亲。"

金德曼开始丧失那种笃定感,这种联系让他犹如置身于黑暗之中:"那次邪灵附身事件,神父——你相信是真的吗?"

"我不能被恶鬼所扰,"赖利说,"*行善者众,爱主者寡*。大多数时候,这句话就够我琢磨的了。"他拿起小酒杯,放在手里失神地把玩,手指不断地转动杯子:"他是怎么办到的,警督?"他静静地问道。

金德曼迟疑了一会儿,最终低声回答道:"用一根导管。"

赖利依旧不断地转动着手中的小酒杯。"你们在找的可能是个恶魔。"他轻语道。

"也有可能是个医生。"金德曼说。

探长离开办公室后不久便气喘吁吁地疾步走出大学正门,沿着第三十六大街往下走。此时雨已经停了,红砖铺的人行道仍未干,在光照下闪闪发亮。在转角处他往右拐,径直向安福塔斯狭小的木屋走去。他看到屋子所有的窗帘都拉上了,走上台阶后,他按响了门铃。一分钟后，他再次按响门铃，却依然没人开门。金德曼于是放弃，从门前调头，飞快地向医院跑去。路上，他一直充满疑惑，渐渐走了神，却依然健步如飞，似在希冀这一行动能够给自己带来些许灵感。

来到医院，金德曼找不到阿特金斯。所有警察都不知道他在哪儿。探长又走到神经科收费台，与当班护士简·哈格登聊天，向她打听安福塔斯的行踪："请问你知道怎么才能联系到他吗？"

"不知道。他已经不再巡查病房了。"哈格登解释道。

"嗯，我知道。但他偶尔还会过来吧。最近你见过他吗？"

"没有。我给他的实验室打个电话试试。"护士说完便拿起电话，拨打分机号，无人应答。于是她放下电话道："抱歉。"

"他有没有可能去旅行了？"金德曼问。

"这个我也说不好。我们这儿有给他的留言。我去看看。"哈格登走到一排信件箱前，从其中一格里取出一些留言条，又越过那排信件箱将留言条递给金德曼，"你要是愿意的话，可以看看这些。"

"谢谢。"金德曼仔细地查看那些留言条。其中一条来自一个医疗设备供应室，内容与一个购买激光测头的订单有关。其他留言都来自同一个人，一位名叫爱德华·科菲的医生。金德曼举起其中的一张留言条。"这张和其他的一些留言条一样，"他说，"能给我吗？"

"可以。"她告诉他。

金德曼将那张留言条塞进口袋，并将剩下的还给护士。"非常感谢。"他对她说道,"还有,如果你碰巧看到安福塔斯医生,或者接到他打来的电话,能麻烦你告诉他给我打个电话吗?"他递给她一张名片。"打这个号码。"他手指着名片上的号码说道。

"没问题,长官。"

"谢谢。"

说完,金德曼转身走到电梯旁,按下了下行键。一会儿后,一部电梯到达,里面的护士走出来,他走进去。这时那位护士又走了回来,他记得她。她就是前一天早上用一种奇怪的眼神盯着他的那位护士。"警督?"她喊道。她眉头紧皱,略有迟疑,双手交叉在胸前,刚好盖住手中的那个白色皮钱包。

金德曼摘下帽子:"需要帮忙吗?"

护士将视线移开,似乎仍犹豫未决。"我不知道,这事说起来有点疯狂。"她说,"我也没搞明白。"

电梯下行,来到大厅层。"我们找个地方谈谈吧。"探长对她说。

"我觉得有点可笑。只是件……"她耸耸肩,"好吧,我也不知道该怎么说。"

电梯门打开,他们走出电梯,探长把护士带到大厅的一处角落里,两人在蓝色诺加海德革的椅子上坐下。"这事真是相当愚蠢。"护士说。

"没什么愚蠢不愚蠢的。"探长试图安抚她,"如果现在有人跟我说,'这个世界就是个橙子。'那我就会问他是哪种橙子,那之后的事谁知道呢。不愚蠢,真的。"他盯住她的姓名牌:克里丝汀·查尔斯。"所以到底发生了什么事,查尔斯女士?"

她叹了一口气。

"没事的，"探长说，"现在说吧，是什么事？"

她抬起头迎上他的视线。"我在神经科工作，"她说，"负责封闭病房。那里有这样一个病人。"她耸了耸肩。"他入院时我还没在这儿上班，那是很多年前的事了。"她说，"十年或者十二年前吧。我看过他的病历。"她在钱包中摸出一包烟，晃晃包装，倒出一根，用火柴点燃。她试了好几次才点燃火柴，然后偏头吐出一缕灰色浓烟："抱歉。"

"没事，请继续。"

"好的，让我们继续说这个男人。他是被警察在 M 街上捡到的，当时他正晕乎乎地到处乱晃。我猜他不能说话，也没有身份证。不管怎样，最终他来到了我们这里。"她紧张地迅速吐出一口烟，"他被诊断为紧张症，不过谁知道呢。我说的是实话。不论如何，那个男人这些年来从没开口说过话，我们把他安排在开放式病房，一直到最近才换到别的病房。很快我就会说到原因。他没有名字，所以我们给他取了个名字，汤米·阳光。他在活动室时总是整天到处乱转，总是围着阳光转，从一把椅子挪动至另一把椅子上坐着。只要他能动就绝不会坐在阴影处。"她又耸耸肩，"他本来比较温和，可突然间一切都变了，就像我刚才所说的。我估计他是在今年年初开始不再孤僻的，开始不断发出各种声音，表现出说话的欲望。我想他的脑子里很清楚，但由于很长时间没用声带说过话，所以话一说出来就变成了嘟哝声。"她倾下身去，快速将烟灰重重地弹到烟灰缸中。"天哪，我居然在讲这么个毫无意义又冗长无比的故事。"她回头看看探长,"简而言之,他后来变得具有暴力倾向,我们便将他隔离了起来,给他穿上紧身衣,放进软壁病房。自二月起他就一直待在里面,警督。所以他不可能参与到案子中,但他却说自己是双子座杀手。"

"什么?"

"他坚持说自己是双子座杀手,警督。"

"但你刚刚不是说他已经被锁起来了吗?"

"对,就是这样。我的意思是,这就是我为什么会犹豫到底要不要告诉你。他同样可以说自己是开膛手杰克。你知道吧?所以呢?但这只是……"她的声音渐渐变小,眼里流露出不安的情绪,迷茫地看向远处。"还有,上周我还听他说过一句话,不过这句是我猜的。"她说,"当时我正给他注射氯丙嗪。"

"他说了什么?"

"'神父'。"

封闭病房的入口由圆形玻璃岗亭内的护士负责管控。岗亭位于三个大厅的交汇处,处在一片加宽广场空间的正中心。此时,那位护士按下按钮,金属门随之向后转动,坦普尔和金德曼一步入病房区,那扇门便在他们身后静静合上。"根本不可能从这里出去。"坦普尔说,语气有点恼怒,显得有点无礼。"要么她得从岗亭门口的窗户上看到你,给你开门,要么你就得输入一个四位数的密码才能出去。这个密码每周更换一次。现在你还想见他吗?"他逼问道。

"见见也无妨。"

坦普尔难以置信地看着他:"那人的病房是上了锁的。他还穿了紧身衣,戴了束脚带。"

探长耸耸肩:"我就要看看。"

"满足你的愿望,警督。"精神科医生没好气地说道。他开始往前走,金德曼紧随其后,来到一个昏暗的走道。"这里的灯泡经常换,真是见鬼,"坦普尔不禁发牢骚,"它们总是爆掉。"

"全世界的灯泡都这样。"

坦普尔在口袋中摸索了好一阵子,掏出一串沉重的钥匙。"他在那里。"他说,"十二号病房。"金德曼透过单面透视镜往里看,里面是一间软壁病房,装修简单,仅有一张直背椅、一个洗脸池、一个马桶和一台自动饮水器。房间尽头,一个身穿紧身衣的男人正背靠墙面坐在一张小床上。金德曼看不清他的脸,男人头低垂在胸前,黑黑的长发垂下,上面满是污垢,很是蓬乱。

坦普尔用钥匙打开门锁,推开房门,然后往里一指。"请进吧。"他说,"结束以后记得按一下门边的呼叫器。到时护士会过来。我会一直待在办公室。门我就不锁了。"他憎恶地看了一眼探长,便迈腿往楼下大厅走去。

金德曼走进那间病房,顺手一带,房门便在他身后静静地关上了。房顶中央,一个无罩灯泡悬挂在电线末端,灯丝散发出微弱的光,橘黄色的微光洒满整个房间。金德曼扫了一眼白色洗脸池,水龙头正在缓缓滴水。寂静中,那阵声响显得格外沉重悠远。金德曼走到那架小床边,停下脚步。

"你到现在才来。"只听有个声音说道。这声音略带轻蔑之意,低沉,含有一丝杂音。

金德曼看起来很困惑,那个声音好像在哪听过。之前是在哪听过呢?"阳光先生?"他说道。

只见那男人抬起头,金德曼看向黑暗之中,一张粗犷的面庞显现出来。他震惊不已,不由踉跄后退:"我的天哪!"他惊呼道,心脏开始怦怦地跳个不停。

那个病人正咧开嘴笑。"多么美好的生活,"他睨视金德曼一眼道,"你不觉得吗?"

金德曼脑中茫然一片,跌跌撞撞地退到门外,转身按下传呼器呼叫护士后,便飞快闪出房间,朝弗里曼·坦普尔的办公室跑去。

"嘿,伙计,怎么了?"看到金德曼冲进办公室,坦普尔皱眉问道。他正坐在办公桌前,一边收起最新的精神科杂志,一边打量满头大汗、气喘吁吁的探长。"嘿,坐吧。你看起来不太好。出什么事了?"

金德曼靠坐在一张椅子上,他没法说话,也没法理清自己的所有想法。精神科医生站了起来,朝他探过身去,仔细审视他的面容:"你还好吗?"

他闭上眼睛,点点头。"能给我杯水吗?谢谢了。"他要求道,然后将一只手放在胸前,感受那里的心跳,心脏仍在快速跳动。

坦普尔将玻璃壶中的冰水倒入桌上的塑料杯子中,然后端起来递给金德曼:"给,喝吧。"

"谢谢。好的。"金德曼接过杯子,喝了一小口水,又继续静静地等待心跳慢下来。"嗯，好些了。"最终，他叹口气道，"好多啦。"金德曼的呼吸很快慢了下来，回归到正常速度，他调转视线看向焦虑不安的坦普尔。"那个阳光，"他说，"我想看一下他的病历。"

"干吗？"

"我就是要看！"探长大喊道。

精神科医生被吓了一跳，猛地往后移了几步："呃，好的，伙计。别激动。我这就去拿。"坦普尔一步奔离办公室，正巧撞到走到门边的阿特金斯。

"警督？"阿特金斯喊道。

金德曼双眼放空地看向他："你去哪儿了？"

"去选结婚戒指了，警督。"

"没事。这很正常。没事，阿特金斯。待在附近就好。"金德曼将目光落到一堵墙上。阿特金斯不知道探长在看什么，也不知道他刚才那话的意思。他皱皱眉，走到收费台，靠在桌子上，一边观察一边等待。他从未见过金德曼是这般神态。

坦普尔返了回来，将病历交到金德曼的手里。等探长开始阅读，坦普尔便坐下来看着他。他点燃了一根烟，先是细细观察了一会儿金德曼的面孔，接着又往下观察那双正飞快翻页的手。它们在不停地颤抖。

金德曼从病历中抬起头。"这个男人入院时你在场吗？"他严厉地问道。

"在。"

"麻烦你回忆一下，坦普尔医生。当时他穿着什么衣服？"

"天哪。都过去这么多年了。"

"还记得吗？"

"不记得了。"

"他当时受伤了吗？身上有没有瘀青？或者伤口？"

"病历里应该写了。"坦普尔说。

"病历里没有写！什么都没有写！"探长每说一个"没有"，就用病历使劲拍打桌面一次。

"嘿，别激动。"

金德曼站起身："你，或者哪个护士告诉过他戴尔神父被谋杀的事吗？"

"我没有。我们为什么他妈的要告诉他这个？"

"去问问护士。"金德曼严肃地说，"问问她们。我希望在明天早上之前知道答案。"

说完，金德曼转身大步地离开办公室，走到阿特金斯的身旁。"我要你去跟乔治城大学确认一件事。"他说，"那里以前有个神父，达明·卡拉斯神父。去问问他们有没有他的病历，还有牙医记录。另外，给赖利神父打个电话，让他赶紧过来。"

阿特金斯用一种探究的眼神盯着金德曼惊恐的双眼，探长开始回答他没问出口的问题。"卡拉斯神父是我的老熟人，"金德曼说，"十二年前就死了，从希区柯克台阶上滚下，一路滚落到台阶的最下面。我还去参加了他的葬礼。可是，我刚刚见到了他，身上穿着紧身衣，就住在医院里。"

12
Ⅱ

在华盛顿市区的午夜教会，卡尔·文纳芒正用勺子舀出汤水，分发给围坐在长长的共享桌边的乞丐们。他们表示感谢时，他就用温暖而低沉的嗓音回应一句"上帝保佑你"。教会创始人特里姆里夫人则在他后边分发厚厚的面包片。

当乞丐们颤抖着双手享用这些食物时，老文纳芒便站到一架小型木质讲台的后边，大声朗诵宗教经典里面的段落。随后，待大家开始享用咖啡和蛋糕时，他便开始布道。只见他双眼充满激情，声音饱含热情，抑扬顿挫，极具感染力，整个房间里的人都在他的掌控之中。特里姆里夫人环顾四周，观察乞丐们的一张张脸，发现除了一两个人在腹中食物和屋里暖气的作用下正在打瞌睡，其他人都很专注，情绪激动，甚至有个男人还在哭泣。

晚饭过后，特里姆里夫人与文纳芒一起坐在空桌的尽头。她吹了吹杯中的热咖啡，雾气自杯中升腾，然后呷了一小口咖啡。文纳芒双手紧握放在桌上，静静地观察那双手，若有所思。"卡尔，你的布道讲得太好了,"特里姆里夫人说,"你极有这方面的天赋。"

文纳芒依然保持着沉默。

特里姆里夫人将手中的杯子放在桌上。"你再考虑考虑,看要不要与世界分享你的天赋。"她说,"他们现在已经忘了过去的那些事,结束了。你应该重新开始公开布道。"

有一会儿,老文纳芒一动不动。最终,他抬起头,迎上特里姆里夫人的视线,低声道:"我只想像现在这样。"

<u>三月十八日,星期五</u>

13

Ⅱ

金德曼想到有人曾说过，这世上每个人都是一朵双生花，在世界的另一个角落拥有自己的分身，与自己长相身材均无二致。这一说法能解开那个谜吗？他不禁自问，同时低头看向达明·卡拉斯棺木的掘墓人们，他们表情冷酷而严峻。那位耶稣会会士兼精神病学博士没有兄弟，没有其他家人，所以血缘关系并不能解释神父与医院封闭病房里的那位病人的惊人相似。没有任何病历或牙医记录可以利用，卡拉斯死后，这些东西便已被全部丢弃。金德曼想，除此之外，他们现在已经束手无策。他同阿特金斯和斯特德曼一同站在墓地，祈求棺木中的那具尸体就是卡拉斯的。如果不是的话，简直恐怖至极，难以想象。不。不可能，金德曼想，不可能是这样。可就连赖利神父都认为阳光先生就是卡拉斯。

"你提到光。"探长沉思后说道。阿特金斯并没有提到过光，但他紧了紧皮夹克衣领，决定继续往下听。此时正值中午，寒风却如刀割般刺骨。斯特德曼依旧专注于掘墓。"我们看到的只不过是光谱中的一部分,"金德曼依旧沉浸在思考当中,"即伽马射线与无线电波之间的那一小段,那只是光线中极小的一部分。"他眯眼看向头顶那轮银盘般的太阳,它此刻正隐藏在云朵后面,边缘明亮而刺眼。"所以当上帝说,'要有光'[①],"他仍在沉思,"也许实际上他的意思是,'要有现实'。"

阿特金斯无言以对。

"他们挖完啦。"斯特德曼说。他看向金德曼:"要打开吗?"

"嗯,打开吧。"

斯特德曼走去吩咐那些掘墓人继续。那些人于是小心翼翼地撬开棺木上的盖。金德曼、斯特德曼和阿特金斯目不转睛地注视着这一切。风依旧在哀号,扇动着他们的大衣纽扣。

"查出棺木里的到底是谁。"金德曼最后命令道。

尸体并非卡拉斯神父的。

金德曼和阿特金斯一同走进封闭病房:"我想见见十二号病房的那个男人。"金德曼说。他感觉自己好似在梦中,连自己到底是谁,又身处何地都想不起来。他甚至开始怀疑自己是否还在呼吸的这个简单事实。

值班护士——斯潘塞护士检查完他的身份证后,抬头对上他的视线,她眼中满含忧虑以及一丝类似害怕的情绪。这之前,金德曼在很多医院员工的眼中都见到过这种情绪。沉默已渐渐在整个医院蔓延。穿白色医护服的工作人员似幽灵般在这艘幽灵船上

---

① 出自《圣经·旧约·创世记》第1章第3节。

移动。"好了。"她不情愿地说道,然后拿起桌上的钥匙往里走。金德曼跟在她身后,很快,她打开十二号病房的房门。金德曼抬头看向走廊天花板,刚好看到又一盏电灯泡正逐渐熄灭。

"进去吧。"

金德曼的视线落在护士身上。

"我能在你进去后把门锁上吗?"她问他。

"不。"

她看了他一会儿,然后转身离开。她脚上穿了一双新鞋,绉绸鞋底一下下地落在瓷砖上,这个声音回荡在安静的走廊上空。探长站在原地看着她走远,而后便走进病房,关上房门。他看向那张小床,阳光先生也正坐着看他,脸上没有一丝表情。洗脸池中每隔一会儿就响起滴水声,与心跳速度平齐。探长看向那双眼睛,胸中顿生一阵恐惧,他走向墙边的那张直背椅,一迈脚便立马听到自己的脚步声。阳光先生眼神单纯又空洞,视线紧随他的脚步移动。金德曼在椅子上坐下,对上他的视线,又扫了一眼他右眼上方的那道疤,便落入那双令人不安的呆滞眸子中。金德曼依然无法相信自己的眼睛。"你是谁?"他问。在这间小小的软壁病房中,他的声音与平常有所不同,显得特别诡异。他甚至怀疑那话到底是不是从他口中说出的。

汤米·阳光并未回答。他仍在盯着金德曼。

滴答声。沉默。又一阵滴答声。

一阵不安涌上探长心头:"你是谁?"他重复着刚才的那个问题。

"我是某人。"

听此回答,金德曼大吃一惊,不由两眼圆睁。阳光先生嘴巴弯成一道弧线,面带微笑,眼神中闪过一丝嘲弄,又飘过一道凶光。

"对,你当然是某个人。"金德曼回应道,试图用手抓住哪里,以平复内心,"可到底是哪个人呢?是达明·卡拉斯吗?"

"不。"

"那你是谁?叫什么名字?"

"我名叫'群',因为我们多的缘故。"

金德曼感到一阵不可名状的寒意,他想离开这个房间,可他动不了。突然阳光先生头往后仰,先是发出公鸡的打鸣声,接着又发出马匹的嘶叫声,声音仿真度很高,一点都不像是在模仿。看到这一切,金德曼突然感觉透不过气来。

阳光的咯咯笑声又如同黏稠苦涩的糖浆般涌来。"嗯,我模仿得很像吧,你不觉得吗?毕竟我受过大师的指点呢。"他轻声说道,"而且,我还有非常多的时间去完善它。练习,练习!啊,对了,练习是关键。那可是我的杀戮工作之所以如此熟练的秘诀呢,警督。"

"你为什么叫我'警督'?"金德曼问。

"不要拐弯抹角。"他说这句话时是在怒吼。

"你知道我的名字?"金德曼问。

"对。"

"我叫什么?"

"别催我。"阳光嘶喊道,"我会一点一点地将我的力量展现给你看。"

"你的力量?"

"你真烦。"

"你是谁?"

"你知道我是谁。"

"不,我不知道。"

"你知道。"

"你还是告诉我吧。"

"愚蠢,我是双子座杀手。"

金德曼停顿了一会儿,聆听洗脸池中的水滴声,最终开口道:"证明给我看。"

阳光于是将头后仰,开始似驴子般嘶喊。探长感到双手的汗毛竖起。阳光又低头淡淡道:"时不时地改变一下下手对象感觉真不错,你难道不这么认为?"他叹口气,眼神看向地板。"嗯,我曾经拥有一段美好的时光。那真是乐趣无穷。"他闭上眼,脸上浮现出极其愉悦的表情,似在品闻芳香。"啊,卡伦。"他哼唱道,"漂亮的卡伦。她发中的那条细丝带,那条黄色丝带。味道似霍比格恩特家的香蒂莉香水①一般迷人。我现在还能记起那味道。"

金德曼双眉不觉蹙起,他感到一股血直往脸上冲。阳光抬头看他,观察金德曼的表情。"对,是我杀了她。"阳光说,"不过这也无法避免,不是吗?当然是。我们的命运本来就不被自己掌控,

---

① 霍比格恩特(Houbigant),法国著名香水品牌,香蒂莉(Chantilly)是其旗下的一款香水名。

而是由一位天神主宰。我在索萨里托抓到她，后来又把她扔在城市垃圾场，或者至少是把她尸体的某些部分扔在那里。剩下的某些部分我保存起来了。我可是个感伤主义者。这不好，但谁又能完美无缺，你说是吧，警督？不过我还是得为自己辩解一下，我把她的胸部存放在冰箱中了一段时间。我是个收藏家。她穿的漂亮连衣裙和一件很土的白紫色褶皱小外套也被我收藏起来了。我现在有时候依然能听到她的声音，听到她在尖叫。我觉得死人就应该闭上嘴巴，除非她还有什么话没说完。"他看起来有点生气，又将头猛地后仰，发出公牛般的哞哞叫声，声音响亮而真实。突然声音停止，他回头看向金德曼。"要工作啦。"他皱眉道，然后又沉默了一阵，身体一动不动，眼睛都不眨地审视着金德曼。"镇定。"他用一种平淡无奇、死气沉沉的声音说道，"我能听到你内心的恐惧正如鼓点般咚咚作响。"

　　金德曼咽了一下口水，水流的滴答声不时地在耳旁响起，他一刻也无法转移视线。

　　"对了，河边的那个黑人男孩也是我杀的。"阳光道，"因为好玩。杀他们都是图个乐子，除了那两个神父。神父不一样，杀他们并不符合我的作风。我杀人都是随机的。非常刺激。没有动机，图个乐儿，但神父不一样。噢，当然他们名字都是 K 打头。嗯，我也只能坚持这一点。我们还必须把爸爸干掉，对吧？尽管如此，神父还是不一样。杀他们不符合我的作风。我也并非是在随机杀害他们。我有责任——有责任替一个朋友解决这个难题。"说完，他安静下来，继续盯着金德曼，等他回应。

"什么朋友？"最终，金德曼问道。

"你知道的，这里的一个朋友。他在彼岸。"

"你也来自彼岸？"

阳光情绪突变。他褪下轻蔑的姿态，取而代之的是一副不安和害怕的神情："不用羡慕我，警督。这里也会有煎熬与折磨。也不好过。对，不太好过。有时他们可能会残忍无比。非常残忍。"

"'他们'是谁？"

"别问了。我不能告诉你。他们不让我说。"

金德曼思考了一阵，然后身体前倾："你知道我叫什么吗？"他问。

"你叫马克斯。"

"不，不是。"金德曼答道。

"你说不是就不是吧。"

"你为什么会认为我叫马克斯？"

"不知道。我想也许是你跟我提起过我弟弟。"

"你有个弟弟叫马克斯？"

"是某个人的弟弟叫马克斯。"

金德曼看着那双毫无波澜的眸子，那里面有轻蔑的意味吗？或者有嘲弄的意味吗？阳光蓦地又似公牛般低下头，一脸满足。"好多了。"他低沉地说道，说完打了个嗝。

"你弟弟叫什么名字？"金德曼问。

"少提我弟弟。"阳光怒吼，下一秒却又变得亲切开朗。"你可知道正和你说话的这位是个艺术家？"他问，"有时我会在我的被害人身上做些特别的事。来一些创造性的举动。不过当然,那需要掌握一定的学识,并需要对自己的工作感到自豪才行。打个比方,你知道吗,头被砍下来后大约二十秒内眼睛还能看到东西。所以如果碰到谁的眼睛猛然瞪大,我就会举起他的头颅,好让他看看自己的躯体。这可是免费附加服务。我不得不承认,每当这时我都会咯咯笑。但为什么我能享受所有乐趣呢?因为我乐于分享。不过当然,媒体不会报道这些,我也不会因此得到什么好名声。他们只会昭告天下我的所有恶行。那公平吗?"

金德曼突然厉声喊道:"达明!"

"请别大喊大叫。"阳光说,"这里有病人。给我遵守规定,要不然就把你赶出去了。对了,达明是谁?"

"你不知道?"

"有时我会琢磨琢磨。"

"琢磨什么?"

"关注一下奶酪价格,再看看爸爸最近好不好。报纸上有将这几起案子报道为双子座杀手谋杀案吗?这很重要,警督!你要引导他们这么报道!得让亲爱的爸爸知道这一点。这很关键。我的出发点就是这个。还好能有这次简短的对话,让我能趁机说服你。"

"双子座杀手已经死了。"金德曼说。

阳光愣住,眼神暗含危险。"我还活着!"他怒喊道,"我没死!记得让大家知道这一点,否则我就要惩罚你,你个死胖子!"

"你打算怎么惩罚我?"

阳光的举止突然变得友好。"跳舞很好玩,"他说,"你跳舞吗?"

"如果你是双子座杀手,证明给我看。"金德曼说。

"又要?天哪,我已经把你要的证据他妈的全都告诉你了。"阳光焦急地说道,眼中满含愤怒和怨恨。

"那两位神父和那个男孩不可能是你杀的。"

"就是我杀的。"

"那男孩叫什么?"

"金特里,一个小黑鬼!"

"你是怎么出去作案的?"

"是他们放我出去的。"阳光说。

"什么?"

"是他们放我出去的。他们脱掉我的紧身衣,然后打开门让我去作恶。所有医生护士都支持我。有时我还能带张比萨或带份周日的《华盛顿邮报》回来。其他时候他们会让我唱首歌。我唱歌很好听。"他重新抬起头,用很高的美声开始唱歌——音准全无瑕疵——"《你就只用你的眼睛来与我干杯》①。"

阳光唱完,朝探长咧嘴一笑:"喜欢吗?我觉得我唱得非常好。你难道不觉得吗?我可是个全才,他们常这么说。人生充满乐趣。对有些人来说,人生真美妙。但对可怜的戴尔神父来说,人生糟糕透顶。"

金德曼瞪视他。

"你知道他是被我杀死的,"阳光静静道,"过程很有意思,不

---

① *Drink to Me Only With Thine Eyes*,一首英文老歌,歌词引自英国著名诗人、剧作家本·琼森(Ben Jonson,约 1572—1637)的诗《致西莉亚》(*To Celia*)。

过我做到了。先注射一小剂氯化琥珀胆碱,这样可以让我在杀人时不用分心。然后将一根三英尺长的导管直接穿进下腔静脉,——实际上是插入上腔静脉。这是个人取向问题,你不这么认为吗?那根导管会经过手肘内侧褶皱处进入通往心脏的静脉,然后举起他的双脚,人工地将四肢中的血液挤出。这还不够彻底,恐怕仍会有少量血液残留在体内,不过没关系,反正总体效果惊人,最后的总体效果才最重要,不是吗?"

金德曼一脸震惊。

阳光咯咯笑道:"当然是。很棒的娱乐演出,警督。那效果!一滴血都没洒出来。我管它叫作演技,警督。不过当然,没人注意这一点。真是对牛弹——"

没等阳光说完,金德曼便站起身冲到小床边,愤怒地一拳打在阳光的脸上,又反手来了一巴掌,之后他迫近阳光,身体止不住地颤抖。血顺着阳光的嘴角和鼻孔流出,他斜眼瞄向金德曼:"这就像画廊里的嘘声,我理解。没关系。真的,没事儿。我明白。是我讲得太无趣。好吧,我会让语言听起来更动听一些。"

金德曼面露疑惑之色。阳光的困意似乎突然来袭,话音变得含混,眼皮发沉,头开始渐渐下垂,嘴里还在念叨着什么。金德曼探过身去捕捉他口中的话语。"晚安,月亮。晚安,奶牛——跨过——月亮。晚安——埃米。小甜心——"

这时,诡异的事情发生了。虽然阳光的嘴巴紧闭,从他口中却突然冒出另一个声音,是个更为年轻、更为轻柔的男声,感觉像是从远方飘来的。"制制制止他!"那个声音结结巴巴地喊道,

"别别别让他——"

"埃米。"阳光的声音呢喃道。

"不不不!"另一个声音在远处喊道,"詹詹詹姆斯!不不不!爸爸爸——"

那个声音终于停止。阳光的头往下垂,似乎陷入了无意识的状态。金德曼低头看他,感到既惊奇又不可思议。"阳光。"他叫道。没人回答。

金德曼转身走到门边,按下传呼器,走到门外,等待护士飞奔过来:"他晕过去了。"他说。

"又晕了?"

金德曼的目光追随着她跑入病房的身影,眉头蹙起,眼神中泛起疑惑的神情。护士一走到阳光身旁,金德曼便迅速转身,快速下楼,刚走进楼下大厅,便听到楼上那位护士在大喊:"他那该死的鼻子破了!"他顿感羞愧,懊恼不已。

金德曼闪到收费台,阿特金斯正手拿几张纸在那里等人。他将那几张纸递给探长。"斯特德曼说你急需这些。"警佐说。

"这是什么?"金德曼问。

"棺木中尸体的病理报告。"阿特金斯说。

金德曼把纸塞入口袋。"我需要在十二号病房外的过道上安排一名警察值班。"他向阿特金斯发布了紧急命令,"告诉他今晚在我叫他走之前绝对不要离开。第二,去找双子座杀手的父亲。他叫卡尔·文纳芒。试着进警务系统里查,我需要立刻见到他。麻烦你快去,阿特金斯。这很重要。"

阿特金斯回答"是，先生"之后，便飞快离开了。金德曼靠在收费台的桌子旁，拿出口袋中的那几张纸，迅速浏览了一遍，又回到前面重读其中的一部分。刚读到开头，便听到一阵急促的脚步声朝他走来，抬头一看，斯潘塞护士正站在他身前，一脸问责状。

"你打他了？"她问。

"我能和你私下谈谈吗？"

"你手怎么啦？"她的视线落在了他的手上，"肿了。"

"不用担心，没什么大碍。"探长告诉她，"我们能去你办公室聊聊吗？"

"进来吧。"她说，"我去拿点东西。"说完便离开办公室消失在拐角处。金德曼走进她的那间小办公室，坐在桌前，一边等待一边继续阅读那份报告。一度非常惊讶的他此刻陷入了更深的迷惘和困惑当中。

"来吧，把你那只手给我。"那位护士手拿几包医护用品走了进来。金德曼伸出那只受伤的手，她开始给他缠上纱布和绷带。

"非常感谢。"他说。

"不值一提啦。"

"我告诉你阳光先生昏过去时，你当时说了句'又晕了'。"金德曼说。

"我说过吗？"

"说过。"

"好吧，以前确实发生过。"

护士在探长手上一压,他吃痛,手往后缩。

"但你打人是几分钟前刚发生的事。"护士说。

"之前他大概多久会昏迷一次?"

"好吧,事实上是从上周才开始的。第一次应该是上周日。"

"上周日?"

"对,我想是这样。"斯潘塞说,"然后第二次是第二天。如果你想知道确切时间,我可以去翻翻记录。"

"不不不,暂时不需要。就这几次吗?"他问,

"呃——"斯潘塞护士看上去有点不舒服,"还有周三凌晨大概四点。我是说,那之后不久我们就发现——"她停顿几秒,脸上浮现出一丝慌乱的神色。

"好的。"金德曼说,"你记性很好。谢谢。还有,他昏迷后是处于正常睡眠状态吗?"

"不是。"斯潘塞边说边用剪刀剪断绷带,然后系紧,"昏迷时,他的自主神经系统放慢,几乎接近0,我是指他的心跳、体温、呼吸。就好似动物休眠。但他的脑电波则完全相反,像疯子的脑电波一般不断加快。"金德曼静静地看着她。

"这能说明什么吗?"斯潘塞问他。

"有人告诉过阳光'戴尔神父遇害的事'吗?"

"不知道。反正我没有。"

"坦普尔医生呢?"

"我不清楚。"

"他在阳光身上耗费了很多时间吗?"

"你是说坦普尔?"

"对,坦普尔。"

"对,我想是的。可能他觉得这是个挑战。"

"他催眠过阳光吗?"

"有过。"

"经常吗?"

"不知道。我也不确定。我不能肯定。"

"那请问你最后一次看到坦普尔催眠他是在什么时候?"

"周三凌晨。"

"具体时间?"

"三点左右。当时我正在与一个休假回来的姑娘交接工作。动下你的手指。"

金德曼扭动受伤的手指。

"感觉还好吗?"她问,"会不会很紧?"

"没有,很好,女士。谢谢你。也谢谢你和我聊天。"他站了起来。"还有件小事,"他说,"你能将我们今天的谈话内容对所有人保密吗?"

"当然,鼻子破了的那事也一样。"

"他现在还好吗,阳光?"

她点点头:"他们现在正在给他做脑电图。"

"你会告诉我结果是否正常吧?"

"会的。警督?"

"怎么了?"

"这事从头到尾都非常诡异。"

金德曼默默与她对视,然后说道:"谢谢。"说完,他便离开了那间办公室,匆匆穿过走道,来到坦普尔的办公室。门关着,他举起那只缠有绷带的手去敲门,方才想起那只手有伤,于是换了另一只手敲门。听到坦普尔在里面喊"请进",他就进入了办公室。

"啊,是你。"坦普尔说。他正坐在办公桌前,白大褂上落有烟灰,只见他用舌尖舔湿了一根小雪茄的末端,手指向一把椅子。"请坐。有什么问题?嘿,你手怎么了?"

"小擦伤。"探长告诉他,然后缓缓坐到椅子上。

"是严重的擦伤啊。"坦普尔说,"那我能帮你什么忙呢,警督?""你有权保持沉默,"金德曼以一种极其凶狠、冷酷的语气告诉他,"否则你所说的一切将成为呈堂证供。你有权咨询律师,并且在被问话时有权要求自己的律师在场。如果你没有能力聘请律师,法院将在问话前为你指派一位辩护律师。你明白以上我所说的每一项权利吗?"

坦普尔一脸震惊:"见鬼,你到底在说些什么?"

"我刚问完你问题,"金德曼怒气冲冲地说道,"快回答。"

"是的。"

"你明白你拥有哪些权利吗?"

精神科医生看似有点害怕。"嗯,明白。"他轻声说道。

"封闭病房的阳光先生,医生——你给他治过病吗?"

"治过。"

"治病时只有你一个人在场?"

"对。"

"你对他实施过催眠?"

"对。"

"多久一次?"

"可能一周一到两次。"

"从什么时候开始?"

"几年前。"

"动机是什么?"

"起初只是为了让他开口说话,到后来是为了发现他的真实身份。"

"有发现吗?"

"没有。"

"你没有发现?"

"没有。"

金德曼静静地审视着他。精神科医生在椅子上微微变换姿势。"好吧,他说过自己是双子座杀手,"坦普尔脱口而出,"真是疯了。"

"为什么?"

"双子座杀手已经死了。"

"医生,你使用催眠手段促使阳光先生相信自己就是双子座杀手,是不是这样?"

精神科医生脸色通红,拼命摇头道:"不是。"

"你没这么做?"

"没有，我没这么做。"

"你告诉过阳光先生戴尔神父的被害方式吗？"

"没有。"

"告诉过他我的名字和头衔吗？"

"没有。"

"马丁娜·拉兹洛那张所谓的病假条是你伪造的吗？"

坦普尔默默凝视着金德曼，脸色愈发红了，最终说道："不是。"

"你确定？"

"确定。"

"坦普尔医生，你曾经与旧金山双子座杀手专案组合作过，并担任该案的首席精神科顾问，这是不是事实？"

坦普尔彻底崩溃。

"是不是事实？"金德曼厉声问道。

精神科医生回答道："是。"声音微弱又沙哑。

"阳光先生掌握了一些仅限于双子座杀手专案组成员才知道的有关那名1968年被双子座杀手杀害的女性卡伦·雅各布斯的消息。你告诉过他这一信息吗？"

"没有。"

"你没有？"

"对，我没有！我发誓！"

"你使用催眠术促使十二号病房的那个男人深信自己就是双子座杀手，这难道不是事实？"

"我说过不是！"

"你是否还需要修改你的证词？"

"需要。"

"哪一部分？"

"关于病假条的那部分。"坦普尔小声道。

探长将一只手罩在了耳朵上。

"病假条。"坦普尔拔高声音再次说道。

"是你伪造的？"

"对。"

"为了给安福塔斯医生制造麻烦？"

"对。"

"为了让他被怀疑？"

"不，不是这样。"

"那是怎样？"

"我不喜欢他。"

"为什么？"

坦普尔似乎是在犹豫，最终他开口道："因为他的举止。"

"举止？"

"相当高高在上。"坦普尔说。

"因为这个你就伪造了一张病假条，医生？"

坦普尔继续注视着金德曼。

"周三我和你聊戴尔神父时，我描述过双子座杀手的惯用杀人手法。而你却不置可否。为什么？你为什么要隐藏你的背景，医生？"

"我没有隐藏。"

"那你为什么没有说出来？"

"因为我害怕。"

"你什么？"

"害怕。说出来你肯定会怀疑我。"

"双子座杀手案令你臭名昭著，你从此以后便鲜为人知。你想令双子座谋杀案卷土重来，这难道不是事实？"

"不是。"

金德曼的眼神阴鸷、冷酷而决绝，他盯住坦普尔，身体未移动分毫，一语不发。最终，坦普尔面色转青，用颤抖的嗓音说道："你不会逮捕我，对吗？"

"为人讨厌，"探长决绝地说道，"并不能作为逮捕理由。你虽然恶心又下流，坦普尔医生，但目前只能限制你远离阳光。除非得到进一步通知，你不得再继续给他治病，也不得踏入他的病房半步。别让我再看到你。"金德曼厉声道，说完便起身走出坦普尔的办公室，并重重地带上身后的房门。

那个下午的余下时间里，金德曼在封闭病房内四处转悠，等待十二号病房的病人恢复意识，但并未等到。五点半左右，他离开医院，从O街拐上第三十六大街，朝南往安福塔斯的小木屋走去，此时路上突然下起了雨，鹅卵石路渐渐变得湿润而发亮。到达后，他摁响门铃，又敲了敲门，依然没人开门，于是他选择离开，再次走上O街，穿过大学门口进入校园，上楼走进赖利神父的办公室。小小的接待室中没有人，那位秘书也不在桌边。金德曼刚要看表，便听到赖利神父在里边的办公室内轻轻呼唤他："我在这儿，朋友。进来吧。"

那位耶稣会会士坐在办公桌后边，双手交叉着放在脑后，面色疲惫而沮丧。"坐下休息会儿吧。"他吩咐探长。

金德曼点了点头，在办公桌另一边的一张椅子上坐下。"你还好吗，神父？"

"很好，感谢上帝。你呢？"

金德曼眼睛低垂，点点头，方才记起帽子没摘，忙摘下帽子："抱歉。"他呢喃道。

"有什么需要帮忙吗，警督？"

"卡拉斯神父，"探长开口道，"从他被送到救护车上开始，发生过什么事情，神父？你知道吗？我是指，神父——从他死去到最后下葬之间，具体发生过什么？"

赖利把自己知道的一切告诉了他，说完后，两人均沉默了一阵。屋外天色已暗，冬夜的校园里，大风正呼呼地拍打着窗户。耶稣会会士慢慢拧开一瓶威士忌，瓶盖与瓶身摩擦后发出一阵刺耳的声响。他伸出两根手指放入玻璃瓶，蘸一点酒放入口中，面部扭曲。"没了。"他呼吸轻柔，透过窗户凝视着窗外的城市霓虹，"我就知道这么多。"

金德曼点点头，表示认同。他在椅子上弯下身，双手紧握，在脑中不断捋顺推理线索。"他在被害的第二天早上下葬，"他重新回顾赖利所说的，"那时棺盖已经合上。这很正常。但是谁是最后一个见到他的，赖利神父？你知道吗？还记得吗？我是说，是谁在棺盖合上前最后一个见到他的？"

赖利轻轻转动手腕，旋转那瓶威士忌，若有所思地观察着那瓶琥珀色液体。"是费恩。"他开口，"费恩弟兄。"他停顿了一会儿，似在回忆，然后抬头颔首，"对，没错。他被留下来给尸体穿衣打扮，并封上棺盖。那之后就没人再见过他。"

"什么？"

"我说，从那以后就没人再见过他。"赖利耸了耸肩，然后摇了摇头。"很可怜，"他叹息道，"他一直觉得修会对他不厚道。他在肯塔基州有个家，一直都要求把他调到家附近工作。直到临近生命结束时，他——"

"直到临近生命结束？"金德曼插嘴。

"他年纪很大，当时八十岁或者八十一岁。他老说自己一定要死在家里。我们老说他这么说是因为他感觉到自己大限将至。他心脏两边冠状动脉的状态都很不好。"

"两边冠状动脉都不好？"

"对。"赖利说。

金德曼顿感毛骨悚然。"达明棺木中的那具尸体，"他木然道，"你还记得他的穿着打扮很像神父吧？"

赖利点头表示同意。

"验尸结果显示，"金德曼停顿了一会儿后说，"那具尸体年龄很大，有三处严重的心脏损伤，两次属生前造成，一次属致命伤。"

两人无言地对视着。赖利神父等待金德曼继续往下说，金德曼看着他的眼睛告诉他："每种证据都显示他是受惊吓而死的。"

直到第二天早上六点,十二号病房的男人才恢复意识。几分钟之后,基廷护士便被发现死在了神经科的一间空房内,躯干大开,器官全被挖走了,尸体内——在重新缝上之前——被塞满了各种电灯开关。

14

Ⅱ

他怀着恐惧而渴望的心情坐在黑暗之中,手中攥着一台录音机,听之前他们一同听过的那几盘磁带。现在是白天还是黑夜?他不知道。整个世界如一层薄纱般覆盖在这间起居室上空,台灯的光线略显昏暗,他已经不记得自己是从什么时候开始坐在这里的。几个小时前?还是几分钟前?现实不断地在他脑中浮现,在那里上演着一出令人困惑的、无声的滑稽戏剧。他记起自己已服用了双倍剂量的激素,疼痛得到了舒缓,却转变成一种无处不在的刺痛感,这是大脑以被药物破坏之由而索取的赔偿。正因为服用此药,大脑的致命行径才被迫终止。他凝视着眼前之物,沙发在他眼里逐渐缩小,直至缩小为之前的一半。看到沙发在微笑,他闭上双眼,让自己全身心地沉浸于《回忆》之中,这首歌是《猫》的主题曲,他们曾经一起在肯尼迪中心看过这部音乐剧:

靠近我。离开我是多么的容易……

那首歌瞬间占据并填满了他的灵魂。他伸出手去摸索录音机上的音量控制键，希望放大点声音，却听到一盘磁带轻轻地落在地上，弯腰去捡时却又有两盘磁带从他膝头滑落。他睁开双眼，那个男人就在他眼前，那是他的分身。

那人悬空蹲伏，似坐非坐，精确模仿着安福塔斯的每一个姿态，穿着和安福塔斯一样的牛仔裤和黑色开襟毛衣，同样一脸惊讶地凝视着对方。

安福塔斯往后靠，分身也往后靠。安福塔斯将一只手放到脸上，分身也将一只手放到脸上。安福塔斯说一句"你好"，他也说一句"你好"。安福塔斯感觉心跳开始加速。"分身"是一种常见的幻觉，由大脑颞叶极度紊乱造成。他看向那双眼睛，再看向那张脸，感觉那脸诡异地令人不安，甚至令人害怕。安福塔斯闭上双眼，深呼吸，他的心跳开始渐渐慢下来。如果他再次睁开双眼还会看到分身吗？他想。

他睁开眼睛，分身仍在那里。安福塔斯渐渐为之着迷。从没有哪位神经科医生见到过"分身"。对于这一症状的报告通常模糊而又自相矛盾，此刻，他的恐惧被一种临床研究的兴趣所战胜。他抬起双脚，伸出去。分身也伸出脚。他放下双脚，分身也照做不误。安福塔斯又开始随意交叉双脚，动作无任何规律与计划，但另一个他依然同时动作，完美地模仿他。

安福塔斯停下来思考了一阵后，举起了手中的录音机。分身也已举起手弯在空中，手里空空。安福塔斯不禁疑惑，为什么这种幻觉中没有录音机呢？另一个他甚至都穿着衣服。他想不出可以解释这一现象的原因。

安福塔斯低头看向分身的脚,他和他一样,脚上穿着一双蓝白条纹耐克运动鞋。他又看向自己的双脚,往内撇脚,确保自己做这个动作的时候不看分身是否也在动。如果自己不观察分身,分身还会继续模仿他吗?之后他将视线转移到分身的脚上,他们已经往内撇了。安福塔斯开始搜肠刮肚地思考接下来要尝试什么动作,突然他注意到分身左脚鞋带尖处有一块墨渍或是磨损。他检查了自己的鞋带,发现鞋带尖处也是如此。他觉得很古怪。到目前为止,他自己都不知道有这一处墨渍,怎么就在分身的身上看到了呢?他最终得出结论,很可能是自己在潜意识里早已知道。

安福塔斯抬头看向分身。此时分身既憔悴又愤怒。安福塔斯离他更近一点,他认为自己在那双眼睛中看到了投射进来的灯光。怎么会是这样?神经科医生心下正困惑着,发现另一个他正目不转睛地注视着自己,这令他再次感到不安。这时临街传来人声,有学生在楼下喊来喊去,之后那些声音便慢慢消散,重归安静。就在这时,另一个他突然按住太阳穴,痛苦地咆哮起来,看到这一切,他几乎能听到自己心跳加快的声音,他感觉自己根本无法分辨自己与他的行为,因为他脑中此时已感觉到一种如同钳子在里头剧烈搅动般的疼痛。他摇晃着站起身,腿上的录音机和磁带都掉落在地。他摸黑踉跄着朝楼梯走去,接连撞翻了一张小茶几和一盏台灯。疼痛使他呻吟,他跌跌撞撞地走到卧室,打开床上的医疗包,摸索出皮下注射器和药剂。疼痛已无法忍受,他重重地在床边坐下,颤抖着双手将药剂抽入注射器中。眼前黑了,他透过裤子的布料向体内注射了十二毫克的激素,动作迅速,以致药物如铁锤般撞向肌肉。很快,脑中的疼痛有所舒缓,他逐渐镇定,神智渐渐恢复。他深吸了一口长气,任由一次性注射器从手中滑落,掉到木地板上,然后不断翻滚,直至滚到墙边。

安福塔斯抬起头,发现分身已然又在眼前,正悬在半空中,安然地与他对视。在分身的唇间,也是他自己的唇间,安福塔斯发现了一丝微笑。"我已与你失去联络。"他们异口同声道。安福塔斯开始有点头晕。"你会唱歌吗?"他们又一起问道,然后一同哼唱拉赫玛尼诺夫第三钢琴协奏曲的第二乐章。突然中断时,他俩一同愉悦地咯咯笑起来。"你真是个好伙伴。"他们一同道。安福塔斯将视线转移至床头柜以及上面那只绿白相间的陶瓷鸭那里,那上面印有"如果我很可爱,你就叫一叫"的字样。他将它拿起,轻轻握住,眼神在上面逡巡,他还记得。"这是我和安妮约会时买给她的。"他们说,"在纽约利昂妈妈餐厅。那里的食物很一般,但这鸭子却很受欢迎。安妮对这小东西喜欢得不得了。"他抬起头看看另一个自己,他们愉悦一笑。"她说那和博拉博拉岛的那些花一样,"安福塔斯与分身异口同声说道,"都很浪漫。她还说,她曾在心底描绘过那幅画面。"

安福塔斯紧皱眉头,分身也紧皱眉头。总有两个声音同时响起,神经科医生对此突感烦躁,体内开始滋生出一种奇异感,他觉得自己正飘浮在半空中,与周遭环境渐渐脱节。这很可怕。"滚。"他对分身喊道。但分身依然杵在那里,与他同时开腔,继续模仿他说话。安福塔斯站起来,摇摇晃晃地走向楼梯,他看到分身就在身边，仿如镜中景象。

下一瞬，安福塔斯发现自己正坐在起居室的椅子上。他不知道自己是怎么走到这里的，手上还抓着那只鸭子并将它放在了膝上。他感觉思维似乎变得清晰并趋于平静，尽管他感到有一股力量正在远处试图将他拉出理智状态。他依然能听到脑中响起沉闷的击打声，但却感觉不到被击打。他憎恶地看向分身，他正在半空中与他面对面坐着，一脸愁容。安福塔斯闭上了双眼，试图逃离这种景象。

"介意我抽支烟吗？"

有一阵，那声音没再出现，安福塔斯于是睁开双眼，注视着周围。分身坐在沙发上，一条腿舒服地搭在沙发靠垫上。分身点燃了一根烟，吐出烟圈。"天知道，我一直想戒掉，"他说，"啊，好吧，至少我已经减量了。"

安福塔斯震惊不已。

"我打扰到你了吗？"分身问道，同时皱皱眉，似略带同情。"真是抱歉。"他又耸耸肩，"严格上来说，我不应该这么放松，可是我累了，就是这样。我需要休息一下。这会带来什么伤害？你懂我的意思吗？"说完，他看向安福塔斯，眼中带有些许希冀的神色，但神经科医生依旧一语不发。"我理解。"分身最终说道，"我想你还需要一段时间适应。我从没想过该如何润物细无声般地进入你的生活，我想我本该一点点地尝试。"他耸耸肩表示投降，接着说道："马后炮。哎，无论如何，我已经站在了这里，很抱歉。这些年我一直在你这里，当然，你从未意识到我的存在。真糟糕。

很多次我想走过去晃晃你的肩膀,这样我就能和你说话了。我还想过要走过去摇醒你,可是我不能那么做,即使现在也一样。愚蠢的规则。但至少我们还能聊聊天。"他突然略显焦虑。"感觉好些了没?没有。我看你还是不愿言语。没关系,我会一直不停地说话,直到你习惯了为止。"一丝烟灰落在分身的那件开襟毛衣上,他低下头,一边扫落烟灰,一边嘟哝道:"真粗心。"

安福塔斯开始咯咯笑。

"你可算出声儿了。"分身说,"真好。"安福塔斯继续大笑。"不错。"分身严肃地说道,"你还希望我继续模仿你吗?"

安福塔斯摇摇头,依然轻声发笑。接着他注意到他撞翻的那张桌子和台灯已经归至原位。他不可思议地盯着那里。

"嗯,是我收拾的。"分身说道,"我不是幻觉。"

安福塔斯将视线重新落在他身上:"你只存在于我的大脑中。"

"四个字,干得漂亮。有进步,我是指形式,"分身说道,"而非内容。"

"你就是一个幻觉。"

"那盏灯和那张桌子也是?"

"下楼时我神游症发作,所以其实是我将它们摆好的,只是我忘了。"

另一个他吐出一口烟,叹了口气。"凡夫俗子。"分身摇摇头,轻语道,"如果我摸摸你,让你感觉到我的存在,你会愿意相信吗?"

"有可能。"

"可是,我不能那样。"分身说,"有越界之嫌。"

"因为你只是幻觉。"

"你再那么说我会觉得你很恶心。听着,你觉得你在和谁说话?"

"我自己。"

"嗯,你只答对了一部分。恭喜你。对,我是你的另一个灵魂。"分身说,"快说'很高兴见到你'之类的话,好吗?这是礼貌。啊,那让我想起一个故事。和自我介绍有关,很逗。"它坐下了一会儿,面带微笑,"是诺埃尔·科沃德[①]的分身告诉我的。科沃德自己也说那是真的,的确发生过。好像是说他站在皇家迎接队伍中,左边是女王,右边是一位叫作尼科尔·威廉森[②]的男人。他旁边是查克·康纳斯[③],一位美国演员。你知道他吗?你肯定知道。他伸出一只手与诺埃尔握手后道,'科沃德先生,我是查克·康纳斯!'诺埃尔立刻语气温和地安抚道,'你怎么这么说,亲爱的,你当然是他啊。'逗不逗?"分身往后靠在沙发上。"真聪明,那个科沃德。可糟糕的是他这玩笑太过了。当然,对他来说也未尝不是好事,但对我们来说则是件坏事。"分身意味深长地看向安福塔斯。"好的谈话者如此少见。"分身说,"你听得懂吗?"他将烟灰弹到地板上,"别担心,不会烧起来。"

---

① 诺埃尔·科沃德爵士(Sir Noël Coward, 1899—1973),英国演员、剧作家、流行音乐作曲家。

② 尼科尔·威廉森(Nicol Williamson, 1938—2011),英国著名演员,1969年版《哈姆雷特》的主演。

③ 查克·康纳斯(Chuck Connors, 1921—1992),美国演员、作家、NBA篮球运动员、MLB棒球运动员。他是十二位史上仅有的既打过NBA又打过MLB的球员之一。

安福塔斯的心中既疑惑不已,又兴奋难耐。他的分身具有真实的一面,有些人情味,而这却是他没有的。"你为什么不证明给我看你不是幻觉。"他问。

分身看似很疑惑:"证明?"

"对。"

"怎么证明?"

"告诉我一些我不知道的事。"

"我不能一直待在这里。"分身说道。

"告诉我一些我不知道但能去查证的事实。"

"你以前听过诺埃尔·科沃德的那个小故事吗?"

"那是我编的。不是真的。"

"你真是难伺候。"分身说,"你觉得凭你那点智商能编出这样的一个故事?"

"我的潜意识可以。"安福塔斯说。

"你再一次接近了事实。"分身说,"你的潜意识就是你的另一个灵魂。但这二者并不是以你认为的方式相关联。"

"请解释一下。"

"预知。"分身说。

"什么?"

"你不知道的一个事实,只有我知道。'预知',这是个词。我从诺埃尔那里知道了这个词。现在你满意了?"

"我知道这个词的拉丁语词根。"

"如果你这样我都能忍,那我绝对是疯了。"分身说,"我放弃。

你是出现了幻觉。我猜接下来你要告诉我那些谋杀案并非你所为。我现在就是在讲你不知道的事实，伙计。"

安福塔斯僵在了原地。分身狡诈的视线落在了他的身上："别否认，我懂。"

神经科医生感觉舌头打结无法移动："什么谋杀？"他问。

"你知道。那两个神父。还有那个男孩。"

"不。"安福塔斯摇头道。

"啊，别固执。是，我知道，你仍未意识到这一切。"分身耸耸肩，"你懂的。你懂。"

"我和那些谋杀案没有关系。"

分身看起来很生气，一脸怀疑地坐起了身："啊，我猜接下来你就要开始数落我。可我连身体都没有，所以放过我吧。除此之外，我们从不管别人闲事。是你在愤怒中犯下了那几宗谋杀案。对，由于上帝将安妮从你身边带走，所以你非常愤怒。面对吧。这就是为什么你任由自己走向死亡。因为你心有愧疚。不过这想法真愚蠢。懦夫才这么做。真幼稚。"

安福塔斯低头看向那只陶瓷鸭。他摇摇头，用手紧捏着那只鸭子道："我想和安妮在一起。"他说。

"她不在那儿。"

安福塔斯抬起了头。

"终于引起你的注意了。"分身说，接着再次靠在沙发后背上，"对，你认为，你即将死去，这样你就能和安妮在一起了。我现在不想和你争论这个。你太固执了，但这没有任何意义。安妮已经转移到了另一栋副楼。你灵魂中所有的血液都已经在我这里,所以我极其怀疑你是否能赶上她。非常抱歉,要告诉你这个坏消息,但我来这儿可不是为了告诉你一个又一个谎言。我承担不起,我已经陷入够多的麻烦之中了。"

"安妮在哪儿?"神经科医生心跳加速,疼痛逐渐令他陷入崩溃的边缘。

"安妮正在接受治疗。"分身说,"和我们其他人一样。"之后他突然露出一脸诡诈的表情,"现在你知道我是从哪里来的了吗?"

安福塔斯转过头,木然地看向角落中的那台录音机,然后将注意力重新转回分身那里。

"太神奇了,你竟然能从磁带中听到我的声音,这真是学术史上的一座里程碑。我就来自那里。你想知道全部吗?"

安福塔斯受到蛊惑,不禁点头。

"恐怕我不能告诉你。"分身说,"抱歉。我们有规定和章程。姑且把那叫作交易场所吧。至于安妮,我之前就告诉过你,她已经延续了生命。那很公平。很快你就会发现她和坦普尔的关系。"

神经科医生屏住了呼吸,凝视着分身。他脑中的击打声越来越响,疼痛也越来越剧烈而持久。"这话是什么意思?"他问,声音有些不稳。

分身耸耸肩,看向别处:"你想听听关于嫉妒的绝妙定义吗?当看到某个你极其厌恶的人活得非常好时,你的感觉就叫嫉妒。这里面包含一些真理。好好想想。"

"你并非真实存在的。"安福塔斯沙哑地说道,他眼前一片模糊，分身的身体正在沙发上不断上下起伏。

"天哪，烟抽完了。"

"你不是真实存在的。"光线逐渐昏暗。

分身变成闪烁光线中的一道声音。"不，我是。啊，我快要破坏上帝定的另一条规则了。我真的是。我的耐心已经到达了极限。今天有位新护士进入了你们医院，她叫西西里·伍兹。你肯定不知道，这会儿她正在值班。去吧，拿起电话看看我说的是否属实。你不是希望我告诉你一个你不知道的事实吗？这就是。去吧，打给神经科，让伍兹接电话。"

"你并非真实存在的。"

"马上给她打电话。"

"你不真实！"安福塔斯开始大喊。他手拿陶瓷鸭，从椅子上站了起来，身体不住地颤抖。疼痛也不断地加重，几乎将他撕裂、碾碎，在疼痛中他大喊出声："天哪！啊，我的天哪！"在黑暗中，他一边抽泣一边跌跌撞撞地向沙发走去，他感觉房屋在旋转，突然间，他被脚下的什么东西绊倒了，向前扑去。头撞到了咖啡桌的一角，顿时裂开一道红色伤口。扑通一声，他跌倒在地，紧握在手中的那只白绿色陶瓷鸭顿时碎成数片。不一会儿，血从他的太阳穴中冒出，那些碎片浸染其中，那只仍紧握着一片陶瓷鸭碎片的手也沾染上了血迹。碎片上印有"可爱"二字。血液很快将它蔓过。安福塔斯的口中呢喃着："安妮。"

三月十九日,星期六

15

Ⅱ

一个老头被发现昏迷在400号房,那里就是早上六点收费台值班护士发现基廷护士尸体的地方。老头叫珀金斯,是开放式病房的一位病人。他住的那间房在收费台旁的拐角处,并不在楼梯间以及电梯组值守警察的视线范围之内。被发现时,老头双手沾满鲜血。"能回答我几个问题吗?"金德曼问他。

老头坐在一把椅子上,眼神空洞:"我喜欢晚餐。"

"他一直就只会说这么一句话。"洛伦佐护士告诉金德曼。她是开放式病房的护士,发现基廷尸体的那位神经科收费台值班护士正站在窗边,极力抑制内心的恐惧。事发当天是她来医院上班的第二天。

"我喜欢晚餐。"老头沉闷地重复道,然后用已经掉光了牙的牙龈交替咬住双唇。

金德曼转身看向神经科的那位护士,观察她紧绷的脖子和脸部,随后视线下移,落在她的名牌上。"谢谢,伍兹女士。"他说,

"你可以走了。"

她匆忙走出房间,关上了身后的房门。金德曼又看向洛伦佐女士:"麻烦带这位老人去卫生间好吗?"

洛伦佐护士迟疑了一会儿,便搀扶着那位老头站起来,朝卫生间走去。探长先一步进到卫生间里面,护士与老头在门口停住了脚步,金德曼指向洗手槽上方的药柜门,那上面有人用血写下了一行字。"是你写的吗?"探长逼问道。他用一只手将老人的视线转过来,落在镜子上:"是有人强迫你写下这行字吗?"

"我喜欢晚餐。"口水从病人口中流出。

金德曼面无表情地凝视着这一切,然后低下头,吩咐护士道:"把他带回去吧。"

洛伦佐护士点了点头,搀扶着痴呆的老头走回病房。金德曼继续聆听他们迟疑的脚步声,听到病房门轻轻关上后,他缓缓抬起头,看向镜中的那行字,舔舔干燥的嘴唇,读道:

我名叫"群",因为我们多的缘故。

金德曼疾步走出病房,经过收费台的阿特金斯身旁时道:"跟我走吧,尼摩船长。"探长吩咐他时,脚步并未有丝毫停顿。阿特金斯反应过来,紧跟在探长身后,直至最后停在十二号病房门前的一块隔离区内。金德曼透过观察窗往里看。病房里的那个男人已经醒来,身穿紧身衣坐在小床边,对金德曼咧开嘴笑,眼神中充满嘲讽。他的双唇一张一合,似乎在说些什么,但金德曼听不到。探长转过身看向门边的一位警察:"你在这里多久了?"

"午夜后就一直在。"警察回道。

"有人进过这间病房吗?"

"只有护士进去过几次。"

"没有医生?"

"没有。只有护士。"

金德曼思考了一阵,然后转身对阿特金斯说:"告诉瑞安我需要采集医院每位员工的指纹。"他接着说道,"从坦普尔开始采集,然后是神经科员工,再就是精神科员工。那之后我们就能知道结果了。请求额外支援去采集指纹,然后与案发现场的那些指纹进行对比。指纹越多越好。我希望尽快完成。去吧,阿特金斯。快。还有,告诉那位护士带钥匙到这里来。"

金德曼望着他迅速走远,直到他拐过一个转角。探长继续听他的脚步声,仿佛在倾听现实越来越微弱的声音。随着那些声音渐渐归于平静,金德曼的内心再次布满阴霾。他抬起头,看向屋顶的灯泡,三个灯泡仍旧灭着,以致走廊中光线昏暗。突然,一阵脚步声响起。一位护士正走近这里,待她走到身旁,他便指向十二号病房门口。护士的视线在他和病房之间来回移动了片刻,然后走过去打开了房门。阳光先生的鼻子已经包扎好了,并已绑上了绷带,他的视线被金德曼吸引,目不转睛地,看他走向椅子,然后坐下。屋内异常安静,气氛凝重,身在其中很容易患上幽闭恐惧症。阳光先生如雕塑般一动不动,只有双眼圆睁,如同蜡像馆中的蜡像。金德曼抬头看向屋顶摇曳的灯泡,从刚才到现在,它一直在不断地闪烁。

一声咯咯的笑声传入耳中。

"嗯,要有光。"屋里响起阳光先生的声音。

金德曼低头看向阳光先生,发现他正睁大双眼,眼神空洞。"你收到我的留言了吗,警督?"他问,"我告诉基廷了。真是个好姑娘。心地善良。对了,很高兴你正在寻找爸爸。不过有一点,麻烦帮个忙。你能给联合出版社打个电话,让他们在报纸上把我爸爸和基廷的照片放在一起吗?这就是我杀人的动机,你懂的——就是为了败坏他的名声。帮帮我,我会报答你。死神会休假一段时间。就这一次,休息一天。我保证,你肯定会感谢我。同时我还可以在我的朋友面前夸夸你。他们不喜欢你,你应该知道。别问我为什么。他们老说你的名字也是K打头,但我忽略了这些意见。我这人不错吧?我还很勇敢呢。因为他们老是喜怒无常。"他似乎想到了什么,突然剧烈颤抖,"别介意。我们还是别说他们了,说点别的吧。我给你出的这个问题很有趣,不是吗,警督?我是说,假设你已经相信我确实是双子座杀手。"他面色突变,换上一副威胁的表情:"你现在相信吗?"

"不。"金德曼答道。

"你相当愚蠢。"阳光先生用刺耳的声音威胁道,"你显然是在向我发出舞会邀请。"

"我不知道你这话是什么意思。"金德曼说。

"我也不知道。"阳光先生一脸无辜,他面无表情地说道,"我可是个疯子。"

金德曼凝视着前方,屋内的水滴声不时传来,最终他开口道:

"如果你就是双子座杀手,你是怎么出去作案的?"

"你喜欢歌剧吗?"阳光先生问。说完他开始唱起歌剧《波西米亚人》①中的歌曲,声音低沉而深情。唱到中间,他突然停了下来,看向金德曼。"相比歌剧,我更偏爱戏剧。"他说,"戏剧中我又最爱《泰特斯·安特洛尼克斯》②,剧情很棒。"他低声轻笑着。"你那朋友安福塔斯最近怎么样?"他问,"他最近很少过来。"阳光先生又突然开始像鸭子般嘎嘎叫,随后安静下来,看向别处。"得工作了。"他低吼道,然后重新转过身,目不转睛地盯视金德曼,"你想知道我是怎么出去的吗?"他问。

"想,快告诉我。"

"朋友。老朋友。"

"什么朋友?"

"真烦,别提这个了。我们说点别的吧。"

金德曼凝视着他,继续等待着对方说出下文。

"你打我是不对的。"阳光先生平静地说道,"我没办法控制自己。我是个疯子啊。"

金德曼继续侧耳聆听水池中的滴答声。

"基廷女士死之前吃过金枪鱼。"阳光先生说,"我都能闻到。该死的医院工作餐。恶心死了。"

---

① 《波西米亚人》(La Bohème),是根据法国作家亨利·米尔热的同名小说代表作改编成的歌剧。
② 《泰特斯·安特洛尼克斯》(Titus Andronicus),莎士比亚著名剧作之一,是一个充满暴力的悲剧,也是莎士比亚最血腥的剧本。

"你是怎么离开这里的？"金德曼重复着刚才的那个问题。

阳光先生头向后靠，咯咯直笑，然后直直盯着金德曼。"有很多种可能，我想到过很多种，并想弄清楚到底是哪一种。你觉得下面这种假设会是真的吗？我想很可能我就是你的朋友卡拉斯神父。可能我虽然被宣告死亡，但实际上没死。在某个尴尬的时刻醒过来后，我开始在街道上游荡，不知道自己到底是谁。我到现在还是不知道。无须说明，很明显，我就是个疯子，无奈又绝望。我经常梦到自己从一条很长的台阶上滚下。真的发生过吗？如果是那样，那我的大脑肯定已经受损。那真的发生过吗，警督？"

金德曼保持沉默。

"其他时候我还梦见自己是个叫作文纳芒的人。"阳光先生说，"这些梦都很棒。梦里我会杀人。但我分不清梦境与现实。我疯了。不过我得说，你很聪明，所以你肯定会对我所说的有所怀疑，更何况你还是个负责凶杀案的探长。不过很明显，确实有人被害了。你知道我是怎么想的吗？我觉得是坦普尔医生。有没有这样一种可能，他给病人催眠，然后指示他们去做一些不被当今社会认同的行为？啊，当今社会真是世风日下。你不觉得吗？另外，可能我会心灵感应术和特异功能，所以能感知到双子座谋杀案的所有细节。这也是一种想法，对吧？你再好好想想，你还没想到过这一点吧，"阳光先生的眼中充满嘲讽之色，身体稍微前倾，"或许双子座杀手有个同伙？"

"伯明翰神父是谁杀害的？"

"谁？"阳光先生无辜地问道，他的眉毛因疑惑拧成一团。

"你不知道？"探长问他。

"我不可能同时出现在所有地方。"

"基廷护士是谁杀害的？"

"关灯，然后再关灯。"

"基廷护士是谁杀害的？"

"嫉妒之月。"阳光先生把头往前移回原位，又似公牛般低下头，然后回头看向金德曼，"我觉得我快知道答案了。"他接着说，"已经非常接近真相了。告诉报社我就是双子座杀手，警督。这是我最后一次提醒你。"

他注视着金德曼，给人一种不祥之感，时间在一分一秒地安静流逝。"戴尔神父真愚蠢。"阳光先生最终开口，"一个蠢蛋。对了，你的手怎么样了？还肿吗？"

"基廷护士是谁杀害的？"

"闯祸者们。一些没礼貌的无名人士。"

"如果是你干的，她那些重要器官哪去了？"金德曼问，"你肯定知道。他们去哪了？告诉我。"

"我喜欢晚餐。"阳光先生语气平淡地答道。

金德曼注视着那双冷酷的眼睛。"老朋友。"探长的心脏顿时漏跳一拍。

"爸爸得知道。"阳光先生最后开口道。他将视线从金德曼身上挪开，茫然凝视着前方。"我累了。"他低声道，"我的工作似乎从没有完成的那一天，我累了。"说完，他露出一副异常无助的表情，不一会儿，他的头开始往下栽，似乎有点昏昏欲睡。"汤米不理解。"他口中嘀咕道,"我告诉他自己往前走,可他就是不肯。他害怕。我惹……汤米……生气了。"

金德曼站起来,离他更近一些,耳朵靠近阳光先生的嘴巴,试图听清他在低声说些什么。"小……杰克·霍纳①。孩童……游戏②。"金德曼试图等待下文,他却没再往下说,再次陷入了昏迷状态。

金德曼突然有种不祥的预感。他迅速离开病房,顺手在门口按下呼叫器按钮,待护士一到达,他便返回神经科副楼寻找阿特金斯。警佐正站在收费台的桌边打电话,注意到探长来了,他便草草地结束了通话。

神经科正好有个小孩在办理入院手续,是一个六岁的小男孩,正坐在轮椅上,医院护工刚将他从楼下推了上来。"来了个可爱的小伙子。"护工告诉收费台护士。

她微笑着跟小男孩打招呼:"嗨。"

金德曼的注意力始终在阿特金斯身上。

"姓名?"护士问。

护工答道:"文森特·P.科纳。"

"文森特·保罗。"小男孩补充道。

"科纳首字母是 C 还是 K?"护士问护工。

"K。"他拿出几张纸给她看。

"阿特金斯,快点。"金德曼急匆匆地说道。

阿特金斯又花了几秒钟才说完。待那个男孩刚被推进神经科

---

① 《小杰克·霍纳》(Little Jack Horner),一首在美国传唱度很高的儿歌。
② 《孩童游戏》(Child's Play, 1972),好莱坞著名导演西德尼·吕美特执导的邪典影片。

病房，阿特金斯才结束电话。

"安排一个人在神经科开放式病房入口值守。"金德曼告诉他，"我需要有个人全天二十四小时不间断地值班。在任何情况下都不得放任何一个病人出去。在任何情况下都不行！"

阿特金斯正要伸手去拿电话，金德曼又抓住了他的手腕。"待会儿再打。现在先给我找人去值班。"他坚持道。

阿特金斯朝电梯旁的一个警察招招手，那警察便走了过来。"跟我来。"金德曼说，"阿特金斯，我走了，再见。"

金德曼和那个警察匆匆朝开放式病房走去，一到入口，金德曼便停下了脚步，吩咐那位警察："不得让任何一个病人从这里出去。只有医护人员可以。明白？"

"没问题，长官。"

"除非有人来换班，否则不得离开半步。卫生间也不能去。"

"是，长官。"

吩咐完毕之后，金德曼进入了病房区，很快便站在收费台旁几英尺处的活动室里。他慢慢地环顾四周，小心翼翼地查看每一张面孔，心中的恐惧感不断加剧。不过一切看似都很正常。到底是哪里出了问题？这时他注意到四周格外安静。他看向电视机周围的那群人，眨眨眼睛，走到更近处，却又突然在离人群几英尺处停住了脚步。尽管他们正全神贯注地盯着电视，可电视屏幕上却什么也没有。电视机压根没开。

金德曼环顾起整间病房，才发现周围既没有任何护士，也没有任何护工。他瞄了一眼收费台后面的那间办公室，那里也没有人。他又看了一眼围在电视机旁的那群沉默的病人，心脏开始怦怦直跳。他快步走向收费台，然后绕过那里走到小办公室门前，打开门。震惊之余，他连连后退：一位护士和一名护工正在地上爬行，他们意识涣散，血从头部伤口处渗出。那位护士光着身子，护士服散落了一地。

孩童游戏！文森特·科纳！

这几个字如重锤般击打在金德曼的心头。他迅速转身，跑出办公室，却被眼前的景象惊呆了，不由地愣在了原地。病房中所有的病人都朝他涌来，似警戒线般将他包围在内。房间非常安静，他们的拖鞋发出的踢踏声是病房中唯一的声源，整个病房区呈现出一种既怪异又恐怖的气氛。每个病人都露出一脸邪笑，眼睛都亮亮的，定定地看着他。这时房中传来了他们的说话声，语调轻快愉悦，在各个角落交错响起，令人毛骨悚然。

"你好。"

"你好。"

"很高兴见到你，亲爱的。"

接下来他们开始呢喃着一些鬼话。崩溃中，金德曼大喊出声来求助。

男孩已经服过药，正在睡眠当中。房间内的百叶窗帘已经拉上，室内光线暗淡，电视开着却没有声音，屏幕上的卡通画面在明暗间照亮病房。突然，房门悄悄打开，一位身着护士服的女人手拿一个购物袋走进病房，轻轻关上了身后的房门，然后放下手中的购物袋，从里面拿出些东西，目不转睛地盯着男孩，安静地慢步走向病床。男孩似乎感觉到了什么，脸部向上躺在床上的他在半梦半醒间睁开双眼，眯成一条缝。她将身体前倾，伏在男孩上方，然后慢慢举起双手。"看我带来了什么，宝贝儿。"她轻声说道。

就在这时，金德曼猛然闯入病房，粗声大喊："不！"他从后面扣住那个女人的喉咙，那女人无力地摆动身后的双手，在窒息中发出低沉沙哑的声音。阿特金斯和另外一名警察冲进病房时，男孩已经坐起，发出恐怖的哭喊声。"我抓到她啦！"金德曼低沉地说道，"灯！开灯！把灯打开！"

"妈妈！妈妈！"

灯光亮起。

"你要憋死我啊！"女人咯咯说道。一只泰迪熊从她手中掉到了地板上，金德曼看到后大吃一惊，慢慢松开手。女人转过身来揉揉脖子，"老天哪！"她尖叫道，"你是怎么啦？疯了吗？"

"我要妈妈！"男孩哭号道。

女人将他拉近些，然后双手抱住他。"你简直快把我的脖子弄断啦！"她冲金德曼大喊。

探长极力控制着呼吸。"对不起。"他喘息着说道，"非常抱歉。"他抽出一条手帕，擦擦一边的脸颊，那里有一道又长又深的被抓伤的口子一直在流血，"我向你道歉。"阿特金斯拿起购物袋

317

往里看,"都是玩具。"他说。

"什么玩具?"男孩问道。问完,他突然安静下来,从女人手中一把抢过袋子。

"搜查整个医院!"金德曼指示阿特金斯,"她就在这儿!找到她!"

"是什么玩具?"男孩重复问道。

更多的警察出现在了门口,阿特金斯叫他们后退,然后给他们下达新的命令。房中的警察也走出病房加入他们。女人把购物袋拿到男孩面前。"我不相信你。"她对金德曼说道,然后把袋中东西全部倒在病床上,"你对自己的家人也是这样吗?"她质问道。

"我的家人?"金德曼的大脑开始高速运转,突然他看到女人的名牌:朱莉·凡托齐。

"……舞会邀请。"

"朱莉!我的天哪!"

金德曼连忙跑出房间。

玛丽·金德曼和她母亲正在厨房准备午饭。朱莉正坐在餐桌边看小说。电话忽然响起。朱莉离电话最远,但最终还是她拿起了电话,"喂?……啊,嗨,爸爸……当然。妈妈在这里。"话毕,她把话筒递给她母亲。玛丽一接过话筒,朱莉便回到桌边继续看书。

"嗨,甜心。今晚会回来吃晚饭吗?"玛丽听了一会儿电话。"啊?真的吗?"她问,"怎么会这样?"她继续听了一会儿,最终说道,"当然,亲爱的,如果你这样说的话。还有,回来吃晚饭吗?"她又听了一阵后道,"好的,亲爱的。我会给你留一盘菜,到时给你热热。早点回来。想你。"挂上电话后,她走回之前正在烘烤中的面包旁。

"怎么了?"她母亲问她。

"没事。"玛丽说,"有护士要过来送个包裹。"

电话再次响起。

"看来这次又要取消了。"玛丽的母亲嘀咕道。

朱莉跳过去正要拿起电话,她母亲却摆摆手让她回去。"你爸爸要我们保持线路畅通。如果是他打的,他会发出信号:两声铃响。"

· · ·

金德曼站在神经科收费台,将电话紧贴耳朵,电话那头每一声无人接听的铃音,都令他越发焦虑。*来人接电话!接电话!*他在心中歇斯底里地咆哮道。他又任由电话响了一分钟,然后啪的一声挂断电话,向楼梯间跑去。他甚至没想到还可以等电梯。

他气喘吁吁地走进大厅,又上气不接下气地跑到外面的街道上,快步走到一辆警车旁,上车,然后重重地带上车门。一名戴着头盔的警察正坐在方向盘前。"福克斯霍尔路二——啊——七——十八号。快!"金德曼大喊道,"打开警笛。别管红灯!快,快!"

轮胎打滑发出了刺耳的声音,警笛呜呜作响。他们沿着水池路向下疾驰,很快便开到金德曼家所在的福克斯霍尔路。一路上,探长双眼紧闭,在心中祈祷了无数遍。警车在颠簸中突然停下,整个车身由于惯性剧烈地震动了一下。金德曼睁开双眼,发现他们还在车道上。"绕过去!去后门!"他吩咐道,那位警察于是快速跳下车,一边从腰间的枪套中取出一把短管转轮枪,一边往前跑。金德曼艰难地从车门处挤下车，拿好枪，一边往家门口跑，一边从口袋中摸出钥匙。他正颤抖着双手打算将钥匙插进锁中，门却突然从里面打开。

朱莉一眼掠过他手上的那把枪，然后朝屋里大喊："妈妈，爸爸回来啦！"下一秒，玛丽便出现在门边。她看到那把枪后，瞬间冷眼看向金德曼。

"鲤鱼都已经死了，你还想干什么？"玛丽说。

金德曼放下枪，迅速走上前拥抱朱莉。"谢天谢地！"他轻声低语。

玛丽的母亲也走了过来。"后面有个冲锋队员，"她说，"要冲进来了。我要怎么跟他说？"

"比尔，给我个解释。"玛丽说。

探长亲亲朱莉的脸颊，然后把枪放入口袋："是我疯了。就是这样，这就是全部的解释。"

"我就告诉他，我们是姓费布雷的。"玛丽的母亲咕哝道，说完又重新返回屋内。电话响起，朱莉跑进起居室接电话。

金德曼步入屋内，往屋后走去："我去跟那个警察说。"

"说什么？"玛丽质问道。她随他一同走进厨房，"比尔，到底发生了什么事？不能告诉我吗？求你了。"

金德曼突然僵在原地，他看到厨房门旁的墙边有个购物袋。他立马冲过去拿起袋子，恰在这时，他听到厨房传来一个由老太太发出的轻快的声音。"嗨。"金德曼立刻抽出枪，走进厨房，朝餐桌边走去。一位身穿护士服的老太太正坐在那里，眼神茫然地盯着他看。

"比尔！"玛丽厉声喝住丈夫，声音略带警告。

"啊，亲爱的，我太累了。"那个老太太说。

玛丽用双手将金德曼拿枪的手臂往下压："我不希望在这栋房子内看到有人用枪，听到没？"

那名警察冲进厨房，举起枪瞄准那个老太太。

"放下枪！"玛丽大喊。

"放下枪好吗？"朱莉在起居室里哭喊道，"我正在讲电话！"

玛丽的母亲咕哝道："乡巴佬。"便继续翻炒炉灶上的肉酱。

警察看向金德曼："警督？"

探长的眼神停留在那位老太太的身上，在她脸上他看到一种既困惑又疲倦的表情。"放下枪，弗兰克。"金德曼说，"没事了。回去吧。回医院去。"

"好的，长官。"警察于是将手枪放回皮套，走向门外。

"午饭有几个人？"玛丽的母亲问，"我现在就得知道。"

"这是什么鬼把戏，比尔？"玛丽责问道。她指向那个老太太。"你给我送来个什么护士？我一给她打开门她就昏倒在门边。先是倒在地上，头往后仰，疯狂地大喊大叫，然后就昏了过去。我的天哪，她这么老，怎么还能当护士。她——"

金德曼挥手示意她安静下来。老太太无辜地看着他："午休时间到了吗？"她问他。

探长在桌边缓缓坐下，然后摘下帽子，轻轻放在椅子上："是的，午休时间到了。"他低声对她说道。

321

"我很累。"

金德曼观察起她的双眼，那里面很真诚，很温和。他又抬头看向玛丽。她正一脸困惑又不安地站在旁边。"你说她说过些什么话？"金德曼对她说。

"什么？"玛丽皱眉说道。

"你说她说过些什么，她说了什么？"

"不记得了。现在到底发生什么事了？"

"请回想一下。她说了什么？"

"完了。"玛丽的母亲在炉灶边呢喃道。

"对，就是这句。"玛丽说，"我想起来了。她尖叫道：'他完了。'然后便昏了过去。"

"是'他完了'还是'完了'？"金德曼进一步地问道，"是哪一个？"

"'他完了。'"玛丽说，"天哪，当时她的声音就像个狼人。这老太太怎么了？她到底是谁？"

金德曼背过头："'他完了。'"他口中念念有词，若有所思。

朱莉走进厨房。"发生什么事了？"她问，"怎么了？"

电话再次响起。玛丽立刻接起："喂？"

"是找我的吗？"朱莉问。

玛丽把电话递给金德曼。"是找你的。"她说，"我想我得去给那可怜的家伙送碗汤。"

探长对着电话说道："我是金德曼。"

是阿特金斯。"警督，他在喊你。"警佐说。

"谁?"

"阳光先生。他快喊破头了,一直在喊你的名字。"

"我这就过去。"说完,金德曼静静地放下了话筒。

"比尔,怎么了?"他听到玛丽在他身后问他,"东西在她的购物袋里。那个是她的包吗?"

金德曼转过身,呼吸瞬间停滞。玛丽手中拿的是一把闪闪发亮的外科用解剖大剪刀。

"我们需要这玩意儿?"她问。

"不需要。"

金德曼打电话又叫来一辆警车,将老太太送回医院。她是医院精神科开放式病房的一位病号。很快她便被转到封闭病房进行观察。金德曼还了解到,那两位受伤的护士和护工伤情不重,预计下周便可重返工作岗位。知道这一切后,金德曼满意地离开了开放式病房,走向隔离区,阿特金斯正在那边大厅等他。他正站在敞开的十二号病房门对面,背靠着墙,双臂交叉,静静看着探长走近,他的双眼充满困惑之色,似在出神。金德曼在他面前站定,迎上他的视线。"你怎么了?"探长问,"有什么心事吗?"

阿特金斯摇摇头,金德曼研究了半天他的表情。"他刚才说你来了。"阿特金斯冷淡又疏离地说道。

"什么时候?"

"一分钟前。"

斯潘塞护士从病房中走了出来,她问探长:"你要进去吗?"

金德曼点点头,便转身慢步走进病房,轻轻关上身后的房门,走到直背椅旁坐下。阳光先生目光灼灼地望着他走近。他到底是哪里和先前不一样呢？探长心下困惑。

"我只是不得不再见你一次。"阳光先生说，"你真幸运，能认识我。我欠你一些东西，警督。此外，我还希望你们如实记载刚刚所发生的一切。"

"这一切是怎么发生的？"金德曼问他。

"朱莉死里逃生，你是想说这个吧？"

金德曼一边听水池中不断传来的滴答声，一边静静地等待着。

阳光先生突然头往后仰，咯咯直笑，然后双眼发亮地死死盯住探长。"你没猜出来吗，警督？你肯定已经猜到了。你已经将一切线索拼凑了起来——我宝贵的小替身如何做到的这一切，是我亲爱的小甜心，我那些老化的血管。嗯，他们当然是完美的主持人。不过他们不在这里。他们的自我个性已被摧毁。所以我溜了进来。就一会儿。一小会儿。"

金德曼继续凝视着他。

"啊，对。嗯，当然。至于我这具身体，属于你的一个朋友，对吧，警督？"阳光先生头向后仰，笑声回荡在整个房间，最后又突变成驴子的嘶叫声。金德曼感到一股冷气从后背往上冒。阳光先生突然安静了下来，目光呆滞。"在那里我已经死去。"他说，"我不喜欢那样。你会喜欢那样吗？那样真难受。嗯，我觉得自己特别糟糕。你知道的——四处漂泊。有很多工作要做，却没人出现。这不公平。就在这时，有个人出现了，一个朋友。你知道的。他们中的一分子。他觉得我应该继续完成我的工作，但得用这具身体。实际上，只能是这具身体。"

这句话引起了探长的好奇，他不假思索地问道："为什么？"

阳光先生耸耸肩："暂且将它称作怨恨吧。为了报复。一个小玩笑。我觉得，和驱魔人有关。你朋友卡拉斯神父正是其中的一位参与者。他——将某个群体从一个儿童身体中赶走，惹得这个群体不高兴了，大事化小地说就是这样。嗯，就是因为不开心。"阳光先生望着远方出神，满脸郁结。不一会儿，他微微颤抖，然后重新看向金德曼。"所以他把这场恶作剧看作一场报复：使用这具神圣而又英勇的身体作为工具——"阳光先生耸耸肩，"你知道的。我的物品。我的杰作。我的朋友十分同情我。于是他把我带到我们共同的朋友卡拉斯神父身边。不过恐怕刚开始的情况不太妙。他临死前，在他灵魂出窍之时，我的朋友帮我进入了他的身体。我们只有一面之缘，就是这么回事。啊，先解释你的一个疑问，在台阶旁，医疗救护人员宣布卡拉斯死了。当然，他的确已经死了，从技术层面来说。我是说，在精神层面上。他已经灵魂出窍。然后我进入了他的身体，受了点精神创伤。真的，怎么能避免呢？他脑中已是一摊糨糊，缺少氧气，简直是一场灾难。死亡可不简单。不过没关系，我还是做到了。我用尽全力，至少从棺材中钻了出来。可当老费恩弟兄看到我爬出来时，这就演变成了一场闹剧加喜剧了。不过那倒帮了我大忙。嗯，有时正是笑容令我们不断前行，给我们带来一些意料之外的惊喜。不过那之后便是相当长的一段下坡路。多长？整整十二年。你看，脑细胞受到重创，其中很多都坏了。但大脑拥有无穷无尽的能量，警督。去问问你的朋友，那位好医生安福塔斯。啊。不，我想应该是我帮你把他叫过来。"

阳光先生沉默了一阵，"走廊里没有回应。"接着又说道，"你不相信我，警督？"

"不相信。"

嘲笑之意从阳光先生的眼中渐渐消失，他看起来备受煎熬，有一瞬间，他哭丧着脸，一脸无助。"你不相信？"他用颤抖的嗓音问道。

"不。"

阳光先生的眼中充满了恐惧和哀求："汤米说除非让你知道真相，否则他不会原谅我。"

"什么真相？"

阳光先生别过脸去，沉声说道："我不能说，说了他们会惩罚我。"他似乎在恐惧地盯着这处的某个角落。

"什么真相？"探长再次问他。

阳光先生颤抖着回身看向金德曼，一脸苦苦哀求的样子。"我不是卡拉斯，"他用沙哑的嗓音轻声说，"汤米希望你知道这件事。**我不是卡拉斯！**请相信我。汤米说如果我不说他就不离开，就待在这里。我不能让我弟弟在这里受苦。请帮帮我。**我不能抛下我弟弟一个人离开！**"

金德曼的眉头因疑惑而微微蹙起，偏头问道："去哪里？"

"我太累了。我想继续上路。没必要再继续待在这里。我想继续上路。你的朋友卡拉斯和这些谋杀案没有任何关系。"阳光先生身体前倾，绝望的眼神令金德曼震惊不已，"告诉汤米你相信我所说的一切！"他恳求道，"告诉他！"

金德曼屏住呼吸，突然感觉此举意义重大，却又不可意会。为什么自己会有这种感觉？自己果真相信阳光先生所说的吗？最终他得出结论，这并不重要。他知道他必须说出那句话："我相信你。"他坚定地说道。

阳光先生猛然靠墙坐倒在地，眼球上翻，口中结结巴巴地冒出一句话，是另外一个声音："我爱爱爱你，吉吉吉吉米。"阳光先生的眼帘渐渐垂下，昏昏欲睡，他的头垂至胸前，双眼逐渐阖上。

金德曼立马从椅子上站了起来，惊慌中，他迅速移到小床边，低头将耳朵贴在阳光先生的嘴边。但阳光先生没再说什么。金德曼快速跑到呼叫器旁，按下按钮，急匆匆地走出病房进入大厅。他与阿特金斯对视后道："又开始了。"

金德曼跑到收费台电话旁，往家里拨电话，玛丽接起电话。"甜心，别离开屋子。"探长急迫地说道，"任何人都别离开屋子！关上门窗，别让任何人进屋，等我回去。"

没等玛丽反对，他便又重复了一遍，然后挂断了电话，回到十二号病房门外的楼道里。"我希望现在马上派个人去我家值守。"他说。

斯潘塞走出病房，看着探长说："他死了。"

金德曼呆呆地望着他："什么？"

她说："他死了。心脏已停止跳动。"

金德曼的视线越过她，病房门开着，阳光先生仰躺在小床上。"阿特金斯，在这等会儿。"探长轻声说道，"先别打电话。别着急。

就在这等着。"

金德曼缓缓走入病房，他能听到斯潘塞护士跟在后面，她的脚步有所停顿，他只往前走了一点儿，便站定在小床旁。他低头看向阳光先生，他的紧身衣和束缚带已经移除，双眼紧闭，面部轮廓似乎比生前柔和些：面色平和，似乎终于到达长久等待的旅途终点。金德曼曾看到过一次这种表情。他在记忆中搜寻了好一会儿，然后头也没回地说："他刚刚在喊我名字？"

斯潘塞在他身后回道："对。"

"就这样？"

"我不太明白你的意思。"斯潘塞回答道。

她向前几步，走到金德曼的旁边。

金德曼转头看向她："你听到他还说过什么吗？"

她双手交叉："呃，也不算是。"

"也不算是？什么意思？"

房中光线昏暗，显得她双眼发灰暗。"他有结结巴巴地说了些什么，"她说，"是用一种有趣的声音，平时他偶尔会使用。有点结巴。"

"他有说话吗？"

"我不太确定。"护士耸耸肩，"我不知道。那是在他说要见你之前不久，那时他还在昏迷中。我过来给他测脉搏，然后就听到他在磕磕绊绊地说些什么。好像是——不过我也不太确定——'爸爸'。"

"'爸爸'？"

她耸耸肩："类似，我感觉。"

"那时他还在昏迷？"

她说："对。然后他似乎醒——啊，对了，我想起来了。他大声欢呼：'他完了。'"

金德曼眨眨眼睛："'他完了'？"

"就在他开始喊你名字之前一会儿。"

金德曼凝视着前方一会儿，然后转过身，低头看向尸体。"'他完了'。"他口中呢喃道。

"真有意思。"斯潘塞护士说，"最后他看起来很开心。他睁开眼几秒钟，看起来很开心。就像个小孩子。"她声音略带忧郁，很是怪异。"我替他惋惜，"她说，"他多可怕啊，不管有没有精神病都可怕，但在他身上却有一些东西令我感到惋惜。"

"是天使的一部分。"金德曼轻声呢喃，视线仍落在阳光先生的脸上。

"你刚刚在说什么？我没听到。"

金德曼聆听着水池中水滴拍打陶瓷的声音。"你可以走了，斯潘塞女士。"他告诉她，"谢谢你。"他听着她一路离去的脚步声，直至脚步声彻底消失。接着他弯下身，轻触阳光先生的面部，然后轻轻举起手，放在半空中，不一会儿，他转过身，慢慢走到走廊上。他想，好像有什么变化。是什么变化呢？"你在烦恼什么，阿特金斯？"他问。"说给我听听吧。"

警佐的眼中露出惊恐不已的神色。"我也不知道。"他说，然后耸了耸肩，"不过我有点事情要告诉你，警督。双子座杀手的父亲，"他说，"我们找到他了。"

"找到了？"

阿特金斯点点头。

"他现在在哪？"金德曼问。

阿特金斯的双眼似比之前更为黯淡，一眨也不眨，只在虹膜这片小范围内转动。"他死了。"他说，"死于中风。"

"什么时候？"

"今天早上。"

金德曼凝视着阿特金斯。

"这他妈到底是怎么回事，警督？"阿特金斯问道。

金德曼依然感觉到发生了什么变化。他抬起头，看向楼道天花板，所有灯泡都明亮无比。"我想这一切都已经结束了。"他低声道，然后点点头，"对，我想也是这样。"金德曼眼神下移看向阿特金斯说，"结束啦。"

他停顿了一下，又补充道："我相信他。"

下一瞬，恐怖感和失落感如洪流般将他席卷，疼痛感与解脱感也交替袭来。他脸皱成一团，靠着墙重重地坐在地上，开始不受控制地抽泣。这令阿特金斯措手不及，有一阵甚至不知所措，反应过来后，他便上前一步，抓住探长的两只胳膊。"没事了，长官。"他不断地重复着这句话，抽泣声仍在继续。就在阿特金斯害怕这一切会一直进行下去时，哭泣音突然开始消退。但警佐仍在重复那句话。"我就是累了。"金德曼最后低声说道，"抱歉。毫无缘由。没有任何缘由。就是累了。"

阿特金斯把他送回了家。

三月二十日,星期天

16

Ⅱ

到底哪个才是真实的世界？金德曼想。是远方的那个世界吗？还是他所生活的这个世界？这两个世界已经相互渗透，任阳光静静穿透其中，彼此碰撞。

"这对你来说一定打击很大。"赖利低声道。神父和探长二人站在墓地前，凝视着前方的一具棺木，里面有可能是卡拉斯。祈祷已经结束，两个男人一同站在黎明的曙光之中，思绪飘远，整个地球仍处在一片寂静之中。

金德曼抬头看向赖利，神父站在他身边："为什么会是这样？"

"这是你第二次失去他。"

金德曼沉默地看着他，一会儿后，他将视线收回，再次看向那具棺木。"那不是他。"探长呢喃低语，然后摇摇头，"不，神父。那绝对不是他。"

赖利抬头看着他："去帮你买杯喝的？"

"好啊，不喝白不喝。"

尾声

∞

金德曼正站在传记影院大门前的街旁等待阿特金斯。他双手放在外衣口袋里,不安又焦虑地在 M 街街头东张西望。这天是六月十二日,星期天,此时已接近正午。

三月二十三日,结果确认三个案发现场采集的指纹属于开放式病房里三位不同的病人。现在三人都已转到封闭病房,接受进一步地观察。

三月二十五日早上,金德曼同爱德华·科菲医生——安福塔斯的一位朋友,也是地区医院的一名神经科医生——一道来到安福塔斯的家中。之前他为安福塔斯预约的 CAT 扫描结果显示安福塔斯脑部有致命损伤。在科菲的坚持下,房屋前门的锁被撬开,安福塔斯被发现死在起居室内。之后的调查显示,安福塔斯死于跌倒后头部重伤导致的硬膜下水肿,属意外死亡。不过科菲也告诉金德曼,安福塔斯刻意拖延脑损伤病情,不管怎样都活不过两个礼拜。金德曼问他为什么安福塔斯会任由自己走向死亡,科菲医生只说了一句:"我想应该与爱情有关。"

四月三日,最后一个嫌疑人,弗里曼·坦普尔,突患中风,神志不清,现在是开放式病房的一位病人。

在基廷谋杀案发生之后的前三个星期,相关部门对乔治城医院的公共治安防控力度却未曾松懈,之后便逐渐放松了。哥伦比亚大区再没发生过任何与双子座杀手杀人方法类似的谋杀案。六月十一日,尽管被归类为未侦破案件,这几宗看似与双子座杀手相关的谋杀案还是被归为积案了。

"我是在做梦吗?"金德曼说,"你怎么了?"他木然地盯视前方,阿特金斯正站在他面前,身穿一件白色细条纹西装,打了一条同样花色的领带。"你这打扮是在开玩笑吗?"金德曼问道。

阿特金斯的表情难以捉摸。"呃,我结婚了。"他说,他前天刚度完蜜月回来销假。

金德曼依然一脸震惊。

"你这样我有点受不了,阿特金斯。"他说,"很奇怪,非常不自然。拜托,把领带解了吧。"

"也许我会被看到。"阿特金斯面无表情地说,双眼一眨不眨地看向金德曼。

金德曼面部扭曲,一脸难以置信地看着他。

"也许你会被看到?"他回应道,"被谁看到?"

"人们。"

金德曼静静地凝视了一会儿,然后说道:"我认输。我是你的囚徒,阿特金斯。告诉我家人我很好,治疗进展得很顺利。手不抖以后我就会立马给他们写信。我猜大概还需要两个月。"他的视线下移,"这领带是谁选的?"他闷声问道,那是条夏威夷风情的印花领带。

"我自己选的。"

"我猜也是。"

"我想说说你的帽子。"

"不行。"金德曼身体前倾,眼睛看进他的眼底,"我有个朋友,之前在学校当老师,后来成了一位修道士。"他接着说,"当了十一年修道士。那些年里他无非就是做做奶酪,偶尔挑挑葡萄,不过大部分时候他会去为那些西装人士祈祷。后来他离开了修道院,你知道他出来后买了什么吗?他买的第一件东西是什么?就是一双二百美元的鞋子。一双顶端缀有流苏的乐福鞋,鞋面像崭新的硬币,闪闪发亮。觉得恶心吗?等会儿,我还没说完呢。鞋子是紫色的,阿特金斯。面料是绒面革。我说得很明白吧,还是和以往一样依然是在对牛弹琴?"

"你说得很明白。"阿特金斯嘴上虽这么说,可他的语气已说明了一切。

"还是待在海军里要好一些。"

"我们要错过电影的开头了。"

"嗯,我们有可能会被看到。"金德曼幽幽地说道。

他们进入了剧院,在各自的座位上坐下。里面正放映着《古庙战笳声》①,之后是《第三人》②。《古庙战笳声》的末尾,丁被萨基

---

① 《古庙战笳声》(*Gunga Din*,1939),早期好莱坞战争片。
② 《第三人》(*The Third Man*,1949),英国著名悬疑片,金棕榈奖获奖影片。

射出的子弹击中后,站在金色古庙的屋顶,为了发出警报,他吹响了军号,发出了几声微弱的声响。这时,后排的一个女人开始咯咯笑,金德曼转过身瞪了她一眼。但这记毒眼似乎毫无效果。金德曼又转回身来面对着阿特金斯,正打算跟他说移到其他座位去,却发现警佐正在哭泣。探长没来由得感到心满意足。他坐在座位上,突然对这个世界很满意。银幕上,丁的葬礼正在举行,背景响起《友谊地久天长》,看到这里时,金德曼也忍不住失声痛哭。"这电影太棒啦。"他吸口气道,"真伤感。我喜欢。"

两部电影都播放完毕后,他们站在剧院前拥挤又闷热的街道上。"现在我们去吃点小吃吧。"金德曼热切地说道,这天两个人都不用上班。"说说你的蜜月吧,阿特金斯,还有你的那个大衣柜。我想得规划一下现在去哪儿。古墓餐厅?不,不,等等。我有个想法。"他想到了戴尔,于是一手挽过警佐的手臂,同他离开,"跟我来。我知道个一级棒的地方。"

很快他们便坐在白塔餐厅中,在充满汉堡和动物油脂的氛围中讨论刚才看的电影。在那里,他们仅仅是客人。柜台服务员面部瘦削,却又高又壮,长相粗鄙,正背对他们站在烧烤架前,那件白色制服和帽子上沾满了动物油脂的污渍。"你知道的,我们总是讨论这世上的邪恶,讨论它们是从哪里来的。"金德曼说,"但我们该如何解释那些真善美呢?如果我们除了是分子之外什么也不是,我们就会不断地为自己考虑。可如果是那样,我们身边怎么会有那么多甘加丁①?怎么会有那么多为了别人而牺牲自己生命的人存在?还有哈

---

① 影片《古庙战笳声》的故事主角。

利·莱姆①，"他兴高采烈地说道，"哈利·莱姆完全相反，就是个魔鬼，可就连他都在摩天轮那个场景里阐述了自己的观点，那一段他说到了瑞士，说起为什么在经历了几个世纪的和平年代以后，他们提供给世界最好的东西却仅仅是布谷鸟自鸣钟。确实是这样，阿特金斯。嗯。他提到了自己的观点，很可能是因为这个世界没有恐惧就难以前进。对了，我最近在调查 P 街上的一宗入室盗窃杀人案。案发时间是上周。明天我们必须介入调查。"

柜台服务员转过身来，沉默又阴沉地看了他一眼，便转回身拿出一些小小的方形底部面包，开始又一打汉堡的创作。金德曼热切地看着他在每块碎肉饼上放上一片腌黄瓜。"能给我多放一块腌黄瓜吗？"

"放太多会影响口感。"服务员吼道，他的声音似教官般低沉而粗鲁。他在汉堡顶部放上了另一片面包。"你要是想要大陆吃法，就去美岸酒店，那里有各种精致的垃圾。"

金德曼垂下眼帘："我另外加点钱。"

服务员转过身，面无表情地在他们面前的纸盘子上各放了六个汉堡，问道："要饮料吗？"

"一小杯铁杉汁，谢谢。"金德曼说。

"卖完啦。"服务员冷淡地问道，"别瞎扯，伙计。我背都疼了。快说，你到底要喝点什么？"

"一杯浓咖啡。"阿特金斯说。

---

① 影片《第三人》中的反面角色。

服务员目光转向警佐："那是什么，教授？"

"两杯可乐。"金德曼单手按在阿特金斯的前臂上快速说道。

服务员重重地吐出了一口气，气息搅得一根鼻毛直往外窜。怒视中，他转过身去拿饮料。"M 街上每个自以为是的家伙都会来这里。"他嘀咕道。

一大群乔治城的学生走了进来，欢声笑语很快便洋溢在餐厅中。金德曼结账后说："我真是坐够了。"之后他便站起身来，阿特金斯跟在他身后，走到对面墙的站立式柜台前，金德曼拿起一个汉堡咬了一口。"哈利·莱姆说得对，"他说，"骚乱之中出诗歌——也就是这个汉堡。"

阿特金斯满足地咀嚼口中的汉堡，点点头表示同意。

"这就是我的全部观点。"金德曼说。

"警督？"阿特金斯竖起一根食指，停止了咀嚼，然后大口吞下。他从餐巾纸盒中拿出一张纸巾擦了擦嘴，然后将脸探向金德曼："能帮我个忙吗，警督？"

"很乐意为你效劳，薯条先生。我吃东西的时候一般来说比较健谈。把你的诉求说给我听听。你满意了吗？"

"能跟我具体说说你的观点吗？"

"别想啦，阿特金斯。听了你会把我软禁起来的。"

"不能告诉我？"

"坚决不能。"金德曼咬了一口汉堡，接着喝了一口可乐帮着咽，然后转身面向警佐，"但既然你那么坚持……你坚持要听？"

"对。"

"我想也是。先把你那领带解下来吧。"

阿特金斯微笑着解开领带，脱下。

"好。"金德曼说，"这些观点我不能告诉陌生人，因为很重要，而且难以置信。"他的目光灼灼，"你对《卡拉马佐夫兄弟》这本书很熟吧？"

"不，不太熟。"阿特金斯撒了个谎，他想维持探长的倾诉欲。

"三个兄弟。"金德曼说，"德米特里、伊万、阿廖沙。德米特里代表人身，伊万代表人脑，阿廖沙则代表人心。最后——结尾——阿廖沙将一些年轻的男孩带到他们同学伊柳沙位于公墓中的墓地前。这些男孩曾经对伊柳沙非常刻薄，因为——他很奇怪，这一点毫无疑问。但毋庸置疑，直到他死去，他们才理解他为什么那么奇怪，才发现他其实特别勇敢，感情特别丰富。于是此时已是一名修道士的阿廖沙在墓地前对这些男孩进行了一场布道，他主要是告诉他们，等他们长大成人，要去直面世上的各种邪恶时，他们就会想起这一天，想起孩提时代的纯真善良，阿特金斯。那种美好是他们所有人的人生底色，是一种完好无损的美好。他说，只要心中还有一丝美好，就能让他们重拾对这个世界的美好信念。这里的重点是什么？"探长的眼球上翻，指尖轻触嘴唇，那里已然带着一丝微笑，却又显得有些忧心忡忡。他重新将视线下移，看向阿特金斯。"嗯，有了！'很可能一段美好的回忆就能令我们远离邪恶，然后我们会反思道：嗯，我真是勇敢、善良又诚实。'然后阿廖沙又告诉了他们一些非常重要的事情。'首先，最重要的是，心存善念。'他说。然后那些男孩——他们都很爱他——大声欢呼道,'为卡拉马佐夫兄弟欢呼!'"金德曼感觉自己激动得说不出话来,"一直以来,我一想到这里,就会忍不住哭泣。"他接着说,"这一切都是如此的美好,阿特金斯。太感人了。"

学生们正拿起装有汉堡的袋子,金德曼目送他们离开。"这一定就是耶稣的初衷。"他反思道,"在进入天堂之前我们需要回归童心。我也不知道。很可能是这样。"他看着柜台服务员将一些肉饼放到烧烤架上,为下一拨客人做准备后,便靠到椅子上,拿起一份报纸开始阅读。金德曼将注意力重新放到了阿特金斯的身上。"我不知道该怎么说。"他说,"我是说疯狂又难以置信的那一段。不过别的事情也都说不明白,任何事物都不能解释别的事物,阿特金斯。没什么,我相信这就是真理。再说说卡拉马佐夫兄弟。重点是阿廖沙说的那句话,'心存善念'。除非我们心存善念,否则进化不会有任何作用。我们将永远无法到达那里。"金德曼说。

"到达哪里?"阿特金斯说。

白塔餐厅此时非常安静,只剩烤架上肉饼发出的嗞嗞声以及时有时无的报纸翻动声。金德曼眼神坚定却坦然。"物理学家们现在非常肯定,"他说,"自然界所有已知的过程都曾是一股团结力量的组成部分。"金德曼停顿了一下,而后声音越加低沉,"我相信这股力量其实是一个人,很久以前,出于形成自我的渴望,他将自己撕裂成无数碎片。这就是堕落。"他说,"'创世大爆炸':时间之初,物质界形成,一个变成许多——即是所谓的"群魔"。这就是上帝没法干预的原因:进化就是一个人回归自我的过程。"

警佐的眉头因疑惑而微微蹙起。"那个人是谁?"他问探长。

"你就不能猜猜？"金德曼双眼含笑，眼中闪烁着激动的光芒，"很久以前我就已经把大部分线索都告诉你啦。"

阿特金斯摇了摇头，等待探长说出答案。

"就是我们！我们既是光明使者！也是堕落天使！"

金德曼和阿特金斯对视了一眼，突然门铃响起，他们看向门口，一位憔悴瘦弱的乞丐步履蹒跚着从门外寒风中走了进来，破旧的军大衣上满是尘土，他笨拙地朝柜台服务员走过去，脚上是双又脏又旧的白球鞋，鞋带是散开的，鞋带的金属头擦过油布地面，发出微弱的咔嗒声，直至最终在服务员面前站定。他眼神温和，一言不发，似在无声的祈求。服务员越过报纸看向他，叹了口气，放下报纸，然后站起身做好半打汉堡，放进袋中递过去。乞丐无声地接了过去，点点头，然后把头垂下，拖着步子走出店门，重新回到那个他更为熟悉的世界当中。金德曼将视线移至那位已经重新坐到椅子上继续阅读报纸的服务员身上，然后低头看向自己双手捧住的那杯咖啡，轻声说道："为卡拉马佐夫兄弟欢呼！"

鸣谢

感谢我的好友杰克·维扎德,"天使"的理论就是由他最先提出的;还有可爱的朱莉·乔丹,如果没有她的鼓励和支持,这部小说是不可能写成的。

LEGION

Text Copyright © 2011 by William Peter Blatty
Published by arrangement with Tom Doherty Associates. All rights reserved.

图书在版编目（CIP）数据

群魔 /（美）威廉·彼得·布拉蒂著；黄显焯译. — 北京：北京时代华文书局，2020.2
书名原文：Legion
ISBN 978-7-5699-3442-7

Ⅰ. ①群… Ⅱ. ①威…②黄… Ⅲ. ①长篇小说—美国—现代 Ⅳ. ①I712.45

中国版本图书馆 CIP 数据核字 (2020) 第 093425 号
北京市版权局著作权合同登记号　图字：01-2019-4287

拼音书名 | QUNMO

出 版 人 | 陈　涛
责任编辑 | 姜锦赫
责任校对 | 张彦翔
营销编辑 | 俞嘉慧　赵莲溪
装帧设计 | 黄　海
责任印制 | 訾　敬

出版发行 | 北京时代华文书局 http://www.bjsdsj.com.cn
　　　　　北京市东城区安定门外大街 138 号皇城国际大厦 A 座 8 层
　　　　　邮编：100011　电话：010-64263661　64261528

印　　刷 | 北京盛通印刷股份有限公司　010-52249888
　　　　　（如发现印装质量问题，请与印刷厂联系调换）

开　　本 | 880 mm×1230 mm　1/32　　印　张 | 11　字　数 | 226 千字
版　　次 | 2023 年 10 月第 1 版　　　 印　次 | 2023 年 10 月第 1 次印刷
成品尺寸 | 145 mm×210 mm
定　　价 | 62.00 元

版权所有，侵权必究